INCROLLABILE

AMORE E RESISTENZA NELLA GERMANIA DELLA II GUERRA MONDIALE

TRILOGIA DELLA SECONDA GUERRA MONDIALE
LIBRO TRE

MARION KUMMEROW

Traduzione di
SABRINA CAMPOLONGO

CAPITOLO 1

30 novembre 1942

Hilde Quedlin era seduta sul pavimento insieme i suoi bambini, ma continuava a lanciare occhiate verso l'orologio sulla credenza. Volker, tre anni, giocava con i blocchi di legno che aveva ereditato dalle sue zie, mentre Peter, nove mesi, cercava senza sosta di mettersi in equilibrio sulle mani e le ginocchia. Era così vicino a gattonare, e il cuore di Hilde era pieno di orgoglio e di gioia mentre ammirava i suoi due raggi di sole.

La preoccupazione cresceva in lei. Quel giorno, dopo il lavoro, Q avrebbe dovuto incontrare l'agente russo e si aspettava il suo ritorno da un momento all'altro. Il tempo scorreva lento mentre pregava perché suo marito tornasse a casa sano e salvo.

Si accorse dell'inconfondibile odore di un pannolino sporco e prese in braccio Peter per portarlo nella nursery. L'ometto non era affatto entusiasta di essere disturbato nei suoi esercizi di gattonamento e la prese a calci con il piedino.

Hilde rise. «Piano, ragazzo. Ti farò scendere quando sarai fresco e pulito.»

Quando tornò in soggiorno, guardò di nuovo l'orologio. *Perché Q non è qui?* Di solito non ci metteva così tanto.

Un bussare deciso alla porta la distolse dalle sue preoccupazioni. Probabilmente si era dimenticato le chiavi. Sollevò Peter appoggiandoselo sul fianco e accarezzò la testa di Volker mentre gli passava accanto per andare ad aprire la porta.

Non era Q.

Venne assalita dalla paura alla vista di due ufficiali in lunghi cappotti neri di pelle. Gestapo.

«Frau Quedlin?» chiese uno di loro.

La voce la tradì, e riuscì solo ad annuire.

«Lei è in arresto.»

Nonostante il tepore del suo bambino, il sangue le si gelò nelle vene. «Perché? Non capisco...» disse, con il terrore nella voce.

«Le sarà spiegato tutto, ma deve venire con noi,» disse il più giovane degli ufficiali, gli occhi azzurro acciaio che sembravano trafiggerla.

«No, per favore... i miei bambini. Non c'è nessun altro che possa badare a loro,» supplicò Hilde, stringendosi Peter più forte addosso. Lui non gradì il trattamento e cominciò a scalciare per essere messo giù.

Lo sguardo dell'ufficiale più anziano si spostò sul piccolo. Con lisci capelli castani e gli occhi azzurri, era la copia esatta della madre, e Hilde credette di vedere un lampo di compassione negli occhi dell'uomo della Gestapo, per quanto avrebbe potuto sbagliarsi.

In quell'istante, Volker arrivò di corsa dal soggiorno e si congelò alla vista degli uomini con i cappotti neri. Si aggrappò alla gonna di Hilde e rimase a spiarli da dietro le sue ginocchia. Volker era la quintessenza del bambino ariano. Hilde gli aveva lasciato crescere i capelli; i riccioli biondi quasi bianchi gli incorniciavano la pelle candida e i brillanti occhi azzurri nella maniera più graziosa possibile. Da grande, sarebbe stato identico a suo padre.

«Saranno portati nel reparto bambini,» disse l'ufficiale più giovane, dissolvendo la sua illusione di clemenza.

«No, per favore... lasciatemi chiamare mia madre...» Il cuore di Hilde si fermò all'idea dei piccoli raggi di sole, suoi e di Q, che avrebbero dovuto badare a loro stessi in un orfanotrofio.

«La chiami,» disse l'ufficiale più anziano, zittendo la protesta dell'altro. «Possiamo perquisire l'appartamento mentre aspettiamo.» Fece un passo avanti, costringendo Hilde a indietreggiare, mentre assisteva con crescente orrore all'irrompere di altri tre ufficiali che cominciavano ad aprire cassetti e credenze, rovistando con malagrazia tra i contenuti.

«Per favore, di cosa si tratta? Mio marito è...»

L'ufficiale più giovane le abbaiò contro: «Suo marito è già stato arrestato. Faccia quella telefonata.»

Hilde deglutì a fatica e spinse Volker in cucina. Con le mani che tremavano, mise Peter sul seggiolone.

«Mamma?» strillò Volker, guardando con occhi sgranati gli ufficiali della Gestapo che saccheggiavano la casa.

«Shhh. Andrà tutto bene, Volker. La mamma ora chiama la nonna che starà con voi per un po'. Non sarà divertente?» Hilde sollevò il ricevitore e compose il numero di sua madre con dita tremanti. Una pietra le cadde dal cuore quando finalmente, al terzo squillo, Annie rispose.

«Annie Klein.»

«Mamma, sono Hilde. Ho bisogno che tu venga a stare con i bambini. Per favore... C'è qui la Gestapo e devo andare via con loro.» La voce di Hilde vacillava, e doveva reggersi contro il muro per tenersi salda.

«La Gestapo? Cos'hai fatto questa volta?» Il tono accusatorio di Annie fece trasalire Hilde.

«Niente, ci deve essere un errore. Per favore, puoi venire subito?» Odiava chiedere quel favore a sua madre. Annie era probabilmente l'ultima persona al mondo che avrebbe scelto per occuparsi di due bambini attivi, ma chi altri si sarebbe potuto precipitare a casa sua con la Gestapo presente?

«Dovrei prepararmi per andare all'opera stasera, ma immagino di poter cancellare l'impegno e venire da te.»

«Non sai quanto significhi questo per me…» sospirò Hilde. Almeno i bambini sarebbero stati al sicuro.

«Non lo faccio per te, ma per i miei nipoti.» Annie aveva il tono infastidito. «Pensavo che i tuoi giorni da piantagrane fossero finiti quando ti sei sposata.»

Hilde scelse di non discutere con sua madre. «Dirò loro che stai arrivando. Grazie.»

Ma Annie non c'era più. Aveva riagganciato senza rispondere né tantomeno offrire a sua figlia una parola di conforto. Quando Hilde rialzò lo sguardo, il più anziano della Gestapo era in piedi in cucina e la guardava con occhi a fessura.

«Mia madre sta arrivando. Non abita lontano, le ci vorranno quindici o venti minuti…» Aveva la voce strozzata dall'emozione che le chiudeva la gola come una morsa.

«Bene. Aspetteremo che arrivi.»

Hilde annuì e corse da Peter, che aveva cominciato a piagnucolare dal seggiolone. Prese il bimbo spaventato, e lui le strinse le braccine attorno al collo. «Shhh, c'è la mamma.»

L'ufficiale anziano continuò a osservarla con uno sguardo freddo che le dava i brividi. Il suo cuore batteva a un ritmo forsennato finché non raccolse il coraggio di parlargli.

«Per favore, può dirmi cosa sta succedendo? Perché sono in arresto? Perché mio marito è stato arrestato?» I suoi occhi cercarono traccia di un'emozione qualsiasi negli occhi dell'ufficiale. Ma era inanimato come una statua di marmo.

«Sarà informata delle accuse a suo carico una volta che arriveremo all'8 di Prinz-Albrecht Strasse.»

Il fiato le restò imprigionato nei polmoni, mentre i palmi si coprivano di sudore freddo. *Il quartier generale della Gestapo.* Le parole riecheggiarono nel suo corpo, facendo tremare ogni arto. L'edifico decorato sembrava abbastanza gradevole all'esterno, ma avevano sentito tutti le voci di cosa accadeva all'interno del caseggiato di tre piani. Visioni orribili le riempirono la testa, e una mano gelata le afferrò il cuore. Tutto quello che poteva fare era non scoppiare a piangere.

«Mamma, ho fame,» piagnucolò Volker, venendo ad appoggiarsi contro le sue ginocchia.

Hilde gli passò una mano tra i capelli e lo strinse forte. «La nonna Annie arriverà presto, e le dirò di darvi qualcosa da mangiare, va bene?»

Volker era un bambino così buono, e annuì, girandosi a guardare l'ufficiale della Gestapo in silenzio. Hilde avrebbe voluto nascondere ai suoi figli l'orrore che temeva stesse arrivando nelle loro vite, ma era disarmata.

Quindici minuti dopo, la madre piombò in cucina, con un'espressione incredula sul volto. «Hilde, cosa significa tutto questo?»

«Mamma, io…»

Annie voltò le spalle alla figlia e si rivolse all'ufficiale della Gestapo con il suo miglior sorriso. «*Kommissar*, sono Annie Klein. Mio marito, il cantante lirico Robert Klein, ed io siamo devoti seguaci del nostro grande Führer. Hitler ha più di una volta omaggiato le esibizioni di mio marito con la sua presenza. Sono terribilmente dispiaciuta per l'inconveniente causato da mia figlia. È sempre stata una piantagrane. È colpa di suo padre. Ci ha lasciato quando lei era solo una bambina. Ero così giovane…» Annie si asciugò una lacrima dall'occhio e si mise una mano sul cuore prima di continuare, «mi peserà sempre sulla coscienza che mia figlia non abbia seguito il sentiero della virtù come ogni tedesco dovrebbe fare. Ma stia sicuro che lo stesso non accadrà con i miei nipoti. Sono in buone mani con me.»

Hilde fissò Annie, con la rabbia che le esplodeva dentro alle spudorate bugie che stava raccontando sua madre. Non era suo padre che le aveva lasciate. Lui era un soldato nelle trincee della Grande Guerra. Sua madre era fuggita con il suo futuro secondo marito, il fascinoso cantante lirico Robert Klein, e aveva mollato la sua bambina di due anni, Hilde, sui gradini davanti alla porta della suocera.

L'ufficiale della Gestapo agitò la mano. «Andiamo.»

Hilde si rese conto che non poteva muoversi, se anche avesse voluto. Il fiato le era rimasto bloccato in gola.

«Vai con lui,» la incalzò Annie, spingendola fuori dalla cucina e prendendole Peter urlante dalle braccia. «Noi staremo bene, non è così?»

«Grazie, mamma,» gracchiò Hilde, guardando indietro verso i suoi figli, mentre si forzava ad allontanarsi da loro, un passo dopo l'altro.

CAPITOLO 2

L'intero corpo di Q gli faceva male per l'ansia. La Gestapo si era presa tutti i suoi effetti personali, incluso l'orologio, e poi l'avevano spinto in una sala per gli interrogatori e se n'erano andati. La stanza era vuota, eccetto che per un tavolo metallico traballante e due sedie di legno consumate. Q si sedette e fissò il muro grigio pietra.

Per un po', contò i secondi per tenere traccia del tempo e non pensare a quello che sarebbe successo. Ma non lo aiutò a trovare una parvenza di calma. Né questo né il riflettere su uno spinoso quesito scientifico. E nemmeno concentrarsi sul fatto che la Gestapo non poteva provare che Hilde fosse coinvolta. Malgrado i suoi sforzi di tenere fuori la realtà, l'angoscia gli inzuppava le ossa. Straziante terrore che strangolava.

Q aveva perso il conto dei minuti e delle ore, quando alla fine la porta si aprì con un cigolio da gelare le ossa, per far entrare un ufficiale anziano della Gestapo. In quell'istante, non gli importava più. Tutto era meglio che stare seduto nella stanza vuota, aspettando il peggio, e lasciando la sua immaginazione a briglia sciolta.

«Sono il *Kriminalkommissar* Becker. Lei è in guai molto seri.»

«Quali sono le accuse a mio carico?» Q sperò che il *Kriminalkommissar* non avesse sentito le crepe nella sua voce.

Il *Kriminalkommissar* Becker scosse la testa. «Sono io a fare le domande. Lei è un uomo intelligente, quindi sa che è nel suo interesse rispondere in modo rapido e onesto.» Becker batté le mani contro il tavolo e si sporse in avanti. «Cominciamo. Il suo nome completo.»

Q prese un respiro. «Wilhelm Quedlin.»

«La sua età?»

«Trentanove anni.»

«È sposato?»

Q sollevò un sopracciglio con aria interrogativa. «Sì, ma questo lo sapete già.»

«Risponda alle domande,» scattò Becker indurendo la voce, mentre i suoi occhi grigio acciaio mostravano chiaramente che si era infastidito.

«Il nome di sua moglie?»

«Hildegard Quedlin. Nata Dremmer.» Q lottò contro l'impulso di alzarsi in piedi e chiedere a Becker per quanto ancora pensava di continuare con quelle stupide domande. Se ancora non erano a conoscenza di quelle informazioni, la Gestapo era molto sopravvalutata. Perché Becker perdeva tempo chiedendo cose non rilevanti?

«Dove lavora?»

La mascella di Q si serrò all'ennesima domanda stupida. «Lavoro alla Loewe Radio Technologies.»

«E cosa fa alla Loewe?» Gli occhi grigi di Becker lo inchiodarono al suo posto, il che disse a Q che stavano finalmente andando da qualche parte.

«Lavoro con i trasmettitori radio e faccio ricerca.» Q cercava di rispondere il più sinceramente possibile, senza dare informazioni che il *Kriminalkommissar* ancora non conosceva.

Becker tirò fuori un pacco di fogli da una valigetta e li gettò sul tavolo. «Ha consegnato questi documenti a un agente.»

«Non so di cosa parla. Quale agente?» Q sentì che il cuore gli balzava in gola riconoscendo i progetti che aveva dato a Gerald tempo prima. *Oh, Dio, devono aver preso anche lui.*

«Non riconosce questi documenti?» Il *Kriminalkommissar* sogghignò e spinse i fogli attraverso il tavolo.

Q li sfogliò, il gelo che calava più in profondità nelle sue ossa a ogni pagina. Quella che aveva davanti era l'intera collezione di informazioni che aveva passato a Gerald negli ultimi due mesi. Alcuni di questi erano stati battuti a macchina, ma molti disegnati a mano – la mano di Q – e molti contenevano commenti scritti a penna. Non aveva senso negare che fossero opera sua.

«A una seconda occhiata, riconosco alcuni di questi documenti,» rispose Q, pensando in modo febbrile alla sua prossima mossa. Quanto sapeva Becker?

Per un attimo, un sorriso crudele affiorò sulle labbra di Becker. «Bene. E in che modo sono finiti nelle mani dell'agente?»

«Come posso saperlo?» Q lo sfidò.

Becker gli rivolse un sorriso disinvolto. «Senta. Sono stato amichevole con lei fin qui, ma le cose possono cambiare facilmente. Vuole che chiami i miei uomini?»

La domanda era noncurante quanto il suo volto. Avrebbe potuto allo stesso modo parlare del tempo, invece di minacciare torture.

Q scosse la testa, ricacciando giù la paura che montava. «No.»

«A chi ha dato questi documenti?» chiese Becker, con espressione disinteressata, mentre si studiava le unghie.

Q decise di dare a Becker quello che voleva. La sua vita probabilmente non valeva più un solo *Pfennig*, ma poteva almeno cercare di proteggere Gerald. «Era un agente russo e si faceva chiamare Pavel.»

«Pavel, ha detto? Magari aveva anche un cognome?» Becker si sporse sul tavolo, gli occhi gelidi fissi in quelli di Q.

Q si sentì come un coniglio che fissava un serpente, ma si strinse tranquillamente nelle spalle. «No. Mi spiace. Non ha mai detto il suo cognome.»

Senza preavviso, Becker saltò in piedi e sollevò il tavolo fino a che il duro bordo si conficcò nel grembo di Q. Poi premette dal suo lato della lastra di metallo, e Q fece una smorfia ma si rifiutò di dare al *Kriminalkommissar* la soddisfazione di lamentarsi per il dolore.

«Sta mentendo,» scattò Becker, le labbra piegate in una smorfia di disgusto, facendo più pressione sul tavolo.

«No...ahh.. mi ha detto di chiamarlo Pavel.» Q costrinse le parole a uscire, e la pressione sulle sue cosce si alleggerì appena. «È stato molto attento a non dirmi niente di compromettente.»

«Non le è parso strano che il suo *russo*, Pavel, non fosse per niente russo?» chiese Becker, di nuovo in tono colloquiale.

Q affondò le dita nelle sue gambe. La Gestapo sapeva tutto di Gerald. Non c'era più niente da salvare, ma Q decise di restare fedele alla versione di Pavel.

«Non era russo?» Q scosse la testa, sul volto una maschera confusa. «Ora che me lo dice, ricordo di aver pensato che il suo tedesco fosse impeccabile. Doveva essere un tedesco del Volga.»

Becker fece ricadere il tavolo sulle sue quattro gambe e cambiò discorso. «Confessa il suo crimine di spionaggio contro il Partito?»

«No.» Q indicò i fogli che si erano sparsi sul pavimento. «Ho solo fornito informazioni tecniche a un paese che era nostro alleato.»

Un lampo di avvertimento balenò negli occhi di Becker, e Q comprese il messaggio. Doveva giocare con le regole di Becker se voleva uscire vivo da quell'interrogatorio.

«Questo si chiama alto tradimento,» disse Becker con un sorriso compiaciuto che si allargò notando che la paura si faceva strada in Q. «Per quanto tempo ha commesso questo vile crimine?»

Probabilmente non avrebbe fatto alcuna differenza, ma se avesse detto a Becker che era stato in contatto con la Missione Commerciale Sovietica da prima del *Machtergreifung* di Hitler, dieci anni prima, la Gestapo avrebbe indagato su ogni singola persona con cui era stato in contatto nell'ultimo decennio. Johanna e Reinhard del circolo di lettura comunista. I suoi amici Leopold, Otto e Jakob. No, lui no. Jakob era morto. Ucciso dalle camicie brune. Ogni singolo ingegnere e scienziato con il quale aveva condiviso delle informazioni. I suoi colleghi all'Istituto Botanico del Reich. Il suo avvocato per i brevetti. Harro Schulze-Boysen. Erhard Tohmfor. Martin Stuhrmann. Hilde. Doveva proteggerli a ogni costo.

«Un anno, mese più mese meno,» rispose Q, evasivo.

Le narici di Becker si dilatarono. «Voglio i nomi di chiunque altro sia coinvolto.»

Q scosse la testa, offrendogli il suo sguardo più franco. «Lavoravo da solo.»

«È una bugia. Sua moglie l'aiutava.»

Q trasalì. Il gelo dormiente nelle sue ossa si acuì. *Non Hilde.* «No! Lei non lo farebbe mai. È innocente. Mia moglie non aveva idea delle mie azioni. Non avrebbe mai approvato. Ho fatto tutto da solo.»

Il *Kriminalkommissar* Becker non rispose. Invece si alzò e andò a recuperare uno dei fogli sparsi sul pavimento. Lo esaminò, come se fosse molto interessato al contenuto. Q ebbe un presentimento. Un presentimento molto brutto.

«Non ci sono correzioni su questo foglio. Lei è così bravo a battere a macchina?» Il *Kriminalkommissar* picchiettò con l'indice sul foglio davanti a lui.

Q scosse la testa. Era un dattilografo penoso. «È vero che mia moglie spesso batteva a macchina le informazioni che mi servivano, sia per i miei brevetti che per il mio lavoro di spionaggio. Ma, come può ben vedere, si tratta di documenti tecnici complessi, e lei non aveva idea di cosa dicevano. Le ho sempre fatto credere che si trattava di descrizioni tecniche che mi servivano per la mia ricerca.»

Un colpo alla porta interruppe la conversazione. Q non avrebbe saputo dire se si sentiva sollevato o ancora più spaventato.

«*Herein,*» esclamò Becker, e un altro ufficiale della Gestapo mise dentro la testa e fece un gesto che Q non riuscì a identificare. Becker annuì per tutta risposta, poi raccolse i fogli e uscì. Poco prima di passare in corridoio, si voltò. «Dottor Quedlin, gliel'ho già detto all'inizio della nostra chiacchierata, e glielo ripeto. Lei è in guai molto seri. Per come la vedo, lei sarà accusato di alto tradimento e condannato a morte.»

La bocca di Q si asciugò. Sapeva qual era la punizione per il tradimento, e se lo aspettava da tanto tempo che aveva creduto di essere venuto a patti con la prospettiva di una simile sentenza. Ma sentirlo dalla voce di Becker era totalmente diverso dall'immaginarlo nella propria testa.

Voglio vivere!

Becker rimase fermo sulla soglia, osservando da vicino la lotta interna di Q contro quella prospettiva, prima di parlare di nuovo. «Ma non sono un mostro. Lei è un uomo intelligente, e sono sicuro che vedrà i vantaggi della mia offerta. Se accetta di lavorare per noi e ci fornisce i nomi di tutte le persone coinvolte nel suo lavoro sovversivo, mi accerterò che riceva una condanna mite. O nessuna.»

La porta si chiuse con uno scricchiolio, e nella mente di Q si rincorsero mille pensieri. Questa era la sua opportunità di salvarsi la vita. L'interrogatorio era stato breve e semplice. Il prossimo non lo sarebbe stato.

Poco dopo, due ufficiali entrarono nella stanzetta e scortarono Q verso una cella di detenzione. Lo spinsero dentro e chiusero a chiave la porta. Q fissò lo spazio di un metro e mezzo per due metri e mezzo che ora era il suo. Il soffitto era appena sopra la sua testa. La cella faceva pensare a un armadio sovradimensionato, e si chiese per quanto a lungo l'avrebbero tenuto lì prima di spostarlo… o ucciderlo.

La cella era fatta di sola pietra e mattoni, i muri erano grigio spento. I precedenti prigionieri avevano inciso o scritto sui muri, senza dubbio per lasciare una piccola prova della loro esistenza e sofferenza.

Un brivido percorse la spina dorsale di Q. Con riluttanza, si sedette su un angolo di un materasso macchiato di sangue buttato sul pavimento. Una ruvida coperta di lana era l'unica cosa che lo copriva, niente lenzuola o cuscino. Distolse lo sguardo dal secchio puzzolente messo in un angolo. Ricacciò indietro la bile che gli era risalita in gola e chiuse gli occhi.

Quando fu certo che non avrebbe vomitato, li riaprì e ispezionò più attentamente la cella, scrutando nella semioscurità attorno a lui. C'era una piccola finestra con sbarre di acciaio contro il vetro, ma il vetro era opaco e avrebbe lasciato trafilare solo un minimo di luce anche in pieno giorno. Appesa al soffitto c'era una nuda lampadina, ma era spenta. In quel periodo dell'anno, faceva buio attorno alle quattro e trenta del pomeriggio, e non aveva nessuno strumento per stimare quanto tempo era trascorso dal suo arresto.

A giudicare dal borbottio del suo stomaco, doveva essere passata la mezzanotte. Le guardie premurose avevano lasciato una tazza con un liquido non identificabile e puzzolente nell'angolo opposto al secchio, ma non era abbastanza affamato per cacciarselo giù... ancora. Non aveva dubbio, comunque, che di lì a qualche giorno avrebbe divorato con gratitudine qualunque cibo fosse arrivato.

CAPITOLO 3

H ilde sedeva nell'auto, strizzata tra due ufficiali della Gestapo. Malgrado la fredda giornata novembrina, sudava. L'aria era troppo densa per respirare e il puro panico che stringeva la gola.

L'auto attraversò strade e luoghi familiari di Berlino, ma lei non li vedeva; né le bellezze naturali di Nikolassee dove viveva, né gli edifici *art nouveau*, una volta maestosi e ora ridotti in macerie; scheletri che si levavano verso il cielo come un promemoria dell'agghiacciante guerra che infuriava nel mondo intero.

Gli arti di Hilde erano insensibili per la paura quando l'auto arrivò al quartier generale della Gestapo, e lei fu spinta all'interno dell'edificio. La lasciarono sola all'interno della squallida saletta per gli interrogatori. Paralizzata dalla paura, si lasciò cadere su una delle due sedie e si portò una mano al petto. Si afferrò al pendente in diaspro rosso che la madre di Q le aveva regalato per le sue nozze. *Questa è la pietra portafortuna del tuo segno zodiacale*, aveva detto Ingrid. Hilde avrebbe avuto bisogno di un po' di fortuna ora, anche se la fortuna non sarebbe stata sufficiente. Avrebbe avuto bisogno di molta forza e resistenza per sopportare quello che stava arrivando.

La porta si aprì, ed entrò un ufficiale della Gestapo che chiuse la porta con un lungo cigolio. «Signora Quedlin, sono il *Kriminalkommissar* Becker.»

Hilde fece un cenno con la testa, cercando di nascondere la paura. Il *Kriminalkommissar* Becker prese posto di fronte a lei dall'altro lato del tavolo metallico e si appoggiò allo schienale della sedia. Si sarebbe potuto definire un uomo attraente, con le spalle larghe, i capelli biondi tagliati corti e i lineamenti regolari, se non fosse stato per quegli occhi grigi senz'anima.

Becker la osservò per pochi minuti e all'improvviso le sorrise, un vero sorriso, pareva. Hilde sentì che la paura si allentava. Forse le voci erano esagerate, e non sarebbe stato così brutto come l'aveva immaginato. Se solo fosse riuscito a convincerlo che era innocente, le avrebbe persino consentito di tornare dai suoi figli.

«Per cominciare, ho qualche domanda. Può dirmi il suo nome completo, anche quello da nubile?» La voce di Becker era gentile, persino amichevole.

Hilde annuì. «Hildegard Quedlin. Nata Dremmer.»

«Età e luogo di nascita.»

«Trent'anni. Sono nata ad Amburgo il 23 agosto 1912.» Hilde si concentrò sul rispondere alle domande, cercando di sopprimere il tremito nella voce.

«Lei è sposata con Wilhelm Quedlin?»

«Sì, *Herr Kriminalkommissar*.»

«Ha figli?»

Hilde abbassò lo sguardo, dato che il pensiero dei suoi due preziosi bambini le aveva riempito gli occhi di lacrime. «Ho due figli. Di nove mese e tre anni.»

«Può trovare qualcuno che si occupi di loro in questo momento?» chiese Becker, mostrandogli un sorriso comprensivo.

Hilde incontrò i suoi occhi grigi e credette di vedere un barlume di compassione, ma sparì in fretta come era apparso. Si asciugò le lacrime e dolcemente disse: «Mi hanno permesso di chiamare mia madre. Adesso è con loro.»

«Deve essere un sollievo per lei,» disse Becker sporgendosi in avanti. Hilde rabbrividì. Malgrado i modi educati, amichevoli persino, quell'uomo emanava un'aura malvagia.

Lei annuì. «Sì.»

«Suo marito è stato arrestato oggi, e probabilmente verrà accusato di tradimento. Cosa ha da dire a riguardo?» Becker lanciò la sua domanda senza preavviso.

Hilde trattenne il fiato. *Tradimento?* Sapeva cosa voleva dire. Q l'aveva avvertita delle conseguenze, ma lei aveva sempre pensato che cose del genere accadessero solo agli altri, non a loro. Erano stati attenti. Non sarebbero stati presi.

«Io… io non capisco. Mio marito è un brav'uomo, un bravo cittadino.»

Becker si alzò in piedi e la trafisse con i suoi occhi grigio acciaio. *Non mi crede.*

«Signora Quedlin, lei non mi sembra una stupida. In effetti, potrei azzardarmi a dire che lei è più intelligente della maggior parte delle donne. Sarebbe nel suo interesse dirmi tutto quello che sa delle attività sovversive di suo marito. Da quanto andava avanti. Come manteneva i contatti. Tutto.»

«*Kriminalkommissar*, sono scioccata quanto lei. Dev'esserci un malinteso. Mio marito è un uomo gentile…»

Becker colpì il tavolo col palmo della mano, facendola sobbalzare. «Che lavorava per la resistenza! E se pensasse ai suoi figli, anche per un minuto, mi direbbe tutto quello che sa.»

«Io non so niente,» Hilde scosse la testa. «Se davvero lavorava contro il nostro governo, cosa che dubito, non me l'ha mai detto. Era devoto al suo lavoro, realizzava trasmettitori radio per la Wehrmacht. Non è una spia.» Le bugie le uscivano con sufficiente facilità.

Becker le rivolse un'occhiataccia, poi si riprese alcuni dei fogli che aveva battuto a macchina per Q e glieli passò attraverso il tavolo. «Nega di aver battuto a macchina questi fogli?»

Hilde guardò i documenti e rabbrividì interiormente. L'angoscia si impadronì di lei. Raddrizzò la spina dorsale e rimase fedele alla sua storia. «Non ho mai visto questi documenti prima.»

«Nega di aver deliberatamente cercato di nascondere da quale macchina da scrivere provengono? Nega di essere stata lei la persona che operava alla macchina da scrivere?»

«Sì.» Annuì con foga.

«Ha una macchina da scrivere a casa, Frau Quedlin?»

«Sì.»

«E non è forse vero che lei spesso aiutava suo marito battendo a macchina le sue ricerche e la documentazione per i suoi brevetti?»

«Sì, ma non capisco dove vuole andare a parare.»

«E non è forse vero che lo ha aiutato copiando documenti segreti e confidenziali, utilizzando carta carbone e carta marrone per distorcere le lettere, rendendo più difficile identificare la macchina da scrivere?»

«Ho battuto a macchina delle cose per lui sulla carta carbone, ma no… non ho fatto niente di male. A mio marito piace fare delle copie delle sue ricerche: lui detta e io batto a macchina. Non ho mai capito niente dei contenuti tecnici che stavo battendo a macchina. E di sicuro, non avrei mai copiato materiale segreto e confidenziale…»

Becker colpì di nuovo il tavolo metallico con il pugno. Il suono stridente le fece arricciare le dita dei piedi. «Smetta di blaterare.»

Hilde annuì, spalancando gli occhi. Si aspettava che la colpisse e fu grata quando lui tornò ad appoggiarsi allo schienale e si scusò.

«Per favore, perdoni le mie maniere, Frau Quedlin. Ma odio quando mi si mente. E lei sta mentendo.»

«Non ho fatto niente di male,» protestò lei.

«Deve raccontarmi una storia migliore. Preferibilmente la verità. Può andare tutto liscio. Può tornare in un lampo dai suoi figli. Oppure…»

Il sangue le si gelò nelle vene.

Becker riportò i fogli dal suo lato del tavolo e si alzò. «Beh, magari ha solo bisogno di un po' di tempo per rifletterci.» Aprì la porta e chiamò due ufficiali di grado inferiore nella stanza. «Portate Frau Quedlin nella sua cella. Ha bisogno di più tempo per riflettere sulla verità. Frau Quedlin, ci vediamo domani.»

CAPITOLO 4

Q era da solo nella sua cella, il che lo sorprese. Aveva sentito storie di dieci o venti prigionieri stipati in spazi piccoli come quello. Sebbene avere compagnia avrebbe potuto essere piacevole, era grato dell'opportunità di riflettere.

Per dieci anni, aveva aspettato quel momento, chiedendosi con paura come poteva finire la sua vita se i suoi sforzi nella resistenza fossero stati scoperti. La paura era sempre stata presente, nel retro della sua mente. Ogni volta in cui aveva sabotato la produzione bellica per la Loewe, aveva rubato un'altra informazione, o si era incontrato con l'agente russo, la sua vita era stata una catastrofe pronta ad avverarsi.

Per lo meno quella preoccupazione costante era finita. Una debole traccia di sollievo lo avvolse prima che la vasta portata delle conseguenze della sua cattura facessero a pezzi tutto il sollievo, e una nuova paura lo afferrasse. La certezza della tortura e dell'agonia lo strinse come la mano gelida della morte.

Ma la morte non era crudele quanto i cani della Gestapo, e Q era sicuro che a un certo punto nel futuro prossimo l'avrebbe invocata come salvezza del suo tormento. Malgrado la facciata amichevole di Becker, Q aveva visto la luce determinata nei suoi occhi grigi. La determinazione di ottenere quello che voleva a ogni costo, con ogni mezzo. Se solo gli uomini come Becker avessero impiegato la loro incrollabile determinazione per una causa meritevole e non per distruggere i loro fratelli umani.

Q rabbrividì. Il *Kriminalkommissar* Becker gli aveva offerto un patto. Aveva promesso una punizione lieve, un rilascio, se Q avesse lavorato per la Gestapo. L'unica cosa che doveva fare era confessare le sue attività e tradire tutti gli altri. Era il modo facile per uscirne, e Q era più che tentato di coglierlo.

Ma non poteva fare questo ai suoi amici. Far loro pagare i suoi debiti? No. Come avrebbe potuto vivere per il resto della vita da traditore? Un vero traditore, che aveva rinnegato i suoi ideali, non un disdicevole governo. E se poi fosse stato solo un tranello per farlo parlare?

No, Q non si sarebbe lasciato trarre in inganno dalla loro tattica. Nella solitudine della sua cella, la sua volontà era forte. Se avrebbe retto durante il successivo interrogatorio non lo sapeva. *Non sono un eroe. Né un soldato allenato per sopportare il dolore. Sono solo uno scienziato. Un uomo qualunque.*

Come poteva assicurarsi di non tradire i suoi amici quando la Gestapo sarebbe tornata a prenderlo? Q si rilassò sul materasso puzzolente e fece quello che sapeva fare meglio: pensò. Concepì un piano.

Avrebbe detto alla Gestapo tutto quello che volevano sapere. Ogni minimo dettaglio del suo lavoro di sabotaggio alla Loewe. Come aveva copiato i progetti e li aveva consegnati a "Pavel". Avrebbe parlato tanto da non lasciare il tempo al *Kriminalkommissar* Becker di chiedere i nomi. Perché i nomi non li avrebbe fatti. Quelli se li sarebbe portati nella tomba.

Hilde.

Il cuore di Q era stanco. Gli tornarono alla mente delle immagini. Il giorno del loro matrimonio. La scalata sull'Etna. La prima volta che aveva tenuto tra le braccia Volker. La tristezza gli strinse la gola. L'avrebbe mai rivista? Avrebbe mai rivisto i suoi figli?

Sperava che fosse al sicuro. Era solo una donna, una madre.

Nemmeno la Gestapo poteva pensare che avesse qualcosa a che fare con le attività di resistenza.

Q rimase in ascolto del silenzio. Si sentiva solo un lontano fruscio. Altri prigionieri? La Gestapo che veniva a prenderlo? Il fruscio si interruppe. A giudicare dalla piccola finestra opaca vicino al soffitto della sua cella, doveva essere nelle cantine dell'edificio. Le tristemente famose cantine della Gestapo? Q provò a forzare la mente su un'altra strada, ma la minaccia di quello che sarebbe accaduto continuava a riportarlo indietro.

Cos'era accaduto a Gerald?

Il *Kriminalkommissar* Becker era in possesso di alcuni dei documenti che Q aveva dato all'agente l'ultima volta che si erano incontrati. Gerald era un disertore della Wehrmacht, e sapevano tutti cosa accadeva loro se venivano presi.

Freddo e paura gli si insinuarono nelle ossa. Impossibile dormire, così Q si alzò e cominciò a camminare su e giù nella cella. A camminare e pensare. Nella sua vita, aveva fatto le scelte giuste? Avrebbe dovuto abbandonare il lavoro sovversivo? Non avrebbe dovuto pianificare l'attacco a Goebbels? Non avrebbe dovuto sposare Hilde? Le domande lo assalivano a migliaia. Ma non aveva risposte.

Molto più tardi, quella notte, mentre di nuovo affondava nel materasso e avvolgeva il corpo congelato nella coperta ruvida, il suo ultimo pensiero fu che avrebbe rifatto tutto daccapo.

Hilde era seduta in una cella molto simile a quella di Q, ripensando ai terribili eventi di quello a cui ora pensava come al *Lunedì Fatidico*. Dopo l'interrogatorio, l'avevano condotta giù per una stretta scala, in uno di quegli scantinati umidi e ammuffiti che le facevano sempre pensare a una torre medievale.

Le era venuta la pelle d'oca. Dopo che l'uomo in uniforme l'aveva spinta dentro e chiuso la porta, il silenzio si era fatto assordante. La finestra era sbarrata e si apriva su un pozzo di luce grigia. Nessuno l'avrebbe sentita gridare. Ma lei non gridava. Non ancora.

Hilde percorse i confini della piccola stanza, con le braccia strette attorno al corpo. Era grata del fatto di aver afferrato un cardigan quando la Gestapo era venuta a prenderla. Faceva freddo lì. Ma la paura e il dolore che le colmavano il cuore l'avrebbero fatta congelare anche in pieno sole.

Il *Kriminalkommissar* Becker gli aveva detto che anche Q era stato arrestato. Lei l'aveva pensato per tutto il tempo, ma averne la certezza le aveva tolto il respiro. Probabile che Q fosse detenuto nello stesso edificio, e lei tentò di *avvertire* la sua presenza. Se era lì nelle vicinanze, avrebbe potuto attingere alla sua forza e immaginarlo mentre la stringeva nel modo in cui tante volte l'aveva fatto nei loro otto anni insieme.

Funzionò, e riuscì a calmarsi, fino a che l'immagine dei suoi bambini si insinuò nella sua mente e le lacrime cominciarono a rigarle le guance. Aveva svezzato Peter soltanto la settimana prima, e di questo era grata perché sarebbe stato molto più dura per entrambi se ancora lo avesse allattato. Ma le mancava stringerselo addosso mentre lo metteva giù per un sonnellino. Le mancava parlare con Volker e guardare come funzionava la sua mente mentre giocava con i suoi giocattoli.

Si consolò con il pensiero che con loro c'era sua madre. Malgrado fosse così diversa da lei, si sarebbe presa cura dei suoi nipoti.

Sarà al massimo per qualche giorno.

Hilde si lasciò cadere sul materasso sul pavimento e si avvolse intorno una coperta macchiata e puzzolente, per sentire un po' di calore. Ma il sonno le sfuggiva, e rimase sdraiata lì, ricordando i bei giorni che aveva condiviso con suo marito e i suoi bambini.

Due settimane prima, c'era stato un'ondata di caldo fuori stagione, e lei e Q avevano portato entrambi i bambini al parco. Peter aveva gorgheggiato e chiacchierato nel suo passeggino. Volker e Q avevano camminato mano nella mano, entrambi strofinando i piedi nelle foglie cadute. Il bambino aveva bersagliato il padre di un milione di domande. *Perché le foglie cadono dagli alberi? Perché è autunno? Dove è andata l'estate?*

Hilde pianse un altro po'. Avrebbero mai vissuto un altro momento così pacifico e felice insieme? Si rigirò, lasciando che le lacrime scorressero senza controllo, e pregò Dio.

Ti prego. Permettimi di lasciare questo posto e tornare dai miei bambini. Ti supplico, lasciami vivere per allevarli, così che non debbano crescere senza madre come è stato per me.

Lei e Q avevano discusso quella situazione precisa, e sapeva cosa si aspettava che lei facesse. Aveva sempre respinto quel pensiero, ma ora che vi si trovava, in quella situazione, lottava con la prospettiva di tradire il proprio marito. Di dargli tutta la colpa. Per salvarsi.

Il sonno finalmente la reclamò alle prime ore del mattino, ma i suoi sogni furono tormentati dalle visioni del successivo interrogatorio.

Il *Kriminalkommissar* Becker era stato abbastanza gentile, ma sapeva che si trattava solo di una facciata messa su per spezzarla.

CAPITOLO 5

Era ancora buio fuori quando gli ufficiali della Gestapo trascinarono Q giù dal materasso risvegliandolo da un sonno agitato. Non ebbe nemmeno il tempo di rimettersi le scarpe, e naturalmente non gli diedero la colazione. Li seguì senza lamentarsi. Non sarebbe servito.

Questa volta, lo portarono in una sala interrogatori diversa: una senza il tavolo, con una sola sedia al centro della stanza e una lampadina nuda che pendeva dal soffitto. Gli uomini lo spinsero dentro e gli ordinarono di sedersi sulla sedia. Q fece come richiesto, cercando di non pensare a cosa stava per accadere. Lo stomaco emise un gorgoglio, ricordandogli che non mangiava da diciotto ore.

Il *Kriminalkommissar* Becker entrò pochi minuti dopo, finendo un panino che profumava di prosciutto. Lo stomaco di Q brontolò. Becker si pulì la bocca con la mano e gli sorrise. «Buongiorno, dottor Quedlin. Immagino che abbia fatto una bella dormita stanotte.»

Q restò in silenzio, senza abboccare all'amo che il *Kriminalkommissar* gli aveva lanciato. Becker accolse il suo silenzio con un sorrisetto e camminò verso di lui, girando attorno alla sedia. Venne a fermarsi alle sue spalle, e brividi di angoscia anticipatoria scesero lungo la spina dorsale di Q.

«Ha avuto modo di riconsiderare le sue risposte alle domande di ieri? È pronto a dirmi con chi lavorava?» La voce arrivava da dietro.

Q scosse la testa. «Lavoravo da solo. Nessun altro sapeva cosa stavo facendo.»

L'istante successivo, Q veniva scaraventato per aria e metteva le mani avanti per coprirsi la testa prima di sbatterla contro il freddo pavimento di pietra. Strizzò gli occhi mentre gli si riempivano di lacrime e il sapore metallico del sangue gli riempiva la bocca.

«Si alzi,» disse Becker.

Q si tirò in piedi e riprese posto sulla sedia, asciugandosi l'angolo della bocca con la mano. Apparve una striscia di sangue.

Becker si sfregò le nocche e si avvicinò a Q fino a torreggiare su di lui, fissandolo con i suoi letali occhi grigi. «Chi sono i suoi compagni?»

Q deglutì e di nuovo rispose: «Lavoravo da solo. Nessun altro sapeva cosa facevo...»

«È una menzogna! Sarebbe nel suo interesse cooperare con me.»

«Io sono disposto a dirle tutto sul mio lavoro sovversivo,» provò ad arginarlo Q, e quando Becker si disse d'accordo, sentì una piccola sospensione del suo terrore e cominciò a parlare. Dei progetti, di come avesse consegnato tutte le sue ricerche ai russi. Tutto. Parlò così a lungo che quasi si convinse che Becker sarebbe stato soddisfatto.

«Ora mi dica, chi l'ha aiutata?»

«Lavoravo da solo,» insistette Q e ricevette un altro colpo alla mascella. Il dolore gli diede le vertigini, e per un attimo vide solo stellette rosse.

«Gerald Meier dice cose diverse,» disse Becker.

Quindi, aveva preso l'agente russo. Q si aggrappò alla

speranza che Gerald non avesse fatto il nome di Erhard. Per fortuna, Gerald non sapeva di Hilde e di Martin. Almeno loro due erano salvi.

«Avete arrestato anche lui?» Nell'attimo in cui le parole gli erano uscite di bocca, Q aveva compreso di essersi tradito. Gerald Meier era il vero nome di Pavel.

«Sì, e il suo amico Erhard Tohmfor.»

No. Non anche Erhard. Q desiderava ardentemente sapere se Erhard fosse ancora vivo, ma aveva troppa paura di chiederlo. La sua stessa probabilità di sopravvivenza si affievoliva ogni minuto. Era troppo tardi per coprirlo. Non si sarebbe salvato comunque.

«Erhard Tohmfor era mio amico,» spiegò Q, incontrando lo sguardo di Becker. «Credo che avesse dei sospetti, ma ha chiuso un occhio. Non è mai stato coinvolto attivamente.»

Questa volta, fu una mazza di legno a impattare contro la schiena di Q e a piegarlo in due, strappandogli fuori l'aria dai polmoni. Ancora e ancora. Il dolore straziante esplose in stelle nere, e il respiro si fece affannoso alla ricerca d'aria. Doveva essere svenuto; quando tornò in sé le sue braccia e le gambe erano ammanettate alla sedia e Becker incombeva sopra di lui con una tazza di caffè deliziosamente profumato nella mano.

«Oh bene, si è svegliato,» disse Becker con un ghigno compiaciuto. «Lasci che le dica qualcosa. Il mio dipartimento ha arrestato l'agente che lei conosceva come Gerald sei settimane fa.»

Sei settimane? Persino con il suo cervello turbato, Q sapeva che non era possibile. Il *Kriminalkommissar* Becker stava mentendo. Perché se fosse stato vero…

«Ma come? L'ho incontrato solo due settimane fa…» sussurrò Q, cercando di diradare la nebbia dal suo cervello.

«Beh, a differenza sua, quell'uomo ha fatto una scelta saggia.» Becker lo fissò dall'alto. «Ha acconsentito a fare il doppio gioco per noi in cambio della sua vita.»

Era surreale. Incredibile. Ma probabilmente era la verità.

All'improvviso, i pezzi del puzzle andavano al loro posto. Ecco perché Gerald aveva fatto tutte quelle domande. E perché aveva insistito perché si incontrassero prima del tentato assassinio.

A questa rivelazione, tutto il mondo di Q crollò. Un agente che faceva il doppio gioco. Il tradimento bruciava quanto il dolore fisico per le botte di Becker. La persona di cui si era fidato, il compagno per la sua stessa causa, aveva tradito tutti per salvarsi la vita. Degluti a forza, cercando di mascherare il suo shock.

«Lei pensava di potersi fidare di questo agente russo ma in realtà…» ridacchiò Becker, il ghigno che si allargava, «un uomo intelligente come lei… avrebbe dovuto sapere quanto sono infidi i russi.»

La rabbia si mescolò al dolore fisico e mentale, e prima di potersi censurare, Q sbottò: «Beh, in effetti questo agente era un tedesco, quindi come vede questo dimostra solo quanto siano infidi i tedeschi.»

Il pugno di Becker partì e colpì Q sul lato destro del volto, pochi centimetri sotto l'occhio. Grazie alle manette non cadde dalla sedia questa volta, ma gli si annebbiò la vista mentre l'occhio si gonfiava e la bocca gli si riempiva del gusto metallico del sangue.

«Si ricordi che non siamo degli idioti. Gerald ci ha detto tutto di lei. Feccia.» Becker gli sputò in pieno viso. «Ci ha fornito tutte le informazioni che aveva condiviso con lui durante le vostre lunghe passeggiate. Sappiamo tutto. Sappiamo anche del ruolo di Erhard nel vostro piccolo sforzo di sabotaggio.»

Q stava ancora elaborando le informazioni quando Becker lo colpì di nuovo.

«Ieri abbiamo arrestato sua moglie. Speriamo che sia più collaborativa di lei.» Becker scoprì i denti in quello che forse doveva essere un sorriso, e il cuore di Q si strinse.

Non Hilde.

Q sollevò lo sguardo. «*Herr Kriminalkommissar*, mia moglie è innocente. Non le ho mai detto del mio lavoro nella resistenza.

Non sa assolutamente niente. Mi deve credere. Lei non c'entra niente con tutto questo.»

Becker lo squadrò con uno sguardo indagatore. «Chi altri lavorava con lei a parte Erhard e sua moglie?»

«Nessuno, lo giuro. Eravamo solo Erhard ed io. Hilde non aveva idea di cosa stava battendo a macchina. Non è una scienziata. Non poteva saperlo.»

«Sono stufo delle sue bugie,» disse Becker, facendo segno a un altro uomo. «Portatelo via.»

Questa volta, lo gettarono in una cella leggermente più grande di quella in cui aveva trascorso la prima notte. Questa però era affollata da almeno dieci altri prigionieri. Nessuno di loro aveva un aspetto migliore di quello che doveva avere Q, ma si spostarono gemendo per fare spazio al nuovo arrivato sul duro pavimento di pietra.

Q era terrorizzato. *Il trattamento di favore è finito.*

CAPITOLO 6

Hilde si svegliò da un sonno agitato e stirò le membra fredde e dolenti. Le giunsero rumori soffocati dal corridoio fuori dalla sua cella, il primo segnale che ci fossero altre persone rinchiuse lì sotto.

Quando la porta si aprì, mezz'ora dopo, si schiacciò contro la protezione del muro e guardò diffidente chi stava entrando. Un ufficiale della Gestapo in uniforme agitò il suo manganello e con il piede spinse dentro un vassoio, per poi andarsene senza una parola.

Hilde attese fino a sentire che il chiavistello della cella si chiudeva, prima di andare a ispezionare quella che si presumeva fosse la colazione. Buttò giù l'acqua maleodorante, poi occhieggiò con sospetto il pezzo di pane e la tazza con una indefinibile poltiglia biancastra. Per quanto la mente si ribellasse, lo stomaco le ricordò che avevano opportunamente dimenticato di darle del cibo la sera prima.

Si turò il naso e buttò giù metà della disgustosa poltiglia. Poi masticò il pane duro come la pietra, dal momento che non sapeva quando avrebbe avuto l'opportunità di mangiare di nuovo.

Non molto tempo dopo, un altro ufficiale venne a prenderla

per condurla dal *Kriminalkommissar* Becker. Era seduto al tavolo, in quella che sembrava la stessa cella in cui era stata interrogata il giorno prima. L'ufficiale che l'aveva scortata si appoggiò al muro dietro di lei.

«Buongiorno, Frau Quedlin, spero che non sia stata troppo scomoda la scorsa notte.» Sorrise e la invitò con la mano a sedersi.

Hilde si strinse nelle spalle. «Quando posso tornare a casa?»

Becker congiunse le mani sopra il tavolo, gli occhi fissi su di lei.

«Questo dipende interamente da lei e dalla sua buona volontà di cooperare. Anche io ho due meravigliosi bambini; deve sentire la mancanza dei suoi. È la prima volta che trascorrono la notte senza di lei?»

Riuscì a malapena a sussurrare «Sì,» prima che gli occhi le si riempissero di lacrime al pensiero dei suoi due bambini.

«Sarebbe un così grande peccato se restassero orfani,» disse Becker, come se riflettesse tra sé.

Quell'affermazione la colpì più di un pugno nello stomaco. Probabilmente emise un gemito, dato che Becker ora le sorrideva con benevolenza.

«Bene, Frau Quedlin. Ho un debole per i bambini, e per questo le farò un'offerta. Mi dica i nomi di tutti quelli che sono coinvolti nell'attività di resistenza con suo marito. Tutti. Anche le persone che sospetta solamente di essere contro il governo.»

Era la sua occasione di tornare a casa dai suoi bambini. Tutto quello che doveva fare era tradire tutti quelli che conosceva e fare dieci, venti, trenta nomi di persone che Becker poteva perseguire.

«Questo significa che potrò tornare a casa?» chiese, con voce tremante.

«Potenzialmente sì,» acconsentì Becker con un sorriso. Ma il sorriso non arrivò ai suoi occhi spietati. Hilde era sicura che stesse mentendo. E anche se non fosse, come avrebbe potuto lei convivere con la propria coscienza se avesse fatto quello che le chiedeva?

«Mi piacerebbe dirglielo, ma non so niente e non conosco nessuno. Non sapevo nemmeno che mio marito fosse impegnato in questo ripugnante comportamento fino a ieri.» Cercò di sembrare la più onesta possibile.

«Allora, Frau Quedlin, questa non è proprio la verità. Parliamo di questi fogli che ha battuto a macchina per suo marito.» Il *Kriminalkommissar* Becker spinse verso di lei altri fogli attraverso il tavolo.

Hilde guardò i documenti, alcuni di loro erano semplici richieste di brevetti e banali appunti che aveva dattilografato per il lavoro di ricerca di Q. Non vide alcun male nell'identificarli e annuì. «Mi ricordo di aver battuto a macchina questi per mio marito, quindi sì, l'ho fatto.»

«Per una volta, mi sta dicendo la verità,» disse Becker tirando fuori i fogli che le aveva mostrato il giorno prima e mettendoli accanto agli altri. «Questi documenti sono stati scritti dalla stessa macchina da scrivere.»

Il cuore di Hilde perse un colpo.

«Ora mi spiega perché ieri mi ha mentito?»

«*Kriminalkommissar* Becker, mi spiace. Non ho riconosciuto i documenti. Ho battuto a macchina tante cose per mio marito. Lui è un dattilografo terribile e spesso mi porta a casa i suoi appunti e mi chiede di batterli a macchina.» Avrebbe voluto alzarsi e correre via, un proposito piuttosto stupido dato che si trovava all'interno dell'edificio più sorvegliato di Berlino. «Io sono solo una semplice madre di due bambini, e per dire la verità non ho mai prestato particolare attenzione a quello che stavo dattilografando. Di solito era a fine giornata, quando ero già stanca per essermi occupata della casa e dei bambini.»

«Non si è chiesta perché suo marito si portava a casa del materiale tanto confidenziale?» domandò Becker.

Le si rizzarono i capelli sulla nuca. «Non pensavo fosse materiale confidenziale.»

«Non sa che è un crimine rubare materiale riservato?» Becker pestò il pugno sul tavolo.

Il tavolo fece un salto, e così Hilde.

«Ma lui non stava rubando. Era tutto lavoro suo,» difese Q.

«E come lo sa?»

«Io... lui è una persona onesta.»

«Una persona onesta? E perché allora ha tradito il Führer e la patria?»

Hilde si strinse nelle spalle. Qualunque cosa avesse detto sarebbe stato sbagliato.

Becker si alzò in piedi e girò attorno al tavolo per mettere una mano sulla sua spalla. Il suo intero corpo si irrigidì. Poi sentì il suo fiato sull'orecchio, e chiuse gli occhi.

«Lei ama suo marito, Frau Quedlin?»

«Sì.»

La mano le strinse il mento e le girò la faccia costringendola a guardarlo negli occhi. «Lui la ama?»

Hilde annuì.

«Eppure, lei vuole farmi credere che non aveva nessuna idea delle sue idee politiche. Del fatto che odiasse le idee ammirevoli del nostro Führer e che collaborava con i nostri nemici? Che era un comunista convinto?»

Hilde gemette quando la strinse più forte. «Sì. Voglio dire, no. Non ne sapevo niente.»

«Allora come mai ha negato di aver battuto a macchina quei documenti, ieri?» chiese di nuovo Becker, strizzando più forte il suo mento.

«Gliel'ho detto, non li ho riconosciuti.» Becker allentò la stretta e Hilde sentì che la faccia le bruciava. Sulla pelle probabilmente era rimasto il segno della sua mano.

«Allora, facciamo che da adesso diciamo la verità, va bene?» Becker le sibilò nell'orecchio, mentre entrambe le mani passavano sulle sue spalle per fermarsi sul suo collo.

Hilde sprofondò nel panico. «Io... io non lo so. Sono andata nel panico. Ho pensato che magari quei documenti avevano a che fare con il mio arresto.»

«Allora lo sapeva che c'era qualcosa di sbagliato in quei documenti?» chiese di nuovo stringendo la presa sul suo collo. Hilde pensò che l'avrebbe strangolata. Le sue pulsazioni si fecero frenetiche e le si affievolì la vista. Scalciò con le gambe, lo artigliò con le mani. Era alla disperata ricerca di aria. Poi fu di nuovo libera.

Mentre annaspava in cerca di prezioso ossigeno, Becker tornò dall'altro capo del tavolo e si sedette. Giunse di nuovo le mani. «Parli.»

La mente di Hilde era attanagliata dal terrore e non riuscì a pensare a niente di intelligente da dire. «No... non ho mai pensato che ci fosse qualcosa che non andava con quei documenti. Ma ieri, quando mi ha detto che mio marito era accusato di tradimento, ho pensato che forse quei documenti avevano qualcosa a che fare con quell'accusa.»

«E lei ha creduto saggio mentire alla Gestapo? Non sa che abbiamo i mezzi per scoprire la verità?» Il tono di minaccia la fece rabbrividire.

«Mi dispiace.»

«Allora, esattamente cosa c'è in questi documenti?»

«Non lo so.»

Becker agitò la mano, e il braccio di Hilde fu strattonato all'indietro, probabilmente dall'ufficiale alle sue spalle. Gridò per il dolore. La pressione aumentò e lei gridò fino a che Becker agitò di nuovo la mano e di nuovo lei fu libera.

«La verità, Frau Quedlin.»

Hilde singhiozzava e si teneva la spalla dolorante; le parole le uscirono a intermittenza. «La verità è che non ho mai saputo niente.»

«Non le credo. Guardi qui.» Becker le porse il foglio con le lettere sbavate.

Hilde cercò di nascondere di essere trasalita, ma troppo tardi. Becker aveva già notato la sua reazione.

«Lo riconosce questo, vero?»

«Sì.» Lo riconosceva. Molto bene. Q le aveva dato precise istruzioni di utilizzare diversi strati di carta uno sopra l'altro. Le parole di Q le risuonarono nelle orecchie. *È meglio che tu non sappia. Devi essere in grado di dire che non sapevi niente delle cose tecniche che stavi dattilografando.*

«Come mai ora è così nervosa, se non aveva idea di cosa si trattava?» Becker sogghignò guardandola.

Era spacciata. Non aveva più senso negare. La sua reazione viscerale l'aveva tradita. Il suo cervello era stremato, e il braccio le faceva ancora male, rendendola incapace di pensare lucidamente.

«Quando l'ho battuto a macchina non ci ho riflettuto molto, perché mio marito è sempre stato bizzarro con le sue invenzioni, ma adesso, dopo il mio arresto, a ripensarci mi sembra sospetto.»

«Ammette che stava aiutando suo marito nelle sue attività di tradimento contro il Reich?» Il tono di Becker era amichevole, ma le sue ultime parole furono una stilettata «Lurida troia.»

Le salirono le lacrime agli occhi. La mancanza di cibo e di sonno, l'interrogatorio costante pesavano sulla sua capacità di concentrarsi. «No. Io... non ne sapevo niente. E non ho fatto niente di male.»

«Eppure è impallidita quando le ho mostrato i documenti, schifosa.»

Doveva esserci qualcosa per rigirare la situazione. Hilde frugò la sua mente spaventata in cerca di una scusa. Qualunque cosa. «Io ho pensato, che forse... mio marito... avesse qualche affare poco pulito... che cercasse di vendere le sue ricerche a un'azienda rivale. Non proprio onesto, ma non un traditore... mai... è sempre stato leale.»

Leale ai suoi ideali. Non a quel mostro del nostro Führer però.

«Cazzate. Sapeva esattamente cosa stava facendo. Tradimento.» Becker la fissò fino a farla agitare sulla sedia e poi affermò: «Abbiamo arrestato Erhard Tohmfor.»

Hilde trattenne il fiato, ma le lacrime le riempirono gli occhi, e dovette asciugarseli.

Becker era un investigatore esperto e si accorse della sua piccola mancanza. La mise sotto pressione per avere altre risposte. «Tohmfor era coinvolto nelle attività di tradimento di suo marito?»

«Era il suo capo. Una persona onesta.»

«Anche lui era un traditore?» gridò Becker.

«Mio marito non è un traditore, e nemmeno Erhard!» sbottò, guadagnandosi uno schiaffo. Mentre il calore le esplodeva nella guancia sentì il gusto del sangue sulle labbra.

«Quel porco di suo marito è il peggior tipo di traditore. Proprio come lei. E anche Erhard Tohmfor. E chi altro? Mi faccia dei nomi!»

Hilde cominciò a piangere. Non le importava più se Becker l'avrebbe picchiata o meno. Forse sarebbe stato meglio che pensasse che stava per avere una crisi di nervi.

«Chi altri frequentate?»

Lei deglutì mentre dentro andava nel panico. *La Gestapo sapeva già quelle cose, giusto? O doveva mentire?* Dando per buono il suo primo pensiero, optò per una via di mezzo. «La mia migliore amica è Erika Huber, la nuora del compianto *Obersturmbannführer* delle SS Wolfgang Huber. Ci vediamo spesso per fare giocare i nostri bambini.»

Se il *Kriminalkommissar* Becker era impressionato dalla sua connessione con Wolfgang Huber non lo diede a vedere. Invece, continuò a ripetere le stesse domande, ancora e ancora. Hilde rimase fedele alla sua linea difensiva, che non sapeva cosa stava dattilografando, e non fece mai il nome di Martin Stuhrmann, l'uomo che aveva aiutato suo marito a preparare il piano di assassinio di Goebbels.

Le domande erano tornate in tono amichevole, ma Hilde non si lasciava ingannare. Dentro l'uomo che stava seduto dall'altra parte del tavolo c'era un mostro crudele e sadico che si godeva l'orrore che infliggeva.

CAPITOLO 7

Q si accasciò contro il muro in un gomitolo di dolore. L'occhio destro era parzialmente chiuso dal gonfiore, e la ferita sullo zigomo destro pulsava a ogni respiro. Ma dopo aver guardato gli altri prigionieri nella sua cella, si sentì un privilegiato.

Per quanto stesse male, era più forte la preoccupazione per sua moglie e i suoi amici. Hilde arrestata. Erhard arrestato. Q si chiese se Martin fosse salvo. Fino a quel momento, non era stato fatto il suo nome. *Questo vuol dire che non sanno di lui.* Gerald non sapeva della sua esistenza, e ora il destino di Martin era nelle mani dei suoi amici. Q avrebbe preferito morire che tradirlo, me non era sicuro di quanto a lungo avrebbe potuto resistere, e se Hilde ed Erhard sarebbero riusciti a fare lo stesso.

Hilde. Amore mio. È colpa mia se si trova qui. L'ho data in pasto ai lupi, e ora sta soffrendo a causa mia. Il cuore era stretto come un nodo. Se solo avesse potuto salvarla.

Diverse ore dopo, la Gestapo tornò a prenderlo. Questa volta lo condussero lungo un altro corridoio. Su per le scale. Camminando, sentiva le urla di altri prigionieri, soffocate dai muri spessi. Alcune erano soltanto i pietosi guaiti di uomini portati al limite della sopportazione.

Quei suoni lo turbarono nel profondo, e al momento in cui fu spinto in una stanza senza finestre con una sedia e una grossa vasca d'acqua, tutto quello che riusciva a fare era impedire alle sue ginocchia di battere l'uno contro l'altro. Il *Kriminalkommissar* Becker era in piedi nella stanza con un ghigno maligno sul volto.

«Porco traditore!» lo attaccò Becker, facendo seguire una lunga sequela di maltrattamenti. Mentre si proteggeva come poteva, Q scoprì che Gerald aveva raccontato alla Gestapo del tentativo di assassinare Goebbels. La Gestapo aveva perquisito la sua casa e trovato vari disegni, tra cui uno per una bomba controllata a distanza.

«Una bomba comandata a distanza? *Herr Kriminalkommissar*, non esiste una cosa del genere.» Q aveva deciso di fare lo gnorri.

«Abbiamo trovato i disegni di un congegno del genere nel suo appartamento,» gridò Becker.

«Solo un'idea. La mia mente è sempre piena di idee del genere, ma come può funzionare esattamente un telecomando? Quale metodo di trasmissione del segnale si dovrebbe impiegare? Un giorno un congegno del genere potrà esistere, ma per ora è semplicemente il frutto della mia immaginazione.» Q batteva i denti per l'ansia e la paura, ma riuscì a mantenere salda la voce.

«Bugiardo! Finora ti ho trattato con i guanti bianchi, ma le cose cambieranno se non collabori.» Becker si voltò e uscì precipitosamente dalla stanza, seguito dagli altri ufficiali.

Q rimase solo, con l'unica compagnia delle urla delle anime torturate nelle altre sale di interrogatorio.

Dopo qualche minuto, Becker tornò con i disegni. «Questi sono tuoi?»

«Sì, sono miei. Io sono un inventore, *Herr Kriminalkommissar*. Passo tutto il mio tempo a ideare nuovi e innovativi marchingegni. Ecco perché i miei servizi erano così apprezzati alla Loewe.» Naturalmente non aveva mai condiviso quello specifico congegno con il suo datore di lavoro.

«Neghi di aver pianificato di assassinare il nostro ministro della propaganda, Goebbels?» chiese Becker, afferrando un bastone dall'aspetto perverso, al cui capo erano attaccate delle stringhe di pelle.

Gli occhi di Q erano fissi sul bastone nelle mani di Becker mentre cercava di concentrarsi per rispondere alla domanda. «Ammetto di averci pensato. Ma non era altro che un gioco mentale. Io e Gerald abbiamo buttato là qualche idea. Ci chiedevamo se sarebbe servito a ridurre il potere del Reich e ad abbreviare la guerra, oppure no.» Più parlava, più Q diventava disinvolto. «Ma senza avere accesso a una bomba potente, o al fantomatico telecomando per azionarlo, era solo un sogno. Non c'era modo di trasformarlo in realtà.»

Becker non sembrava convinto, così Q continuò a parlare. «Io sono uno scienziato. Passo il mio tempo a inventare cose, in teoria, ma sono altri che devono realizzarle sul serio. Le mie idee si fermano quando le metto su carta.»

«È davvero un peccato che continui a rimanere fedele a questa storia,» disse Becker, rivolgendo un cenno del capo agli altri due ufficiali che lo avevano seguito nella stanza. Questi afferrarono Q, lo trascinarono verso la vasca d'acqua e ve lo gettarono dentro.

L'impatto con l'acqua ghiacciata gli tolse il fiato, e quando alla fine fu in grado di inalare, Q fu spinto con la testa sott'acqua e tenuto sotto fino a che sentì che i suoi polmoni sarebbero esplosi se non avesse preso aria. Questa tortura continuò per gran parte della giornata. Gli unici momenti di sollievo erano quando il *Kriminalkommissar* Becker tornava per fargli le stesse domande, ancora e ancora.

Q rimase fedele alla sua storia, convinto che non sarebbe cambiato niente, anche se avesse detto loro quello che volevano sentire. E, per una volta, stava dicendo la verità. Per quanto ne sapesse, una bomba del genere non esisteva ancora, a eccezione del suo stesso prototipo, che si augurava Martin avesse già distrutto. Aveva sentito delle voci su quel tipo di bombe in sperimentazione, ma non c'era niente di ufficiale.

Più tardi, nel pomeriggio, mentre Q aveva da tempo perso la sensibilità degli arti congelati, e persino i suoi pensieri erano diventati vischiosi, Becker lo tirò fuori un'ultima volta dalla vasca e lo picchiò ripetutamente con le strisce di pelle.

Le stringhe frustarono la sua pelle congelata e riportarono la sensibilità nel suo corpo: dolore straziante. La sua pelle era in fiamme, sebbene stesse tremando per il freddo e il dolore che tormentavano il suo corpo.

«Dimmi quello che voglio sapere, e potrai andare,» disse Becker molte ore dopo.

Q sollevò a malapena la testa e rispose con voce sfinita: «Le ho detto tutto. Sono uno scienziato. Quel disegno è mio e solo mio. Un sogno che non è mai diventato realtà.»

Becker guardò il corpo malconcio e ferito di Q e decise evidentemente che doveva aver detto la verità. Scosse la testa, facendo segno agli altri ufficiali di aiutarlo a rimettersi sulla sedia. «Daremo per buono che stai dicendo la verità su quel disegno.»

Il *Kriminalkommissar* iniziò a camminare su e giù per la stanza e poi si voltò con un sorriso maligno. «È un peccato, sul serio. Un uomo intelligente come te. Avresti potuto lavorare per il Reich e diventare ricco e potente. Ma hai scelto di sprecare la tua intelligenza e metterti al servizio del nemico.»

«Non ho mai puntato al denaro. Ho sempre puntato al progresso. Progresso *per* le persone, e non contro di loro.»

Quell'affermazione gli fece guadagnare un'altra scudisciata, e Q decise di tenersi per sé il resto: che voleva che le future generazioni pensassero a lui con onore, ecco perché si era schierato contro Hitler, la persona che pensava avrebbe portato alla rovina la sua amata patria. *Il nazionalsocialismo non è un bene per nessuno, eccetto per lo stesso Hitler.*

«A proposito, il tuo amico Tohmfor ha confessato. Ogni cosa.» Con quelle parole, Becker lasciò la stanza. Q rimase con i due bruti che si erano divertiti a quasi annegarlo per svariate ore. Temette il peggio.

Ma non accadde nulla. Lo trascinarono di nuovo alla sua cella, dove cadde sopra ad altri prigionieri. *Sono ancora vivo,* fu il suo ultimo pensiero, prima di scivolare in un sonno esausto e frammentato.

CAPITOLO 8

Il processo di Q si tenne il 18 dicembre del 1942, meno di tre settimane dopo il suo arresto da parte della Gestapo. Non si svolse in un tribunale normale, ma come *Geheime Kommandosache,* un processo segreto. Q non poteva avere nemmeno un avvocato a difenderlo.

Non era illegale dato che la legge sulla Gestapo del 1936 dava carta bianca all'organizzazione per operare al di fuori e attorno e alla legge, senza alcun rispetto. In effetti, Werner Best, ufficiale delle SS e primo capo degli affari legali della Gestapo, una volta aveva affermato: «Finché la polizia porta avanti la volontà dei vertici del potere sta agendo legalmente.»

Q era stato ammanettato al sedile dell'accusato, mentre un giudice presiedeva da un alto bancone. Il *Kriminalkommissar* Becker e l'agente doppiogiochista, Gerald Maier, sedevano alla sinistra di Q. Alle sue spalle, più di due dozzine di ufficiali della Gestapo e di sostenitori riempivano la stanza.

Q ebbe un balzo al cuore quando vide entrare Hilde, ammanettata e accompagnata da un ufficiale della Gestapo. Q cercò il suo sguardo, e quando lei guardò dalla sua parte, il suo cuore si spezzò per la devastazione visibile sul suo volto. Un livido sulla sua guancia scavata testimoniava i maltrattamenti che aveva subito, e lui avrebbe voluto urlare. O almeno andare da lei, prenderla tra le braccia, e baciare via il dolore. Il vestito le andava largo, e quel vivace scintillio che tanto amava nei suoi occhi azzurri era completamente scomparso.

Dal suo posto, poteva guardarla con la coda dell'occhio senza girare la testa. Per tutta la durata del processo, scambiò sguardi con lei, cercando di inviarle il suo amore incondizionato. Sperava che per qualche miracolo, avrebbe potuto perdonarlo per il disastro in cui li aveva fatti precipitare.

Diversi ufficiali della Gestapo testimoniarono e Q ascoltò mentre si elencavano le prove contro di lui. Furono presentati dei documenti, incluso il disegno della bomba telecomandata, e si testimoniò del suo piano di assassinare Goebbels.

Alla fine il giudice dichiarò terminate le testimonianze e gli rivolse uno sguardo glaciale. Q tremò nel profondo sotto quello sguardo.

«*Aufstehen Angeklagter!*»

Q si mise in piedi, trattenendo il gemito di dolore per le violenze subite nei giorni precedenti. Si afferrò al tavolo di fronte a lui e poi si forzò di stare dritto. *Non darò loro la soddisfazione di vedermi spezzato.*

«Dottor Quedlin, lei è accusato di tradimento contro il Partito. Le prove sono state presentate. Cosa ha da dire in sua difesa?»

Q rivolse uno sguardo a Hilde, che gli fece un cenno del capo quasi invisibile, e poi di nuovo al giudice. «Sono colpevole degli atti sovversivi che mi si contestano qui oggi, ma l'ho fatto per combattere un regime di ingiustizia. Lo farei di nuovo. Ho agito in linea con la mia coscienza, una coscienza che aborrisce quel che il Reich ha fatto alla mia patria. Farei qualsiasi cosa se questo significasse liberare la Germania da questo male.»

La piccola aula di tribunale esplose in invocazioni di morte e in insulti rivolti alla sua persona. L'ufficiale accanto a lui si alzò e gli afferrò rudemente il braccio, promettendogli che avrebbe pagato per quelle dichiarazioni sfrontate.

~

Hilde aveva ascoltato con crescente orrore mentre venivano presentate le prove contro di lui. Fino a quel momento, non aveva colto l'entità della conoscenza della Gestapo delle attività di spionaggio e sabotaggio di Q. Avevano tenuto d'occhio Q e molti altri per mesi prima di arrestarli.

Non capiva tutto quello che veniva detto, ma all'apparenza la Gestapo credeva che Q fosse stato a capo di un gruppo di sabotaggio nella sua azienda, e allo stesso tempo che facesse parte di un gruppo di resistenza molto più grande che chiamavano *L'orchestra rossa*. Dozzine di membri, tra cui il noto *Oberleutnant* della Luftwaffe Harro Schulze-Boysen, erano stati arrestati ed erano sotto processo dalla stessa corte.

Hilde provò un senso d'orgoglio guardando Q che si levava integro nell'aula di tribunale. Nei suoi occhi aveva visto un mare di dolore. Aveva cercato il suo sguardo di tanto in tano, cercando di fargli capire che non gli dava alcuna colpa. Che l'aveva perdonato, se c'era qualcosa da perdonare. *Se solo potessi parlare con lui pochi minuti.* Ma li separavano file di banchi, sbarre e manette.

Il suo orgoglio verso la sua incrollabile fermezza si trasformò in puro orrore quando gli chiesero di difendersi. Hilde si premette una mano sulla bocca. Non era completa stupidità far arrabbiare deliberatamente il giudice e la corte? Non sarebbe stato meglio dichiararsi colpevole ma astenersi dal gettare benzina sul fuoco? Il clamore che seguì fu assordante e, per un attimo, temette che qualcuno l'avrebbe ucciso sul posto.

Il giudice batté diverse volte il suo martello sul banco, gridando agli spettatori di calmarsi. Seguì un silenzio mortale. E alla fine, il giudice pronunciò la sua sentenza.

«L'imputato, Dottor Wilhelm Quedlin, è dichiarato colpevole di tradimento contro il Führer e la patria. È condannato a morte.» Il giudice fece una piccola pausa e poi aggiunse: «Portate questo rifiuto fuori dal mio tribunale.»

Le spalle curve di Q furono l'ultima cosa che Hilde vide prima di crollare, nascondendosi il volto tra le mani. Lacrime silenziose scorsero lungo le sue guance. Entrambi sapevano qual era la punizione per il tradimento, e nessuno nella resistenza avrebbe mai sperato nella clemenza della corte. Ma saperlo in teoria e ascoltare con le proprie orecchie che l'uomo che amava era stato condannato a morte erano cose ben diverse.

Il suo cuore si ruppe in mille pezzi, lasciando un posto vuoto dietro di sé.

Q fu spinto verso la porta, passando accanto a dove stava lei. Troppo lontano per riuscire a toccarlo, anche se avesse steso la mano. Lui si voltò in modo convulso e lei riuscì a cogliere un ultimo bagliore nei suoi occhi azzurri pieni d'amore. Un'energia potente passò tra di loro. Sarebbe stata forte. Aveva ancora i suoi bambini dei quali preoccuparsi.

CAPITOLO 9

Hilde trascorse i successivi due giorni nella sua cella in stato di trance. Dopo il processo di Q non era stata più interrogata, e sebbene detestasse il *Kriminalkommissar* Becker e i suoi costanti abusi, l'incertezza di cosa stava per accadere era quasi più dura da sopportare.

All'inizio, le altre donne nella sua cella avevano provato a consolarla, ma si erano ben presto arrese. Avevano tutte i loro problemi. Le prigioniere andavano e venivano, e molte di loro erano incapaci di camminare, di mangiare e di parlare persino dopo l'ennesimo interrogatorio. Sembrava che nessuna fosse messo peggio di chiunque altra.

Hilde si lasciò cadere sul nudo cemento, si raggomitolò e pianse fino a finire le lacrime, tre settimane nelle mani della Gestapo e sembrava non esserci fine. Non le avevano permesso di avere un avvocato o di ricevere visite; non le avevano consentito nemmeno di scrivere una lettera. Non aveva idea se sua madre era stata in grado di seppellire l'ascia di guerra e telefonare all'uomo che più disprezzava, il padre di Hilde, Carl Dremmer, e alla sua seconda moglie, Emma.

Annie aveva informato almeno la madre di Q, Ingrid? La

povera donna aveva appena compiuto settantasei anni, e aveva già dovuto seppellire due dei suoi figli oltre al proprio marito.

La preoccupazione per i suoi bambini rodeva l'anima di Hilde, divorando il suo spirito un pezzetto alla volta. Proprio mentre iniziava a desiderare di morire in quel buco infernale, venne da lei un ufficiale della Gestapo. I capelli le si rizzarono sulla nuca mentre veniva accompagnata di sopra, in una stanza arredata con un tavolo e una sedia. Diversi minuti più tardi, la porta si aprì, e Hilde quasi sobbalzò alla vista di una donna curata e ordinata.

«Ecco,» disse la donna appoggiando sul tavolo una tazza di acqua e una busta. Poi se ne andò senza aggiungere nemmeno una parola.

Hilde buttò giù l'acqua fresca e pulita prima di toccare con dita tremanti e riverente cautela la busta.

Mia cara Hilde,

sono piena di immenso dolore da che Frau Klein ci ha informato dell'arresto tuo e di mio figlio.

Prego ogni giorno di sentire che si è trattato di uno sciagurato errore e che tu e il mio Wilhelm siete stati rilasciati. Ho pregato ogni giorno che entrambi sareste stati in grado di trascorrere il Natale con i vostri bambini e con me, come avevamo pianificato.

Se ti permettono di scrivere, per favore fammi sapere come posso aiutarti, e se hai bisogno di qualcosa.

Frau Klein si è trasferita nel vostro appartamento di Nikolassee con i ragazzi, e ha fatto del suo meglio per occuparsi di loro, ma deve anche occuparsi di suo marito ammalato. Ecco perché ha acconsentito a mandare Volker da tuo padre ad Amburgo. Sfortunatamente, anche la mia salute peggiora rapidamente, e non ho potuto offrirmi di occuparmi dei miei nipoti, anche se sai quanto io li ami.

. . .

Le lettere cominciarono a offuscarsi davanti agli occhi di Hilde e dovette sbattere le ciglia per vederci di nuovo nitidamente. I suoi bambini. Le mancavano così tanto. Era stata molto in ansia per Peter, che era così piccolo, ma ancor di più per Volker. Era un bambino così sensibile, e poteva solo immaginare come quella nuova situazione doveva ripercuotersi su di lui. E adesso, venire separato dal suo fratellino!

Di solito era eccitato all'idea di stare con i suoi nonni. Forse sarebbero riusciti a fargli credere che si trattasse solo di vacanze natalizie? Si asciugò una lacrima e continuò a leggere.

Stai certa che entrambi i tuoi bambini stanno bene in questo momento. Le mie preghiere e i miei pensieri saranno sempre per voi.
Ingrid

Hilde sospirò. Rilesse diverse volte la lettera, e poi la ripiegò e se la infilò nel reggiseno, proprio sopra il cuore. Almeno aveva una connessione con il mondo esterno. Poco tempo dopo, entrò il *Kriminalkommissar* Becker.

«Frau Quedlin, come vanno le cose a casa? Mi dicono che ha ricevuto una lettera oggi?» chiese Becker con un sorriso falso.

«Bene,» tagliò corto lei, troppo scossa per stare al suo gioco. La lettera aveva rimescolato le sue emozioni.

«Eccellente.» Becker la scrutò e fece un altro passo verso di lei. «È una tale sfortuna che una bella donna come lei abbia sposato uno spregevole bastardo del genere.»

«Q è...» Hilde si bloccò. Perché le importava di quel che diceva Becker? Era tutto parte del suo gioco.

Lui sollevò un sopracciglio. «Stava dicendo qualcosa?»

«No, mi scusi *Kriminalkommissar*, non volevo interromperla.» Hilde congiunse le mani, preparandosi a quel che sarebbe seguito.

«Bene, bene. Comincia a ragionare.» Le sfiorò le spalle con la mano e tutto il suo corpo si tese. «Quel pezzo di merda di suo marito ha raccolto quel che aveva seminato. Il Reich non permetterà ai suoi nemici di rimanere impuniti, e pagherà per i suoi atti di tradimento. Esecuzione. Questa parola non le si scioglie sulla lingua?»

Lei lo fulminò con gli occhi; se gli sguardi avessero potuto uccidere sarebbe stato morto a quel punto.

«Esecuzione. Lo dica. Quello stronzo traditore di mio marito sarà giustiziato.»

Mentre ripeteva le sue parole, la bile le risalì in gola.

Becker fece un sorriso compiaciuto. «Ben detto, Frau Quedlin. Sento che sta cominciando a cooperare. C'è ancora per lei la possibilità di salvarsi, se non preferisce seguire le orme di quel *Drecksau*.»

Hilde combatté il desiderio di sputargli in faccia. *Come osava!*

«Mi faccia i nomi. Ogni singola persona che sospetta possa avere collaborato con il nemico. E sarà libera di andarsene.»

Becker lo disse con un sorriso accattivante, come se fosse vero, ma Hilde vide solo l'odio, la crudeltà e il sadismo nei suoi occhi. Tutte le cose che aveva subito nelle ultime tre settimane. Qualcosa in lei scattò.

«Non le dirò un bel niente! Ha distrutto la mia vita, mi ha tolta ai miei figli, mi ha picchiata e abusata quando io non sapevo niente del lavoro di spionaggio di mio marito. Cosa le fa pensare che io ora le creda? Maledetto...» ... *bastardo.*

Mentre l'insulto le veniva in mente incassò la testa nelle spalle preparandosi al colpo. Ma non accadde nulla. Quando Hilde guardò in su di nuovo, Becker sorrideva da un orecchio all'altro, applaudendo al suo sfogo.

«Ha finito?» chiese, il che non fece che riattizzare il fuoco che le bruciava dentro.

«No.» Lei batté i pugni sul tavolo, alzando la voce. «Voglio andare a casa. Io sono innocente. I miei bambini hanno bisogno di me.»

Il *Kriminalkommissar* Becker incrociò le mani sul petto. «C'è solo un modo per tornare a casa. Mi dica quel che sa.»

«Quel che so? Niente!» Nel momento di rabbia, spinse via la sedia, facendola cadere di lato. Si bloccò mentre il silenzio riempiva la stanza, sicura che questo avrebbe avuto delle conseguenze.

Becker, tuttavia, sembrava soddisfatto osservando il suo totale crollo nervoso, e ordinò a qualcuno di riportarla nella cella.

Lì, Hilde crollò sul pavimento, tirò fuori la lettera e pianse a lungo.

CAPITOLO 10

Per due lunghi giorni, Q aveva cercato di venire a patti con la sua condanna a morte. Aveva ipotizzato che la sua vita fosse perduta nell'attimo esatto in cui era stato arrestato. E ora quell'ipotesi era stata confermata da un processo segreto davanti a un giudice nazista. Tuttavia, malgrado quell'esito fosse ciò che si aspettava, era stato un colpo nelle viscere. Lo sguardo di disperazione negli occhi di Hilde quando l'aveva guardata per l'ultima volta!

La rivedrò mai più? Rivedrò i miei figli?

La paura lo attanagliava sempre più forte ogni minuto che passava. Non era tanto la paura della morte in sé, perché la parte razionale del cervello gli diceva che sarebbe stata rapida e quasi indolore. Quello che gli annodava le viscere era quello che sarebbe accaduto prima del suo ultimo respiro.

Il *Kriminalkommissar* Becker aveva più volte ribadito quanto lo stesso Hitler fosse infuriato per l'audacia di Q di collaborare con il nemico *e* di pianificare un tentativo di assassinare Goebbels. Becker non era stato avaro di suggerimenti su quanto *altro* avessero in serbo i suoi bruti per i prigionieri che non volevano collaborare.

Nella solitudine della sua cella di morte, la mente di Q si

50

avventurò su un sentiero pericoloso, richiamando e raffigurandosi le voci più terrificanti che aveva sentito negli ultimi anni. Ora che il suo processo era terminato, non sarebbe mai più apparso in pubblico. Che ragioni aveva la Gestapo per tenerlo vivo?

Il terrore prese possesso di ogni singola cellula del suo corpo, finché non prese una decisione cruciale. Se doveva morire in ogni caso, sarebbe stato a modo suo, per sua stessa mano. Una volta presa la decisione, nel suo spirito calarono la calma e la pace. Sarebbe stato il suo ultimo atto di sfida a quel regime malvagio. Con la prospettiva di una straziante tortura, pianificare la propria dipartita fu quasi un compito gradevole.

Calò il sole e le guardie distribuirono quel che chiamavano *cibo*. Q non fece che sogghignare verso di loro, con la certezza che non avrebbe mai più rivisto le loro aborrite facce. Nessuno avrebbe più fatto il giro di controllo fino al mattino.

Si levò gli occhiali e li fece a pezzi. Poi si infilò sotto la coperta di lana con i frammenti di vetro tra le dita. Q chiuse gli occhi e pensò a Hilde e ai suoi due bambini, e quasi perse il coraggio di procedere con il suo piano.

Per favore perdonatemi.

Spinse la scheggia di vetro contro il suo polso sinistro. Il dolore fu lieve, il sangue che sgorgava sulle sue dita era caldo e calmante. Dopo essersi tagliato il polso destro, attese l'inevitabile ascoltando la sua stessa vita che defluiva nel materasso sotto di lui.

~

«Wilhelm Quedlin! *Aufstehen! Augen auf!*»

Q stava fluttuando su una nuvola, guardando dall'alto la città di Berlino, quando una voce insistette ripetutamente perché aprisse gli occhi e si alzasse. Ignorò quella voce molesta, ma non voleva saperne di azzittirsi. Poi delle mani afferrarono le sue spalle e lo scossero.

«*Er lebt.*» È vivo.

Che delusione, pensò Q aprendo alla fine gli occhi. La stessa cella. Le stesse guardie. Solo che questa volta stavano cercando sul serio di salvargli la vita. *Stupidi bastardi. Lasciatemi morire.* Avvolsero i suoi polsi in bende di tessuto, e frammenti confusi di conversazione raggiunsero il suo cervello.

Lo tirarono su dal materasso e provarono a farlo stare in piedi, ma aveva perso troppo sangue, o non abbastanza. Crollò sulle ginocchia, ondeggiando come un albero nella tempesta.

«Portatelo all'ospedale,» disse qualcuno.

Q permise che gli facessero tutto, come una marionetta sul filo, incapace di muoversi o parlare. Fu gettato su un'asse e deposto sul retro di un'ambulanza. Un'ondata di nausea lo assalì mentre l'ambulanza schizzava via a sirene spiegate.

Il tragitto all'ospedale carcerario, Alt Moabit, non durò molto, e lui si ritrovò in corsia. Un'impassibile infermiera e un medico esaminarono le sue ferite e ricucirono insieme la carne lacerata dei suoi polsi.

«Stupido,» disse l'infermiera scuotendo la testa. «Sei fortunato a non essere morto.»

La voce di Q non funzionava, o le avrebbe detto quanto invece era stato sfortunato.

Fu trasportato in sedia a rotelle in una piccola cella con una grande finestra al centro del muro, ma lui non poteva alzarsi per guardare fuori. Come punizione per il suo tentato suicidio fu tenuto in isolamento, con addosso muffole di cuoio, e legato al letto così che non facesse di nuovo qualcosa di stupido. Le infermiere gli somministravano minuscole mezze porzioni di cibo, e per il resto del tempo era solo con i suoi pensieri. Niente a occupare la sua mente. Nessuno con cui parlare. Nessun libro da leggere. Niente.

Q ridacchiò quasi per l'ironia del destino. Le stesse persone che l'avevano condannato a morte non gli consentivano di suicidarsi. No, persino la sua morte doveva essere a modo loro.

Per la maggior parte del tempo, Q fluttuava in una nuvola di foschia, cercando di sfuggire alla realtà risolvendo enigmi matematici, ma nemmeno il suo cervello lavorava più come avrebbe dovuto. Le ferite che bruciavano e dolevano gli ricordavano della situazione desolata, e le muffole di pelle sulle sue mani peggioravano la situazione.

Le ferite non si rimarginavano come dovevano, e nei giorni seguenti il medico dovette rioperarlo due volte per drenare l'infezione dalle ferite. Nel giro di due giorni, una copiosa quantità di siero inzuppava le bende. La giovane infermiera gli rivolse un timido sorriso prima di cambiarle. Quel che vide doveva essere brutto dato che uno sguardo di orrore attraversò il suo volto e corse a chiamare il dottore.

Dopo qualche consulto, convennero di dare a Q la penicillina.

«Non dovreste sprecare la vostra preziosa penicillina per un uomo condannato a morte,» obiettò Q, ma nessuno gli diede retta.

Sprofondò in uno stato di sconforto; l'infezione, la fame costante e la noia si facevano sentire sul suo corpo e sulla sua anima. Mentre stava steso a letto, ora dopo ora, senza libri o alcuna forma di interazione umana eccetto per le infermiere due volte al giorno, la sua mente cominciò a crollare. Girava in una spirale verso il basso.

Hilde.

I suoi figli.

Il tradimento di Gerald.

La sua morte imminente.

Quando verranno a prendermi? Come morirò? Plotone di esecuzione? Ghigliottina?

CAPITOLO 11

Finalmente, a Hilde era stato concesso di scrivere una lettera e le consegnarono qualche foglio di carta e penna e inchiostro. Rimase a lungo a fissare le pagine bianche, pensando alla sua amata famiglia e chiedendosi come si stesse adattando Volker alla sua nuova vita con i nonni ad Amburgo.

Suo padre, Carl, aveva appena compiuto cinquantasette anni, e si preoccupava per la sua salute. Mamma Emma… sorrise a chiamarla così. Non aveva mai chiamato la sua matrigna "mamma" fino a che non era nato Volker e la stessa Hilde era diventata madre. Solo allora aveva cominciato a capire, e la loro relazione era cresciuta.

Immaginò le sue sorellastre, la ventunenne Julia e la diciassettenne Sophie. Hilde si chiese quanto fossero cambiate dall'ultima volta che le aveva viste. C'erano così tante cose che avrebbe voluto sapere. Così tanto che avrebbe voluto dire. Ma aveva paura di chi altro avrebbe letto ogni singola parola. Sospirò, e mentre cominciava a scrivere le scese una lacrima.

Miei cari mamma e papà,

finalmente mi concedono di scrivere. È probabile che vi siate spaventati molto quando avete ricevuto la notizia. Sto bene, per quanto possibile nella mia situazione. A parte i pensieri terribili che mi seguono giorno e notte.

Papà, accetta i miei migliori auguri per il tuo compleanno, anche se ti arrivano tardi. Ti auguro dal profondo del cuore amore e tutto il meglio per questo nuovo anno della tua vita; salute prima di tutto. Sai che dovresti rilassarti e non lavorare così tanto.

Volker era già con voi per il tuo compleanno? Adesso avete il permesso di scrivermi quando vorrete. Credo che ti daranno l'indirizzo al quale scrivere. Come sai, le lettere saranno prima lette dall'ufficiale apposito.

Non so nulla di voi e dei bambini. Per favore, raccontatemi delle vostre vite. Mi mancate così tanto. So solo che Volker è ad Amburgo con te. Spero che stia bene, o almeno me lo auguro.

Spero non sia un impegno troppo gravoso per te, mamma Emma, ora che entrambe le tue figlie sono tornate a vivere con te. Spero che Julia ti aiuti, almeno fino a quando non dovrà andare a lavorare, e spero che il giovanotto ti dia anche un po' di gioia e non solo lavoro.

Non vedevamo l'ora di trascorrere il Natale a casa. La prima volta con il nostro albero di Natale, e anche la prima volta con due bambini. Quante vacanze di Natale abbiamo trascorso da voi? Il piccolo Volker deve pensare che le Feste esistano solo a casa vostra.

Mi consola il pensiero che lui la considererà una bella consuetudine, e non una rottura nella sua vita, e che non debba stare da qualche parte con persone sconosciute e bambini sconosciuti.

Per fortuna, mia madre Annie ha acconsentito a occuparsi dei miei bambini quando sono stata arrestata, ma non ho avuto sue notizie da allora e non ho idea di come stia Peter. Ci sono tante cose che vorrei sapere. Tempo fa, avrei dovuto poter ricevere una visita da lei ma non è accaduto nulla.

Julia era a Berlino, ed è lei che ha portato con sé Volker ad Amburgo? Vorrei tanto conoscere i dettagli di quel viaggio.

Nella mia sventura, è stato un colpo di fortuna che io avessi appena finito di cucire il cappotto invernale per Volker. L'ho terminato di venerdì, e lunedì 30 novembre è stato il mio giorno infausto.

Hilde fece un salto sentendo una guardia gridare il suo nome. Mise giù la penna si alzò in piedi, con le gambe che le tremavano. Ma era lì soltanto per dirle che dal giorno successivo sarebbe stata trasferita in una prigione comune.

«Raccogli le tue cose e stai pronta,» le gridò.

Quali cose? Avrebbe voluto chiedere Hilde. Non possedeva nulla, a parte gli abiti che indossava e la lettera di Ingrid. Aveva indossato ininterrottamente quegli stessi vestiti dal giorno in cui era stata arrestata, tre settimane prima, a eccezione delle due volte in cui era stata spogliata nuda da chi la interrogava. Si irrigidì al ricordo.

Le ci vollero diversi minuti prima di riuscire a prendere di nuovo la penna in mano. Con il cuore pesante, riprese a scrivere...

Quando ho finito il cappotto, ho persino detto a Q che se fossi morta in quel momento, almeno avrebbe avuto un mio ricordo, e che avrebbe dovuto ricordato a Volker che sua madre lo aveva amato tanto da trascorrere molti giorni e notti a cucirlo proprio per lui.

In realtà l'ho detto scherzando. Non avevo idea di quale orribile destino pendeva su di noi.

Ma ora, quando indossa il suo cappotto, gli potete ricordare sua madre. Spero che non si dimentichi di me e che non debba subire lo stesso mio destino di quando avevo la sua età. Ricordo ancora, come se fosse ieri, com'era vivere con parenti sempre diversi.

Non che mi abbiano trattato male, ma ho sempre saputo che mia madre non mi aveva voluta, e desideravo ardentemente tornare nella casa dei mei genitori. Sapere che il nome di mia madre non veniva mai menzionato, era sempre evitato con paura, non ha reso le cose più facili. Volker dovrebbe sapere che sono sempre qui, e che penso sempre a lui, e che nel profondo del mio cuore spero che presto tornerò da lui.

Se ne avete, vi prego di mostrargli le mie foto. Credetemi, sarà un conforto per lui, anche se non dovesse sembrarvi triste. Vedere delle foto di sua madre lo aiuterà a ricordarmi e a conservare il nostro stretto legame.

E non dovrebbe dimenticarsi nemmeno del suo fratellino. Dovrebbe sapere che lui e Peter sono fatti per stare insieme per sempre. Volker, malgrado abbia solo tre anni, non è più un bambino superficiale, e voglio che resti riflessivo com'è.

Abbiamo sempre parlato con lui come se fosse un adulto, e suo padre spesso diceva che è una persona completa. E ora la vita di questa persona completa ha subito un grande rivolgimento. Ha dovuto abbandonare le lezioni di disegno con la zia Stein, che gli piacevano tanto. Magari potete scriverle una lettera e farle avere dei disegni di Volker; ne sarebbe così felice.

Ha dovuto lasciare il suo asilo dove avevano appena cominciato a preparare le celebrazioni per l'Avvento e i canti di Natale, e gli altri bambini della sua età con i quali giocava così bene. Sono sicura che gli mancherà anche il giardinetto dove passavamo tante ore al giorno, all'aperto.

Spero così tanto che tutto possa essergli restituito molto presto. Vi prego di non fraintendermi; so che da voi è trattato bene, meglio che da qualsiasi altra parte eccetto che con me. Ed è per questo che voglio che Volker stia con voi. Peter, grazie al cielo, è troppo piccolo per comprendere tutto questo. Ma è ancora più dura per me lasciarlo a questa età così bella. Tutta la gioia che ha portato nel mio cuore, ogni momento che ho trascorso con lui. Oh Dio, è così difficile, ma ancora non è la cosa più difficile da fare.

Hilde non riuscì ad andare avanti. Le sue spalle tremavano così forte per il suo scrivere ininterrotto. E anche se fosse stata salda, non sarebbe riuscita a vedere la carta attraverso il velo di lacrime. I suoi bambini le mancavano da morire. Aveva così tanta paura per loro. Per Q. Per se stessa

Di lì a due giorni sarebbe stato Natale, ma a meno di un miracolo l'avrebbe trascorso in prigione. Da sola.

Nel mezzo del buio totale e della desolazione, intravide un

minimo lato positivo. Domani si sarebbe lasciata alle spalle l'orrendo quartier generale della Gestapo e sarebbe stata trasferita in una prigione comune. Un luogo senza interrogatori costanti. Un luogo in cui i prigionieri erano trattati come essere umani. Un luogo in cui avrebbe potuto avere vestiti puliti e una doccia.

Una doccia! Dopo tre settimane in quel buco infernale, i suoi abiti erano coperti di sangue rappreso, sporcizia e sudore. Ogni filo trasudava polvere e puzza.

Hilde si raggomitolò sulla branda dura e cadde in un sogno popolato da incubi. In quel luogo orrendo non ci sarebbe voluto molto alla sua mente per scivolare nella pazzia. Solo al mattino si sentì abbastanza forte per finire la lettera.

Non potete immaginare quante lacrime sto versando scrivendo questa lettera. La mia prima lettera in questo spaventoso momento della mia vita.

Posso scrivere soltanto dei miei figli perché ho concentrato tutti i miei pensieri su di loro per cercare aiuto in queste ore cupe. Pensare a loro mi scalda il cuore, ma a volte rende tutto questo tanto più doloroso.

Ma so anche, e questo mi consola, che da te e papà avrò sempre sostegno. E che non sarete i soli.

Ora devo parlare delle ragioni di questa lettera, le istruzioni su come gestire Volker. Naturalmente deve integrarsi nella vostra vita, ma devo avvisarvi che si sveglia molto presto, attorno alle sette. Se con voi si sveglia prima, dovrà anticipare anche il suo pisolino e andare a letto prima la sera.

Il mio più grande desiderio, a riguardo, è che continui a fare il sonnellino. Ne ha ancora bisogno. A casa nostra, dorme almeno due ore e nonostante questo crolla subito addormentato la sera.

Ma ha bisogno di buio e silenzio per dormire, specialmente durante il giorno. Se non dorme è perché non ha fatto abbastanza movimento, specialmente fuori.

Il mio secondo desiderio è che giochi all'aperto, anche se piove.

Abbiamo sempre passato molte ore a giocare fuori, e lo lasciavo anche giocare da solo. È un mio desiderio esplicito, e lui è abituato a farlo. Volker sa che non può andare in strada. In realtà ho dovuto sculacciarlo due volte perché l'aveva fatto. La seconda volta, l'ho colpito con un bastone, l'unica volta. È stato sgridato severamente e poi ha passato mezza giornata chiuso in una stanza.

Ma aveva soltanto seguito altri bambini; da solo non sarebbe corso in strada. Se da voi dovesse fare la stessa cosa, vi chiedo di essere altrettanto severi, dato che è di vitale importanza.

Vi do il permesso di dargli una bella sculacciata, così che sappia che non è una minaccia a vuoto, quando non vuole fare quello che gli dite. Sono sicura che funzionerà, ma dovete essere rigidi e non fare i nonni. Perché ora dovete rimpiazzare la sua severa mamma.

Chiederò a mia madre Annie di mandarvi il suo carretto per giocare fuori, e anche la slitta che ha ricevuto lo scorso Natale, per tenerlo occupato. Quando farà più freddo, avrà bisogno di scarpe invernali perché quelle dello scorso anno gli vanno piccole. Annie dovrà fare la richiesta per le nuove.

Ho già fatto richiesta di un paio di pantofole per lui. Avreste dovuto già ricevere la tessera annonaria a questo punto. Per tutto questo dovrete coordinarvi con Annie. Date a Volker guanti, sciarpa ecc. per giocare fuori.

Mi piacerebbe che lo lasciaste dipingere quanto vuole. Magari potete anche aiutarlo. Adora dipingere.

Poi, devo parlarvi dell'alimentazione. Sapete quanto stava male Volker e quanto ci ha messo per riprendersi dai suoi problemi di stomaco. Per questo, vi prego di scusarmi se sarò molto pignola con la sua alimentazione, dato che non voglio che abbiate gli stessi problemi con lui di nuovo.

Hilde trovava grande conforto nello scrivere dei bisogni quotidiani di suo figlio, sapendo che in quel momento era l'unica cosa materna che poteva fare per lui. Guidò mamma Emma nei cibi che poteva mangiare e quanto spesso, informandola di cosa aveva fatto bene al suo stomaco e di cosa invece l'aveva disturbato. Al compimento dei tre anni, Volker avrebbe ottenuto delle tessere extra per il cibo di cui un bambino aveva bisogno. Sperava che non avrebbe pesato economicamente su Emma e suo padre.

Hilde si strizzò le meningi chiedendosi cosa poteva avere dimenticato. Odiava il fatto di dover caricare Emma di così tante istruzioni, ma cos'altro poteva fare? Non poteva essere madre di suo figlio al momento, quindi tutto quello che le restava era cercare di essere la madre migliore possibile da lontano.

Quando fu certa di aver coperto ogni aspetto, si affrettò a terminare la lettera così che potesse partire verso la sua amata famiglia...

Mi sento in colpa per tutte queste regole; spero che voi non pensiate siano troppe. Posso chiedere a voi a Julia di scrivermi presto, per favore, e di farmi sapere molto precisamente come state tutti? Vorrei sapere come si comporta Volker, se è in salute, se è gentile, cosa fa ogni giorno e come avete trascorso il Natale, tutto. Voglio sapere tutto.

Julia è così brava a scrivere, per favore chiedetele questo favore per la sua sorella maggiore.

Auguro a voi e al mio dolce tesoro un magnifico Natale e un felice Anno Nuovo. Mando i miei saluti a tutti.

La vostra per sempre grata Hilde

Infilò poche parole extra nell'ultimo foglio che le avevano dato.

Mio amato piccolo Volker,

tua madre deve scriverti una lettera dato che non può venire da te ed è per questo che è molto triste.

Ma passi il Natale con il nonno e la nonna... è divertente vero?

Spero che sarai sempre buono e farai quello che ti dice la nonna.

Forse allora ci sarà qualcosa di bello sotto l'albero di Natale, quel bell'albero con così tante lucine.

Hilde si fermò e disegnò un albero di Natale con le candele e le decorazioni sul foglio.

Ho disegnato un albero di Natale per te, vuoi fare lo stesso? Provaci e poi mandalo alla tua mamma in una lettera. Per favore, non dimenticarti del tuo fratellino Peter, che sta con l'altra nonna per Natale.

Ma presto saremo di nuovo tutti insieme nel nostro appartamento di Nikolassee. Te lo ricordi? E poi potrai giocare ancora con i tuoi amici all'asilo.

Ora, fai sempre il bravo bambino e per favore ogni tanto pensa alla tua mamma che ti ama più di ogni altra cosa al mondo.

Hilde fissò la lettera mentre le lacrime le scorrevano di nuovo lungo il volto. Piegò i fogli, scrisse l'indirizzo sulla busta, ma non la chiuse. L'avrebbero fatto i censori per lei.

Quando la guardia venne a prendere la lettera, aveva finito le lacrime; l'angoscia si era infilata in ogni fessura del suo essere. La disperazione era diventata la sua compagnia costante, e la sua abilità di essere forte diminuiva ogni ora che passava.

Più tardi, quella mattina, passarono a prenderla per trasferirla nella prigione femminile. Non appena si fu lasciata dietro le celle della Gestapo, il suo spirito si risollevò. La nuova cella misurava circa due metri per tre. Vi era un letto a castello, una sedia e un tavolo. Ancor più importante, c'era una finestra da cui entrava la luce del sole.

Puro lusso.

CAPITOLO 12

I l Natale era passato, ed era cominciato l'anno 1943 quando le
ferite di Q cominciarono alla fine a rimarginarsi, e la costante
nebbia mentale a diradarsi. Due settimane legato al letto in
isolamento l'avevano reso affamato di ogni sorta di interazione
umana.

Dato che questo non avveniva, parlava da solo ad alta voce
per spezzare la monotonia della sua esistenza. Aveva vivide
discussioni tra se e sé, tanto che si sorprese quando un giorno
una voce diversa riempì la stanza.

Non aveva mai visto prima la giovane infermiera, o forse non
le aveva prestato attenzione. Poco più che ventenne, aveva una
faccia tonda, capelli biondi lisci e vividi occhi azzurri.

«Si sente meglio, Herr Quedlin?» gli chiese.

No, di sicuro non l'aveva mai vista prima, perché nessuno
si era mai rivolto a lui chiamandolo per nome in
quell'ospedale. Di norma, le infermiere e i dottori si limitavano
ad abbaiargli ordini. *"Hinsetzen. Essen. Aufstehen."* Seduto.
Mangia. In piedi.

«Beh, sì,» cercò di rispondere.

Quando lo slegò e gli levò le muffole non ne fu sorpreso. Era
la normale routine dopo i primi giorni. Le infermiere lo

slegavano, gli davano del cibo e poi si sedevano nell'angolo, tenendolo d'occhio mentre leggevano o scrivevano qualcosa.

«Io sono *Schwester* Anna,» si presentò lei.

Vista da vicina, era decisamente troppo magra. Come tutti nel paese. Anche se non c'era una vera carestia come durante la Grande Guerra, le razioni non permettevano a nessuno di mettere su ciccia.

«Grazie, io sono Wilhelm Quedlin,» disse lui, fuori esercizio nell'arte di sostenere una conversazione con un'altra persona a parte lui stesso.

Lei ridacchiò. «Questo lo so.»

Quando ebbe finito di mangiare il pezzo di pane e le due patate, lei gli sorrise e si scusò. «Mi spiace, ma devo legarla di nuovo.»

Poi se ne andò. Q avrebbe desiderato rivederla, ma con quei capelli biondi e la pelle chiara lei gli era parsa un angelo, e arrivò alla conclusione che doveva essersi trattato di un trucco della sua mente isolata. Una *Krankenschwester* amichevole che davvero parlava con lui? Impossibile.

Il giorno dopo, lei tornò e avviò una conversazione.

«Lo sa che sono stato condannato a morte, *Schwester* Anna?» le domandò.

«Sì. Ce l'hanno detto.»

«Non trova anche lei che sia ironico che mi aiutiate a tornare in salute allora?» Q ruotò i polsi in tutte le direzioni.

«Certo, ma è il mio lavoro.» Dopo una breve pausa abbassò la voce. «È più fortunato dei suoi amici. Harro Schulze-Boysen, la moglie e un'altra dozzina di membri di Orchestra Rossa sono stati giustiziati il ventidue di dicembre.»

«Sapevo che era stato arrestato, ma non che l'avessero giustiziato,» disse Q. sembrava che Anna lo credesse un membro della rete di Schulze-Boysen.

Un'altra ironia del fato. Lui e Schulze-Boysen avevano convenuto di non lavorare insieme, eppure era stato preso perché utilizzavano gli stessi contatti in Russia. Secondo quanto

Q aveva appreso durante il suo processo e facendo due più due, l'intera rete di resistenza era stata scoperta quando la Gestapo aveva catturato una donna paracadutista russa l'estate prima. Lei possedeva una lista di più di duecento contatti, che la Gestapo era stata in grado di decifrare.

«Quel poveretto è rimasto nelle mani della Gestapo dal settembre scorso. Ma le sue convinzioni non sono mai crollate,» disse l'infermiera.

Gli occhi di Q si spalancarono per lo shock. Da settembre? Come mai non aveva saputo dell'arresto di Schulze-Boysen prima del proprio processo? Nel caso sarebbe stato più attento? Avrebbe smesso di incontrare Gerald? Sarebbe ancora libero, assieme a sua moglie e ai suoi figli?

Q si accorse appena di quando *Schwester* Anna lo legò di nuovo al suo letto e se ne andò; troppe emozioni inondavano il suo organismo. Senso di colpa. Rimpianto. Paura. Aveva insistito per fare le cose da solo quando invece avrebbe dovuto rimanere più informato.

Dopo molte ore di ripensamenti su se stesso, analizzando tutte le possibilità, pesando i pro e i contro, finalmente ritrovò un po' di calma.

Non c'era niente che potessi fare, e non potevo saperlo in nessuna maniera. Non avrei fatto niente di diverso.

Quando *Schwester* Anna tornò la mattina successiva, la stava aspettando, ansioso di riempirla di domande. «Dove è stato fucilato?»

«Non l'hanno fucilato. L'hanno impiccato,» rispose lei, slegando Q.

«Impiccato?» Q sollevò un sopracciglio. I militari come Schulze-Boysen di norma erano giustiziati davanti a un plotone di esecuzione. I civili di norma erano decapitati con la ghigliottina. *Ma l'impiccagione? Da quando i nazisti avevano cominciato a uccidere le persone impiccandole?*

L'impiccagione era ritenuto un metodo di esecuzione crudele e disonorevole. In rare occasioni, la corda spezzava il collo della vittima, ma più spesso non andava così, la corda si limitava a comprimere la gola, rendendo impossibile respirare e dando alle vittime alcuni dolorosi minuti di sofferenza mentre soffocavano a morte. Le loro facce diventavano viola quando il sangue smetteva di circolare, poi per fortuna avevano delle convulsioni e lasciavano questa vita.

«Sì. Ha fatto una dichiarazione prima che lo appendessero.» Lei voltò la testa e sussurrò:

"Wenn wir auch sterben sollen,
So wissen wir: Die Saat
Geht auf. Wenn Köpfe rollen,
Dann Zwingt doch der Geist den Staat.
Glaubt mit mir an die gerechte Zeit, die alles reifen lässt!"

Anche se dovessimo morire,
Questo sappiamo: dal seme
Nasce il frutto. Se anche le teste rotolano,
lo spirito scuoterà lo Stato
Credete con me in tempi più giusti in cui tutto maturerà.

Q non sapeva cosa dire. Solo il fatto di recitare le ultime parole di Schulze-Boysen poteva far arrestare l'infermiera, se qualcuno l'avesse sentita.

Si voltò a guardarlo con gli occhi lucidi. «Così tanti uomini coraggiosi e donne sono stati giustiziati. Schulze-Boysen è stato così forte. È stato torturato brutalmente, eppure non ha mai detto una parola o tradito nessuno che lavorava nella Resistenza. Non ha nemmeno implorato per la propria vita.»

«Non dovrebbe pronunciare queste cose qui. C'è gente che è stata arrestata per molto meno,» la mise in guardia Q.

Un sorriso apparve sul volto di lei. «Farà la spia?»

«Naturalmente no. Ma qui anche i muri hanno orecchie. Non può mai sapere chi sta ascoltando, o di chi si può fidare,» le rispose, sentendo l'amaro in bocca del tradimento di Gerald.

In quell'istante la porta si aprì, e la capo infermiera mise la testa dentro. Rivolse un'occhiataccia ad Anna. «Sbrigati, c'è bisogno di te. Ho forse sentito delle chiacchiere qui?»

«Sì, *Oberschwester,* ho appena detto al prigioniero di finire il suo pasto così che io possa andarmene. Sarò da lei tra un minuto,» rispose *Schwester* Anna.

Il giorno dopo venne un'altra infermiera ad accudirlo.

Quando se ne andò, prese finalmente coscienza di cosa implicava davvero la sua condanna. La morte.

Naturalmente, l'aveva già compreso a livello razionale, ma in quel momento ne sentì il peso in ogni cellula. Il suo corpo prese vita da solo e cominciò a tremare con violenza e, per una volta, fu grato di essere legato al letto. Dopo ore di urla, lotta e ululati, alla fine si addormentò.

Quando si svegliò la mattina successiva si consolò con il fatto che almeno Martin avrebbe continuato il loro lavoro di sabotaggio alla Loewe, anche senza di lui ed Erhard. E nel caso di una rivolta della Germania, Martin sarebbe anche stato in grado di guidare la compagnia in una nuova era.

CAPITOLO 13

Il suono assordante di un allarme aereo penetrò nei sogni di Hilde il sedici di gennaio. Un attimo dopo era completamente sveglia. Era il suo primo allarme in prigione. Sentì le guardie che correvano lungo il corridoio e attese che qualcuno venisse ad aprire la cella. Ma non accadde nulla.

La sua compagna di cella, una risoluta polacca sulla cinquantina, con una padronanza limitata del tedesco, disse: «Prigionieri stanno in cella.»

Hilde la guardò sotto shock. Non poteva essere vero. La loro cella era al terzo piano, e loro erano un facile bersaglio per i bombardieri inglesi.

«No, no,» protestò Hilde. «Dobbiamo andare al rifugio. O almeno nelle cantine dell'edificio.»

«Sì. Stiamo,» disse la donna e si allungò sulla sua branda, passandosi un rosario tra le dita e mormorando una preghiera in polacco che Hilde suppose essere l'*Ave Maria*.

Per niente sicura che la protezione della Vergine Maria si sarebbe estesa a una protestante, Hilde si avvolse una coperta attorno al corpo magro e si accucciò nell'angolo della cella. L'edificio tremò mentre una bomba dopo l'altra esplodevano nelle vicinanze. Polvere e pezzi di intonaco cadevano al suolo, e lei tossiva nell'aria piena di polvere.

Il raid aereo proseguì per la maggior parte della notte e alla fine terminò poco dopo il sorgere del sole. Coperta di polvere, Hilde risalì sulla scaletta del suo letto a castello guardando con invidia al sonno pacifico della polacca, mentre lei scivolava in un sonno agitato.

Pochi giorni dopo il bombardamento, la guardia annunciò un visitatore per Hilde. Sarebbe stata la prima persona dall'esterno che vedeva dal suo arresto, circa due mesi prima.

Hilde entrò nella sala visite per trovarvi un uomo che non aveva mai visto prima.

«Frau Quedlin, mi chiamo Müller, e sono il suo avvocato.» Le tese una mano.

Hilde la strinse, frastornata. «Il mio avvocato? Ma…»

«Frau Klein mi ha ingaggiato per difendere lei e suo marito.»

«Mia madre?» chiese Hilde, confusa dalle sue parole.

«Sì, sua madre, Annie Klein, mi ha assunto per montare una difesa contro le accuse della Gestapo.»

Hilde non riusciva a crederci. Non era per niente nello stile di sua madre. La stessa persona che non aveva scritto nemmeno una lettera si era presa il disturbo di ingaggiare un costoso avvocato per difenderla?

«Per favore, le dica che le sono molto grata, ma non posso…»

L'avvocato spinse via la sua obiezione con un gesto della mano e tirò fuori un fascio di fogli dalla sua valigetta. «Per prima cosa sediamoci e sistemiamo le carte, d'accordo?»

Hilde si sedette e prese le carte.

Herr Müller le spiegò qual era il suo dovere e quali le sue tariffe, poi le passò il primo documento attraverso il tavolo. «Questo è una procura a favore di sua madre per l'amministrazione dell'eredità sua e di suo marito. Da contratto, deve utilizzarla in buona fede per coprire le spese relative ai suoi figli e per pagare le mie parcelle.»

Hilde scosse la testa, la sua sorpresa di poco prima era stata rimpiazzata dall'amara consapevolezza dei secondi fini di sua madre. Annie non faceva mai nulla senza averne un tornaconto.

«So che questo può sembrarle una mossa da avvoltoio, ma è sul serio la soluzione migliore. Sua madre, Frau Klein, ha le migliori intenzioni.»

Sì, le migliori intenzioni per se stessa.

Dopo una lunga pausa, Herr Müller diede un colpetto sul foglio. «Il suo processo è fissato tra meno di una settimana.»

«Lo firmerò, va bene, ma dovrà ottenere anche la firma di mio marito,» disse Hilde, sollevando la penna con riluttanza.

«Naturalmente, Frau Quedlin. Non appena mi permetteranno di fargli visita.»

L'avvocato chiese la sua parte della storia, e lei ripeté quello che aveva già detto alla Gestapo. Lui poteva anche essere il suo avvocato, ma era sicura che ci fosse qualcuno in ascolto, così si assicurò

di non confessare di aver fatto nulla di illegale. E non avrebbe mai fatto il nome di Martin. Per quanto ne sapeva, lui era ancora in libertà.

«Molto bene. Questo dovrebbe aiutarci.» Herr Müller finì di scribacchiare appunti e la guardò con un'espressione triste negli occhi. «Lei è stata accusata di alto tradimento.»

«Alto tradimento?» la voce di Hilde tremava.

«Sfortunatamente, sì.»

«Questo è ridicolo. Non ho fatto nulla che giustifichi…» La sua voce si spezzò, e dovette fare un respiro profondo.

«È quello che dovremo provare al processo.»

«Ma… come possono…?» Hilde chiuse gli occhi e costrinse la voce a collaborare. «Quante possibilità ho?»

«Questo non lo so. Le prometto che farò del mio meglio, ma sarò onesto con lei, il suo processo è considerato *Geheime Kommandosache.*»

«Che cosa significa?» volle sapere Hilde.

«Significa che viene soppresso il normale scambio di informazioni. Ho richiesto copia delle prove contro di lei ma non ho ricevuto nulla. Non vedremo le prove che intendono usare contro di lei fino al giorno del processo.»

«Ma questo è illegittimo!» Hilde era furiosa. Si alzò in piedi e iniziò a percorrere la stanzetta su e giù. «Come possono farlo? C'è una buona ragione se ci sono delle leggi in vigore!»

«Leggi che non sono obbligati a seguire.»

La disperazione la afferrò. «Non si può fare niente?»

«Farò del mio meglio per lei. Inoltre ho iniziato a preparare le carte per ricorrere in appello contro la sentenza del Dottor Quedlin. Non sarò in grado di ribaltare la sentenza, ma spero di poterla mutare in ergastolo invece che esecuzione.» Dopo un'occhiata al suo orologio, Herr Müller rimise i documenti nella sua valigetta e si alzò. «Il mio tempo è terminato, ma tornerò. Passi una buona giornata, Frau Quedlin.»

Una buona giornata?

CAPITOLO 14

Q era steso sul letto, cercando di esercitare il suo corpo indebolito e dolorante nel piccolo spazio di movimento che aveva quando la porta della sua cella era aperta. A giudicare dal sole che filtrava dalla finestra, era circa mezzogiorno. Un momento molto inusuale perché qualcuno entrasse nella sua stanza.

Alla vista della capo infermiera, il suo cuore sprofondò, ma lei lo salutò con qualcosa che somigliava a un sorriso.

«Herr Quedlin, ha una visita.» Liberò le sue mani e i piedi e lo aiutò a sedersi sul bordo del letto prima di far entrare, pochi istanti dopo, un uomo magro e ben vestito.

«Dottor Quedlin, lasci che mi presenti. Sono il *Rechtsanwalt* Müller, e sono qui per rappresentarla,» disse l'avvocato tendendogli la mano.

«Chi l'ha mandata?» chiese Q, reso sospettoso dal fatto che gli consentissero di avere un visitatore, dopo tutte quelle settimane.

«Sua suocera, Annie Klein, mi ha ingaggiato per rappresentare lei e sua moglie contro le accuse che vi sono state fatte e la sua condanna.»

Q annuì, cercando di afferrare quello che stava dicendo quell'uomo. «Ha incontrato mia moglie?»

«Sì. Mi ha chiesto di riferirle che sta bene e aspetta il suo processo con speranza, dato che è innocente.»

Q sorrise alla prova che Hilde si era attenuta al piano di scaricare tutta la colpa su di lui e fingere di essere stata un'aiutante inconsapevole.

«Sa quando si terrà il suo processo?»

«In effetti sarà tra tre giorni. Ma sono qui per discutere il suo caso, non quello di sua moglie, se mi intende.» Herr Müller guardò l'orologio. «Abbiamo venticinque minuti.»

Q sollevò una mano bendata. «Mi perdoni, ma prima di tutto, perché adesso? Come mai la Gestapo lo permette?»

«Beh, la mia impressione è che Frau Klein abbia delle ottime conoscenze. Ha chiesto personalmente al *Kriminalkommissar* Becker questo favore, e le è stato accordato.»

Un favore? Da quando ottenere il permesso per avere un avvocato a difenderti era considerato un favore? Q avrebbe voluto gridare, ma si trattenne. Non sarebbe servito a nulla. Era riconoscente per quel *favore* che in realtà era un diritto fondamentale, o lo era stato prima che Hitler salisse al potere.

Herr Müller tirò fuori alcuni documenti e li tese a Q assieme a una penna. «Questi documenti trasferiscono tutti i poteri sul suo patrimonio a sua suocera, così che possa continuare a occuparsi dei bambini e possa pagare le mie parcelle. Mi serve che lei firmi sotto la firma di sua moglie.»

La riconoscenza di Q sparì. Non era affatto sorpreso che Annie avesse trovato un modo di approfittare del suo arresto e di quello di Hilde. Il suo primo impulso fu quello di rifiutarsi, ma i suoi figli avrebbero avuto bisogno di cibo e vestiti e di un posto dove vivere. Tutto questo costava. Sì, aveva dato a sua madre una busta piena di soldi da nascondere, ma quel denaro non sarebbe durato a lungo se fosse stata l'unica fonte di sostentamento per i suoi figli.

«Sapevo che c'era il trucco,» sospirò firmando con disgusto.

Gli bruciava essere obbligato a lasciare tutte le sue proprietà a sua suocera, anche se era per la sua difesa e per il bene dei suoi figli.

Herr Müller continuò parlando del suo progetto di appellarsi contro la condanna di Q e trasformare la pena capitale in reclusione a vita.

Finché *a vita* voleva dire fino alla fine del Terzo Reich di Hitler e non fino alla fine della vita di Q, Q non aveva niente in contrario. Era convinto che "L'impero dei mille anni" non sarebbe durato che un anno o due al più.

Alla fine del loro colloquio di mezz'ora, l'avvocato mise via le carte. «Ho anche contattato Ingrid Quedlin e Gunther Quedlin.»

«Ha parlato con mia madre e mio fratello?» chiese Q, perplesso.

«Sì. Suo fratello si è gentilmente offerto di aiutarmi per quel che occorre,» rispose Herr Müller preparandosi a uscire.

«Per favore, gli faccia i miei auguri e lo ringrazi da parte mia,» disse Q, con qualche esitazione. Anche Gunther era un avvocato, ma Q non era sicuro di come si sentisse all'idea di trascinare suo fratello in quel disastro. Aveva già avuto abbastanza dispiaceri nella sua vita, dato che era stato obbligato a rinunciare al suo lavoro al Ministero dell'Istruzione, subito dopo che i nazisti erano saliti al potere, a causa del fatto che era un membro del Partito Socialdemocratico.

«Sembra che ci sia qualche tensione tra Frau Klein e il suo lato della famiglia.»

Q fece una risatina, la prima da tanto tempo. «Più di quanto creda. Mia madre odia Frau Klein. Gunther odia Hilde e Frau Klein. Frau Klein odia il suo ex marito, il padre di Hilde. E odia anche la sua seconda moglie. Hilde odia sua madre. E, che ci creda o no, persino mia madre e mio fratello sono stati come cane e gatto da che io possa ricordare. In questa famiglia, nessuno parla con nessuno e si porta rancore per tutta la vita.»

L'avvocato ridacchiò e scosse la testa. «È davvero un peccato quando le famiglie non riescono ad andare d'accordo. Proprio un peccato. Buona giornata.» Herr Müller strinse la mano di Q, poi bussò alla porta per farsi aprire.

Mentre aspettavano che la porta si aprisse, l'avvocato si voltò a guardare Q e disse: «Il ministro della Propaganda, Goebbels ha invocato una guerra totale. Terrà un discorso allo Sportpalast.»

Q impallidì. Si era vociferato della *guerra totale* di Goebbels come ultima spiaggia. Il Reich avrebbe monitorato tutte le attività civili. Ogni attività che non supportava direttamente lo sforzo bellico doveva essere soppressa, e le persone mandate a lavorare altrove. Nessuno, nemmeno i ricchi, sarebbero riusciti a sfuggire alle richieste del Partito.

Sapeva anche che se si fosse arrivati a questo, la guerra sarebbe continuata senza pietà fino a che una delle parti non si fosse arresa senza condizioni. E non sarebbero stati gli Alleati. Le ristrettezze che il popolo tedesco aveva patito erano solo l'inizio.

CAPITOLO 15

27 gennaio 1943

Hilde si guardò sullo specchio macchiato e si intrecciò i capelli meglio che poteva. Era arrivato il giorno del processo, e voleva assomigliare a una brava, e innocente, casalinga tedesca.

Tutti quanti, inclusi il suo avvocato e le guardie carcerarie, le avevano detto che, nel peggiore dei casi, avrebbe ricevuto una condanna da cinque a dieci anni di carcere. L'esito più probabile sarebbe stato uno o due anni, e con un po' di fortuna sarebbe potuta tornare a casa quello stesso giorno.

Di norma, i prigionieri potevano farsi la doccia una volta alla settimana, in gruppi di dieci. Dieci donne. Tre docce. Venti minuti. Ed era comunque un lusso se paragonato alle cantine della Gestapo.

Ma oggi le erano stati concessi venti minuti da sola nelle docce, per avere un bell'aspetto al suo processo. Era una concessione speciale accordata da Frau Hermann. La guardia aveva sui vent'anni, e lunghi capelli biondi ondulati che le ricadevano sulle spalle, conferendole un aspetto angelico. Ma non era per quel motivo che le donne la chiamavano *Angelo Biondo*.

Le avevano dato quel soprannome perché in un modo o nell'altro cercava sempre di aiutare le prigioniere. Portava di nascosto messaggi dentro e fuori, non ometteva mai notizie provenienti dall'esterno, elargiva razioni extra o altri piccoli favori quando possibile, e aveva sempre una parola buona e un sorriso sulle labbra, per chiunque. Era davvero un angelo.

Hilde sorrise. Aveva imparato a trarre gioia dalle piccole cose, come da una doccia extra.

Quando ebbe finito di intrecciarsi i lunghi capelli castani, le sue dita tremavano. Da che il suo avvocato le aveva comunicato la data del processo, aveva trascorso il suo tempo tra angoscia e speranza. Lui non era più venuto in visita, né lui né nessun altro. Nemmeno il *Kriminalkommissar* Becker e i suoi scagnozzi.

Non che ne sentisse la mancanza, ma l'avevano lasciata con troppo tempo tra le mani per pensare. Al passato. A Q. Ai suoi due bambini. A sua madre e al futuro… era una corsa emotiva.

«Stai bene,» disse Frau Hermann. «La tua auto ti aspetta.»

La mia auto mi aspetta? Hilde soppresse una risatina, ma lo stesso si sentì un pochino una regina.

Frau Hermann la scortò da basso e la consegnò a due ufficiali di polizia maschi. «Buona fortuna.»

I poliziotti non erano ostili e la aiutarono a salire sul retro del furgone. Sembrava che la polizia comune non avesse dimenticato le buone maniere.

Dopo un po' il furgone si fermò di nuovo, la portiera si aprì e un altro prigioniero salì a bordo. Aveva il naso rotto, e lividi verdi e neri gli sfiguravano il volto. Hilde ci mise qualche minuto a riconoscerlo.

«Ciao, Erhard,» disse.

Lui strizzò gli occhi e la guardò con un'espressione spenta. Probabilmente i suoi occhi dovevano prima adattarsi al buio nel furgone.

Un ufficiale di polizia salì a bordo e ammanettò Erhard alla parete di fronte a lei.

«Ciao Hilde,» la salutò Erhard, con voce impastata.

«Niente chiacchiere,» ordinò l'ufficiale e saltò giù. Hilde lo sentì chiudere il portellone e, pochi secondi dopo, il veicolo riprese a muoversi.

Con sussurri a mala pena udibili, parlò con Erhard. Anche sua moglie era stata arrestata, ma l'avevano rilasciata pochi giorni dopo.

Hilde decise di prenderlo come un buon auspicio.

Il furgone si fermò davanti al tribunale, e lei ed Erhard furono scortati su per gli scalini e si sedettero assieme sul banco degli imputati.

Sebbene non fossero autorizzati a parlare tra loro, la sua sola presenza le dava forza.

Hilde perlustrò l'aula con lo sguardo, in cerca del suo avvocato. Pensava che si sarebbe seduto accanto a lei, ma alla fine lo trovò, vicino al *Kriminalkommissar* Becker sul lato dell'accusa. Le si rivoltò lo stomaco.

Alla sua destra c'era il banco del giudice e, alla sua sinistra, il pubblico. La maggior parte delle persone del pubblico indossavano un'uniforme, a eccezione di un uomo dai riccioli biondi.

Quando cercò il suo sguardo, il suo cuore sussultò. Q aveva un aspetto orribile. Era magro e debole; il fuoco nei suoi curiosi occhi azzurri si era attenuato. Gli rivolse un sorriso e sperò che potesse vedere nei suoi occhi quanto l'amava.

Il processo cominciò. Prima processarono Erhard. Lui confessò di essere stato un tacito complice, sperando di ricevere una sentenza da scontare in prigione.

Dopo una pausa di qualche minuto, in cui appoggiò la spalla contro quella di Erhard per dargli un po' di conforto, il processo continuò con lei.

Herr Müller parlò in sua difesa. «Vostro onore, Frau Quedlin è una casalinga e una madre. Ha dato al Führer due meravigliosi bambini. Lei non capiva niente di quello che batteva a macchina per suo marito. Per di più, non ha avuto nessun ruolo attivo nel sabotaggio alla fabbrica della Loewe.»

Il *Kriminalkommissar* Becker discusse le prove a suo carico e fece un passo avanti. «Come può una donna, che vive in perfetta armonia con suo marito per sette anni, non sapere che è un traditore del Reich? Glielo dico io, lei sapeva cosa stava dattilografando e ha persino incoraggiato le criminali attività di sabotaggio.»

«Non vedo alcuna prova che mi convinca che non era una complice nelle attività di spionaggio e sabotaggio,» il giudice convenne con Becker.

«Questa donna deve pagare il prezzo più alto per il suo ruolo nello sfidare il Partito, il Führer e il Reich,» richiese il *Kriminalkommissar* Becker.

Herr Müller dichiarò strenuamente il contrario: «Vostro onore, questa donna non merita di morire per le sue azioni inconsapevoli. Anche se la giudica colpevole – e io credo che non lo sia – di complicità, secondo il paragrafo...»

Hilde non comprese molto del suo avvocatese, eccetto il fatto che le sue azioni erano di un'importanza così limitata nell'operazione che al massimo poteva essere punita con una sentenza di massimo due anni di reclusione.

Nel suo cuore si radicò la speranza. Raccolse tutta la forza e l'energia che la circondava, mostrando una maschera di leggerezza ai freddi e sprezzanti sostenitori nazisti nell'aula. Dentro però era preoccupata, non solo per la propria vita ma anche per il benessere dei suoi due ragazzi.

Quando una persona dall'aspetto ufficiale annunciò una pausa e Hilde fu portata fuori, la paura ribolliva nel suo ventre mentre qualcosa le si chiariva...

Quei diavoli nazisti puntavano a uccidere chiunque si opponesse loro. Era dunque arrivato il turno di lei e di Erhard?

CAPITOLO 16

Q sedeva nell'aula di tribunale, ben consapevole dell'importanza di quella giornata per il destino della sua famiglia. Anche i più irriducibili sostenitori nazisti nel pubblico sembravano essere d'accordo sul fatto che mentre Erhard meritava la pena capitale, Hilde avrebbe dovuto cavarsela con qualche anno di prigione.

Il sorriso timido sul suo volto smagrito e i capelli accuratamente intrecciati attorno alla testa avevano di sicuro contribuito a conquistare anche la simpatia del giudice.

Quando a Q venne chiesto di uscire dalla stanza e aspettare la decisione del giudice, dovette appoggiarsi al banco per alzarsi; le sue gambe deboli erano a malapena in grado di sostenere il suo peso. Si spostò lentamente verso l'uscita, mentre il suo stomaco protestava gorgogliando.

Nell'ospedale della prigione riceveva solo mezze razioni. Metà delle piccole razioni di un prigioniero, non di quelle dei civili. Dopo due mesi di custodia, i vestiti gli andavano larghi, e se non avesse avuto le bretelle avrebbe perso i pantaloni.

Aveva paura di quello che il giudice avrebbe deciso, ma scelse di affidarsi alla speranza. Erhard era stato incredibilmente coraggioso e saldo durante il processo, un esempio di coraggio davanti alle più terribili avversità. Non aveva pianto, non si era lamentato, non aveva implorato, nemmeno una volta. Ma il semplice coraggio e l'onestà non erano tratti degni d'onore per il regime.

E Hilde... se non fosse stata già la donna dei suoi sogni, si sarebbe innamorato di lei quel giorno. Non aveva battuto ciglio, nemmeno quando il *Kriminalkommissar* Becker aveva chiesto la pena capitale.

La guardia ammanettò la mano sinistra di Q alla panchina nella sala d'attesa e se ne andò. Pochi minuti dopo, fece la sua apparizione un'altra guardia con Hilde al seguito. La ammanettò alla stessa panchina.

Il cuore di Q vacillò. All'improvviso, la stanza parve risplendere della luce del sole.

«Il giudice andrà a pranzo e tornerà con il suo verdetto tra un'ora,» disse la guarda prima di sparire.

Q guardò la sua bella moglie e le sfiorò il braccio con la mano libera. La sua pelle era così morbida, ma i suoi occhi si spalancarono di orrore. Q seguì il suo sguardo fino alle cicatrici che emergevano sul suo polso.

«Cos'è successo?» sussurrò lei.

Q si sentì avvampare, ma incontrò i suoi occhi. «Dopo la mia condanna, ho deciso che avrei preferito togliermi la vita piuttosto che permettere a questi demoni di prendermela. Ma ho fallito.»

«Oh, *Liebling*! Cosa ti hanno fatto?» chiese Hilde, sollevando il suo polso e baciando con dolcezza la cicatrice.

«Mi hanno spostato nell'ospedale carcerario, e sono rimasto lì da allora.» Non le raccontò di essere stato tenuto in isolamento né del fatto che per la maggior parte del tempo era stato legato al letto.

«Mi sei mancato così tanto,» disse Hilde, con gli occhi pieni di lacrime.

«Amore mio. Ho pensato per tutto il tempo a te e ai nostri ragazzi.»

Hilde annuì, e le lacrime traboccarono. «Li rivedremo mai più?»

Q sollevò una mano ad accogliere la sua guancia e cercò i suoi occhi; il suo unico desiderio quello che ci fosse un modo per tirarla fuori da tutto questo. «C'è chi si occupa di loro, e al momento è questo l'importante.»

Hilde annuì e posò il capo sulla sua spalla, le loro mani si intrecciarono. Q la baciò sulla fronte, poi rimase seduto con lei, con gli occhi chiusi, sprofondando in quel momento. Quell'ora avrebbe potuto essere l'ultima che gli concedevano di passare con lei in questa vita, e fece voto di conservarne il ricordo nel profondo della sua anima. Per l'eternità.

«Ti ricordi quando ci siamo conosciuti?» le chiese, senza aspettarsi una vera risposta. «Eri così bella e piena di vita. La tua risata nel cinema mi aveva intrigato ancora prima di vederti. Sapevo che eri la donna per me.»

Hilde sollevò la testa a guardarlo. «Abbiamo avuto una bella vita insieme, vero?»

«Sì. E qualunque cosa succeda, sappi che ti amo con tutto il mio cuore e la mia anima.»

«Ti amo anch'io.» Lei smise di parlare e si sporse verso di lui quanto le manette le consentivano. Il calore di Hilde appoggiata contro di lui penetrò attraverso la sua anima, la sua mente, il suo corpo.

Rimasero così, ricordando i tempi felici. Risero, ridacchiarono e piansero. Impacchettarono la loro intera vita in quel momento.

Lei era la sua anima gemella e lo sarebbe sempre stata. In quella vita o nella successiva.

Fin troppo presto, le guardie tornarono e li riportarono in aula per la proclamazione della sentenza.

Il giudice fece il suo ingresso in aula e ordinò a Erhard di alzarsi in piedi. La tensione era palpabile e Q sentì che gli si drizzavano i capelli sulla nuca.

«Dottor Erhard Tohmfor, è decisione di questa corte che lei sia colpevole di tutti i capi d'accusa e sia pertanto condannato a morte.»

Il pubblico applaudì. Il volto di Erhard mostrò lo shock solo per un breve istante, dopo di che lui riguadagnò il suo contegno e fissò il giudice con aria di sfida.

Q rivolse un piccolo cenno del capo all'amico, in omaggio al suo coraggio.

«Hildegard Quedlin, in piedi.»

Hilde raddrizzò le spalle e si alzò, alta e dritta, malgrado il fatto che doveva essere spaventata a morte.

Q desiderò con tutto se stesso di poter essere lì a tenerle la mano in quel momento. Chiuse gli occhi, in ascolto delle parole che le avrebbero risparmiato la vita.

«Frau Quedlin, ho analizzato le prove che sono state presentate a questa corte. Trovo incredibile che una donna così innamorata di suo marito non fosse a conoscenza delle sue attività sovversive. In considerazione di questo, la giudico colpevole di complicità in alto tradimento e la condanno a morte.»

Gli occhi di Q si spalancarono. *A morte? Non in prigione? Dio, no! Non poteva essere vero.*

Ma lo era. Il rantolo di sgomento di Hilde fu udibile al di sopra del mormorio del pubblico. A parte per quel trasalimento, rimase in piedi e incrollabile, sfidando tutto quello che il giudice rappresentava.

A giudicare dall'espressione prima sorpresa poi compiaciuta sul volto del *Kriminalkommissar* Becker, nemmeno la Gestapo si era aspettata un verdetto così duro.

Il giudice batté un colpo di martello sul banco e poi uscì dall'aula.

La mente di Q rimase avvolta nella nebbia mentre cercava di assorbire quello che era appena accaduto. Si rese appena conto di una guardia che lo guidava verso un veicolo parcheggiato fuori, mormorando qualcosa che suonava come *Mi dispiace*.

Quando i suoi occhi si abituarono all'oscurità all'interno del veicolo, faticò a credere a quello che vide. Hilde.

Guardò le guardie carcerarie e li ringraziò silenziosamente per il loro atto di compassione. Sotto il loro aspetto sembrava fossero sepolti cuori buoni. Il portellone fu chiuso dall'esterno. Lui e Hilde rimasero soli.

La trascinò tra le sue braccia. Toccò il suo bel volto, lo scrutò cercando di memorizzare ogni singola linea, la dolcezza, i suoi luminosi occhi azzurri, le labbra morbide e rosse.

Baciò quelle labbra. Con cautela, all'inizio, ma presto tra loro passò fuoco incandescente. Entrambi sapevano che sarebbe stato il loro ultimo bacio. Si strinsero tra le braccia e divorarono la bocca dell'altro come affamati.

Quando dovettero separarsi per cercare aria, si sussurrarono parole d'amore, ma si dissero anche reciprocamente di essere forti.

Q incatenò gli occhi in quelli di Hilde e sentì accendersi dentro di sé il fuoco, il fuoco che era avvampato tra loro dal primo momento che l'aveva vista, e che non si era mai spento nel corso degli anni. Nemmeno in quel momento, quando erano entrambi condannati a morte.

«Ti amo,» sussurrò lei.

«Mi dispiace così tanto, cara.» Q le baciò il collo, con l'intento di memorizzare la sensazione di sua moglie tra le braccia.

«Non è stata colpa tua. Non darti nessuna responsabilità di questo orrore.» Lo guardò, triste ma salda nella sua convinzione.

Le sue spalle si alleggerirono di un peso come un macigno. Nemmeno dopo quella spietata sentenza gli dava delle colpe. Troppo presto il portellone del furgone fu aperto, e una delle guardie mise la testa dentro. «Dobbiamo andare.»

Q annuì e un'ultima volta disse a Hilde: «Ti amo.» Poi fu portato via e poté soltanto salutare con la mano il veicolo che si allontanava.

CAPITOLO 17

Per giorni dopo il processo, Hilde si rifiutò di parlare con chiunque. La sua compagna di cella, la donna polacca, era stata trasferita altrove e lei era rimasta sola.

Le altre donne del suo piano avevano ben presto deciso di rispettare il lutto di Hilde e non insistevano per fare conversazione. Capivano tutte che una condanna a morte era dura da mandar giù.

Il terzo giorno, l'Angelo Biondo apparve con una graziosa ragazza che presentò a Hilde come la sua nuova compagna di cella, Margit Staufer.

Hilde fece del suo meglio per ignorare la donna… per quanto "ragazza" sembrasse più appropriato. Non poteva avere più di diciott'anni. Ma vedere la nuova arrivata così sperduta e triste fece appello al suo senso materno, e non riuscì più a mantenere le distanze.

«Mi spiace se sono stata scortese. Io sono Hilde. Benvenuta in quest'umile dimora.» Fece un gesto che abbracciava l'intera cella.

Per un secondo, il volto della giovane si illuminò. «Grazie. Io sono Margit.»

«Hai un'aria così giovane,» disse Hilde, chiedendosi cosa poteva aver fatto per finire lì.

«Ho compiuto diciannove anni due mesi fa.» Margit si morse le unghie e guardò Hilde esitante. «Da quanto sei qui?»

«Sono stata arrestata due mesi fa.»

Gli occhi di Margit si spalancarono. «Così tanto?»

Hilde annuì, senza rivelare la sua condanna a morte. Le due donne parlarono delle loro vite, e presto diventarono amiche.

Due giorni dopo, Margit ricevette un grosso pacco.

Hilde la guardò aprire la grossa scatola e tirare fuori più cibo di quanto Hilde avesse visto da molto tempo. Il suo stomaco brontolò al profumo del prosciutto affumicato. Le minuscole razioni carcerarie erano sufficienti per non morire di fame, ma non saziavano mai.

Margit condivise generosamente il cibo con Hilde scacciando le sue deboli proteste.

«Se ne voglio altro, la mia famiglia me lo manderà. Mangia, per favore.»

«Grazie.» Hilde prese un pezzetto di prosciutto, pane fresco, mele e persino un boccone di torta. Per la prima volta dopo settimane, non sentiva più il morso costante della fame.

Dopo un po', Margit chiese: «Allora, cosa hai fatto?»

Hilde guardò Margit, cercando di valutare se fosse davvero chi diceva di essere. Non era insolito piazzare delle spie in prigione per avere informazioni che altrimenti il regime non sarebbe riuscito a ottenere. Ma Hilde era già stata condannata, quindi quale differenza poteva fare?

«Mio marito faceva la spia per il nemico, e io sono stata accusata di aiutarlo.»

Margit si accigliò. «Questi nazisti… sono un insulto ai veri tedeschi.»

«Shhh! Non hai paura che qualcuno ti senta?» la bloccò Hilde.

«Non mi lascerò azzittire.» Margit gettò indietro la testa.

Hilde sorrise. Margit era la sua immagine sputata di una decina di anni prima, quando era giovane e impulsiva. Determinata a correggere tutte le ingiustizie che la circondavano.

Prima di crescere e di smettere di esprimere i suoi pensieri ad alta voce, per paura delle conseguenze.

E questo cosa ti ha portato? Niente! Assolutamente niente!

Guardando la sua vita a ritroso, ora avrebbe voluto aver fatto di più. Avere un ruolo più attivo nella resistenza, invece di limitarsi a sostenere Q. Ma aveva avuto dei figli di cui occuparsi... eppure, una fitta di invidia la trafisse vedendo i modi noncuranti di Margit. La ragazza si rifiutava semplicemente di soccombere alle necessità della vita, o di permettere ai nazisti di spaventarla.

Nei giorni successivi, Hilde e Margit diventarono amiche. Hilde apprezzava le loro conversazioni, e il punto di vista di una ragazza. Nella vita di Margit era ancora tutto semplice, tutto bianco o nero.

Avere qualcuno con cui parlare alleviava la noia e la aiutava a tenere la mente impegnata. Era solo quando si sdraiava a letto per dormire e la cella era silenziosa, che la sua mente tornava a Q, ai suoi bambini, e alla sentenza di morte che pendeva sulla sua testa.

CAPITOLO 18

Dopo il processo di Hilde, Q fu informato del fatto che sarebbe stato trasferito alla prigione di Plötzensee. La sua iniziale gioia all'idea di lasciare l'isolamento dell'ospedale carcerario di Moabit fu schiacciata quando vide entrare nella sua cella il *Kriminalkommissar* Becker con un ghigno soddisfatto sulla faccia.

«Prigioniero. Non vedevi l'ora di essere morto, non è così? Ma lascia che ti dica che sono io che decido quando succederà, non tu. E potrei lasciarti marcire in prigione per un po'; non sarebbe divertente?»

Q decise di non abboccare. «*Herr Kriminalkommissar*, che sorpresa vederla qui.»

«Mi trovavo nei paraggi e ho pensato di farle sapere che sua madre ha chiesto il permesso di venire a trovarla.»

«Mia madre?» Q si illuminò di speranza. Di norma, ai prigionieri era concessa una visita al mese, e la sua anziana madre aveva affrontato il viaggio fin dall'altra parte della città per andare al quartier generale della Gestapo a chiedere a Becker un permesso di visita.

«Gliel'ho negato,» affermò Becker.

Q sentì che il suo spirito si sgonfiava. Avrebbe dato qualsiasi cosa per rivedere sua madre per un'ultima volta. Ricacciò indietro la sua replica furiosa e chiese: «Posso chiederne il motivo?»

«Hai mostrato così poco spirito di collaborazione che ho deciso che non meritassi il privilegio di avere visite,» rispose Becker con un sorriso crudele.

Da quando un diritto sancito dalla legge era diventato un *privilegio*? L'astio verso l'ufficiale della Gestapo lo strinse alla gola, e Q fece del suo meglio per trattenere la lingua e non aggredire verbalmente quell'uomo orribile. Si lasciò cadere sul suo letto e si mise a fissare il pavimento.

«Mi auguro che ti goda la tua cella almeno quanto ti sei goduto la nostra ospitalità in Prinz-Albrecht-Strasse,» disse Becker uscendo.

Quell'ultima frase riportò a galla ricordi che Q aveva accuratamente tenuto sepolti in profondità, durante l'ultimo mese. L'angoscia filtrò fin dentro le sue ossa, e il suo intero corpo cominciò a tremare con violenza.

Quando l'infermiera entrò nella stanza, pochi minuti dopo, capì con una sola occhiata cosa era successo e sottovoce mormorò: «Davvero non capisco perché noi accudiamo i pazienti e poi li restituiamo alla Gestapo.»

Lo aiutò a rialzarsi e lo accompagnò dalle guardie carcerarie che erano appena arrivate.

A Plötzensee, le guardie lo spinsero in una cella che somigliava davvero a un posto in cui qualcuno poteva vivere. La stanza di tre metri per quattro ospitava una sedia, un tavolo, un armadio e un letto a castello. Il letto era fornito di un materasso e di una ruvida coperta di lana. Paragonata alle cantine della Gestapo, era lussuosa.

Q si sedette sul letto inferiore e sussultò quando una voce dall'alto disse: «Ciao, mi chiamo Werner Krauss.» Una testa di capelli scuri, appena troppo lunghi, spuntò dal bordo del letto superiore.

«Mi chiamo Wilhelm Quedlin, ma gli amici mi chiamano Q.»

«E Q sia allora. Credo che dovremo tenerci compagnia, che ci piaccia o no.» Werner scese dal letto superiore e gli tese la mano.

Q gradì da subito l'umorismo asciutto del suo compagno di cella. A giudicare da come parlava, doveva essere un uomo istruito.

«Beh, vorrei dire che è un piacere conoscerti, ma penso che saremo entrambi d'accordo sul fatto che sarebbe stato meglio non incontrarci mai, se dovevamo incontrarci qui.» rispose Q stringendogli la mano.

Werner rispose con una secca risata. «Stavo impazzendo, a furia di parlare da solo.»

Nei giorni successivi, Q scoprì che Werner Krauss era davvero istruito. Era stato un professore di letteratura a Marburg prima di essere arruolato nella Wehrmacht e poi trasferito a Berlino. Q già pregustava le molte fruttuose conversazioni con il suo nuovo compagno di cella.

Almeno c'era qualcosa di positivo in quella vita desolante.

A un certo punto, Q chiese a Werner dei pezzi di stoffa colorati che erano stati appesi alle sbarre di alcune delle celle, inclusa la loro.

«TU. *Todesurteil*,» disse Werner con un sorriso sbilenco. «Così tutti sanno che gli occupanti sono stati condannati a morte.»

«Ah. Anche tu.» Q deglutì e alla fine osò porre la domanda che in tutti quei giorni aveva evitato. «Come fa un professore a finire nel braccio della morte?»

«Una bella domanda,» convenne Werner. «Tramite un amico, ho conosciuto Harro Schulze-Boysen. Una cosa dopo l'altra, ho finito per aiutare il suo gruppo ad appendere manifesti contro la mostra *Il paradiso sovietico*.»

«Vuoi dire la mostra di propaganda del giugno scorso? Quella piena di menzogne sull'Unione Sovietica? Che faceva vedere gente che viveva dentro buchi nella terra?»

«Proprio quella,» rispose Werner.

«E sei stato condannato a morte per avere affisso dei manifesti?» Q scosse la testa. Sapeva che, secondo il

Volksschädlingsverordnung, il decreto sui danni alla nazione, ogni atto criminale poteva essere punito con la pena di morte. Ma incollare manifesti?

«Per quello, e per aver ascoltato trasmissioni straniere alla radio.»

Q ridacchiò.

«Cosa c'è di divertente?» gli chiese Werner.

«Solo che ho comprato una *Volksempfänger* ancora nel 1935 e l'ho adattata per ricevere stazioni radio straniere. Ma è l'unica cosa che la Gestapo non ha mai scoperto.»

Werner sogghignò. «Non glielo dirò.»

Werner aveva amici influenti nella comunità intellettuale e canali segreti per ricevere vere notizie, non la propaganda di Goebbels. Un giorno, ai primi di febbraio, ricevette un visitatore e poi tornò alla loro cella con notizie eccitanti.

«Q. Abbiamo un motivo per festeggiare.»

«Hanno accolto il tuo appello,» chiese Q, tiepidamente. Non che invidiasse il suo amico, ma la sua compagnia gli sarebbe mancata,

«No. Per quello si vedrà.» Werner mise da parte la questione con un gesto della mano. «Hai saputo cosa succede fuori da queste mura?»

Q scosse la testa.

«Il mio visitatore mi ha detto che qualche giorno fa la Wehrmacht ha dovuto arrendersi a Stalingrado.»

«Accidenti. Sei sicuro che sia vero? Sarebbe il primo colpo alla fiducia di Hitler in questa guerra.»

«È la verità. Hitler si è rifiutato di tenere il discorso per il decennale della sua ascesa al potere e Goebbels ha dovuto farlo al suo posto. E, tieniti forte, Goebbels ha ordinato di chiudere tutti i teatri, i cinema, i varietà e tutti i locali di intrattenimento fino al 6 febbraio, per rispetto alla devastante sconfitta della Wehrmacht.»

Q e Werner discussero infinite ore delle possibili implicazioni sul fronte orientale, la campagna d'Africa, l'umore generale della

Germania e dei paesi occupati. Discussero anche della dichiarata *guerra totale* di Goebbels e di cosa questo avrebbe potuto significare per i tedeschi. Discussero degli sforzi di resistenza e di come speravano che la Russia avrebbe continuato a respingere l'avanzata tedesca.

Malgrado la distrazione costituita da Werner, Q era roso dal senso di colpa. Hilde l'aveva perdonato, ma lui non poteva fare lo stesso. Era colpa sua se era stata condannata a morte, e non c'era niente al mondo che avrebbe potuto togliergli quel fardello dalle spalle.

CAPITOLO 19

Trascorsero tre lunghe settimane dal processo di Hilde quando l'Angelo Biondo aprì la sua cella.

«Hai visite,» disse Frau Hermann.

«Una visita?» Hilde si illuminò di gioia. Una visita era quello che i prigionieri desideravano più di tutto, e per lei era la prima, al di là di quelle del suo avvocato.

Frau Hermann la condusse nella sala dei colloqui e disse: «Tornerò tra un'ora. Divertiti.»

Hilde le rivolse un sorriso pieno di gratitudine ed entrò nella stanza, in cui l'aspettava Annie.

«Mamma?» Hilde percorse la breve distanza verso sua madre, e poi si bloccò di colpo, incapace di credere ai propri occhi.

«Che c'è, tesoro?» chiese Annie, «Sembra che tu abbia visto un fantasma.»

«È così. Hai addosso la mia pelliccia.» Hilde avrebbe voluto schiaffeggiare sua madre per essersi appropriata della pelliccia che gli aveva regalato Q per Natale, quando lei era incinta di Volker.

Annie scosse il capo in modo sprezzante, sollevando gli occhi al cielo. «Beh, tu non la usavi, ed è così bella. Oltretutto, sono settimane che si congela, e non vorrai che mi prenda un malanno.»

«Avresti almeno potuto chiedere. Non sono ancora morta, sai.» Hilde desiderava strappargliela di dosso.

«Naturale che non sei morta, cara, altrimenti non sarei potuta venire a trovarti, o no? Hilde lascia che ti guardi.» Annie aveva la fastidiosa abitudine di non replicare alle cose che non le piacevano.

Hilde sospirò. Forse sua madre avrebbe dovuto tenersi quella pelliccia; in ogni caso non le avrebbero permesso di portarla in prigione.»

«Hai un bell'aspetto. Ma dovresti davvero mangiare di più, sei troppo magra.»

«Mamma...» Hilde ruggì nel profondo. Aveva la benché minima idea delle razioni ridotte e di tutto il resto? «Come hai ottenuto il permesso di farmi visita?»

«Oh, cara, non è stato difficile. Siediti qui con me.» Annie diede dei colpetti con il palmo sulla sedia accanto a lei. «Ho dovuto soltanto chiedere il permesso al *Kriminalkommissar* Becker. Abbiamo fatto una bella chiacchierata, e mi ha incoraggiata a chiederglielo di persona, quando voglio tornare in visita. Nei limiti del ragionevole, ovvio. È un uomo così delizioso, e così affascinante nell'uniforme della Gestapo.»

Hilde sollevò gli occhi al cielo. Sua madre era probabilmente l'unica persona al mondo in grado di mettere *Gestapo* e *delizioso* nella stessa frase.

«Fidati di me, non c'è niente di *delizioso* in lui,» protestò Hilde.

«Questo perché non vuoi vedere le cose come stanno. Sono sicura che se tu avessi deciso di rispettare la legge, voi due saresti andati così d'accordo. È il sogno di ogni suocera. Elegante, retto, fermo nelle proprie convinzioni. Leale verso il nostro Führer.»

«È un mostro,» sibilò Hilde, e il suo intero corpo si tese al ricordo degli interrogatori al quartier generale della Gestapo. Se sua madre avesse visto Becker per quel che era, avrebbe smesso di smaniare per lui. Ma Hilde non l'avrebbe illuminata; quelle ore buie erano qualcosa che voleva tenere seppellite dentro, e non far riaffiorare mai più in superficie.

«Il mostro è tuo marito.» Annie scosse la testa. «Sai che non ti sarebbe successo niente di tutto questo se avessi sposato un uomo come il *Kriminalkommissar* Becker e non quel tuo disonorevole marito. Non mi perdonerò mai di non averlo visto per quel che era prima, e di averti persino permesso di sposarlo.»

«Non ricordo di aver chiesto il tuo permesso,» disse Hilde aspra.

«Beh, questo è il tuo problema. Non chiedi a tua madre. Sei stata sempre una ragazza difficile, sempre a creare problemi e a disobbedire alle autorità. Non sono sorpresa che tu sia finita qui. Avrei dovuto annegarti nell'acqua del tuo primo bagnetto.»

Hilde prese un respiro profondo. Aveva sentito quegli insulti così tante volte, non avrebbe dovuto importarle. «Mamma, non è colpa sua. Mi ha amato come nessun altro. Non ce l'ho con lui e continuerò ad amarlo fino al mio ultimo respiro.»

«Guarda come ha rovinato la tua vita! Non devi morire per lui.» Annie si tamponò gli occhi.

«Mamma, per favore.» Hilde non aveva voglia di litigare con sua madre. «Dimmi dei bambini.»

Annie si appoggiò allo schienale della sedia con un sospiro drammatico. «Berlino non era il posto giusto per loro. Li ho mandati tutti e due da tuo padre ad Amburgo. La sua nuova moglie ha più tempo libero di me.»

«Sono sicura che Emma saprà prendersene cura.» Hilde cercò di mantenere un'espressione neutra mentre annuiva. Annie non ci aveva messo molto a rendersi conto che allevare dei bambini comportava un sacco di lavoro e interferiva con la sua fitta agenda mondana. Nel profondo del cuore, Hilde era sollevata sapendo che entrambi i suoi figli erano tra le mani amorevoli della sua matrigna.

«Grazie per il tuo aiuto, mamma. E per aver contattato l'avvocato.»

Annie si illuminò di orgoglio. «Non è stata una gran cosa. A proposito, quasi mi dimenticavo. Ti ho portato del cibo e dei soldi.» Allungò a Hilde un pacchetto avvolto in carta marrone.

Hilde tirò fuori pane nero, formaggio, prosciutto e prezioso zucchero, assieme a diverse banconote.

«Il *Kriminalkommissar* Becker mi ha detto che puoi usare il denaro per spedire lettere extra se vuoi. Perché ufficialmente lui puoi consentirti solo una lettera al mese, e immagino che quella andrà al porc... a tuo marito.»

Hilde scelse di ignorare il commento di sua madre. Dopo tutto, Annie era il suo unico collegamento con il mondo esterno e la nonna dei suoi bambini. Avrebbero avuto bisogno del suo amore e del suo supporto, per quanto misero, nel caso in cui si avverasse lo scenario peggiore.

«Mamma, so che Q non ti piace, ma per favore puoi mandargli delle lettere dandogli notizie dei ragazzi? Era così magro l'ultima volta che l'ho visto, magari puoi mandare a lui parte del cibo che hai intenzione di portare a me?»

Annie scosse la testa. «Vuoi che aiuti l'uomo responsabile della condanna a morte di mia figlia?»

«Sì. Per favore, mamma. Fallo per me. Sarò felice se saprò che Q sta bene.»

Le narici di Annie si dilatarono. «Perché ami ancora quell'uomo? Non ha portato altro che sciagura a te e ai tuoi figli.»

«Capisco che tu sia arrabbiata con lui. Davvero lo capisco.» Hilde si passò una mano tra i capelli, mentre cercava disperatamente di farsi capire da sua madre. «Ma sì, lo amo ancora come l'ho amato per tutto il tempo che abbiamo passato insieme. Se è possibile, lo amo persino di più, perché adesso so che cosa avevo con lui, e cosa perderò senza di lui.»

Annie sbuffò, ma Hilde proseguì senza badarci...

«Anche se restassi in vita, non ci sarà mai un altro uomo che significherà così tanto per me. Se non avessi dei figli, non vorrei altro che lasciarmi questo mondo alle spalle insieme a lui.»

«Beh, pare che il tuo desiderio sarà esaudito,» sibilò Annie.

Hilde la ignorò e proseguì. «Proprio ora, in questo preciso istante, sono grata del fatto di non essere messa meglio di lui. Che siamo entrambi in prigione, entrambi condannati a morte. Lui mi ha detto che questi nove anni con me sono stati il mondo intero per lui. Il ricordo di quelle esperienze con me gli rendono più facile la morte.»

Annie sollevò il mento. «E per te è facile?»

«Sono d'accordo con lui. Abbiamo condiviso i piaceri della vita, per quanto possibile, e abbiamo sempre saputo di essere dei privilegiati. Avevamo una bella vita, e ci sostenevamo a vicenda. Non abbiamo mai litigato o discusso, non avevamo desideri non realizzati, eravamo sempre felici e soddisfatti, e abbiamo vissuto tutto questo pienamente e consapevolmente. Poche persone, in vecchiaia, saranno in grado di dire di aver vissuto nove anni di pura felicità.»

Annie si guardava le scarpe in silenzio, e Hilde credette di intravedere una traccia di emozione sul suo volto.

«Mamma, per me non sarebbe difficile dire addio a un mondo in cui non ci fosse più Q. Potrebbe esserti un po' di conforto, sapere che mi sarà facile dire addio e morire.» Hilde si accasciò sulla sedia. Era la verità. Un mondo senza Q non sarebbe stato lo stesso; non avrebbe avuto più alcuna attrattiva per lei.

Annie sospirò. «Va bene. Gli scriverò una lettera e gli manderò del cibo.»

Annie si spostò di un passo e si spazzolò la gonna. «Non disperare, Hilde. Herr Müller sta ancora lavorando al tuo caso. Al momento sta valutando le sue opzioni; se sia meglio fare appello contro la tua sentenza o chiedere che tu sia graziata.»

Hilde annuì. «Sì, lo so.»

Un colpo alla porta indicò che la loro ora era terminata.

Annie si alzò in piedi e camminò verso l'uscita. Sulla porta, si voltò un'ultima volta.

«Il tuo fratellastro verrà arruolato non appena compirà sedici anni, tra poche settimane.»

Hilde attese di tornare nella sua cella per digerire le novità sul suo fratellastro e il suo futuro. Hitler doveva essere disperato se aveva cominciato ad arruolare minorenni.

Di norma, non erano spediti al fronte ma usati come *Luftwaffenhelfer*. I loro compiti principali erano nella contraerea: contribuivano ad abbattere bombardieri nemici. Era un lavoro pericoloso che si prendeva troppe vite.

Hilde aveva paura per il suo fratellino, ma nell'attuale clima politico sapeva che non c'era niente che avrebbe potuto fare, anche se fosse stata libera. Tutti i tedeschi dovevano contribuire allo sforzo bellico, che lo volessero oppure no.

Quelli che non ottemperavano al compito subivano dure punizioni.

CAPITOLO 20

A Plötzensee, Q si sentiva circondato dalla benevolenza. Paragonato al periodo trascorso al quartier generale della Gestapo e nell'ospedale carcerario, era piacevole, in verità. Persino le guardie trattavano i prigionieri come esseri umani, molto diversamente da come avevano fatto i bruti della Gestapo.

Q aveva il sospetto che il direttore della prigione non fosse troppo entusiasta dei nazisti. Ovvio che niente di tutto ciò veniva nemmeno mormorato, ma le prove parlavano da sole.

Il direttore avrebbe potuto scegliere chiunque come compagno di cella per Q, passando dai criminali comuni o gli stranieri ai lavori forzati ai prigionieri di guerra. Ma aveva scelto Werner Krauss.

Werner e Q erano stati condannati nella stessa serie di processi, e sembrava appartenessero alla stessa organizzazione di resistenza a cui la Gestapo aveva dato il nome di *Rote Kapelle*, Orchestra Rossa. Per come stavano le cose, era decisamente contrario alle regole metterli insieme nella stessa cella.

Quando dissero a Q che poteva scrivere una lettera al mese, non dovette riflettere nemmeno un secondo sulla persona a cui scriverla. Si mise immediatamente seduto e riversò la sua anima sull'unico foglio che gli era stato dato.

Un'ora dopo, lo mise in una busta – non chiusa – e vi scrisse sopra il nome di Hilde. Non aveva idea di dove fosse imprigionata e scrisse la parola *Gefängnis,* prigione, accanto al suo nome. I censori avrebbero saputo dove mandarla.

Sua suocera, Annie, aveva mantenuto la promessa fatta a Hilde e gli aveva spedito un pacchetto che conteneva cibo e soldi, senza alcun dubbio soldi di Q. La lettera che accompagnava il pacchetto era fredda e breve. Q poteva leggere tra le righe, senza possibilità di errore, che gli dava la colpa per la condanna a morte di Hilde.

E ha ragione. È colpa mia se Hilde è stata arrestata. Avrei potuto… avrei dovuto…

Ogni volta che pensava al destino di Hilde, i suoi pensieri si infilavano in un circolo vizioso. Non importava che lei l'avesse perdonato; lui non sarebbe mai riuscito a fare lo stesso.

Q arrestò il treno di pensieri e tornò al presente, nascondendo i soldi nella sua biancheria. Non che non si fidasse di Werner, ma non potevi mai sapere chi avrebbe perquisito la cella. Un fascio di banconote sarebbe stato facile da far sparire.

Razionò con attenzione i soldi per comprare cose che sentiva necessarie alla sua sanità mentale. In prigione aveva cominciato a fumare. È un buon modo di tenere le mani occupate e di tenere a bada la fame costante.

Ma la maggior parte del denaro andava per la *Kassiber,* la posta segreta per la sua famiglia. Oggi era uno di quei giorni, e tornò con i piedi per terra quando la porta della cella si aprì.

«Volevi parlarmi,» disse il giovane ufficiale, facendo segno a Q di avvicinarsi.

«Mi serve carta, penna e inchiostro,» rispose Q altrettanto a bassa voce.

L'ufficiale strizzò gli occhi e gli comunicò il prezzo. Q infilò la mano in tasca e passò una banconota all'ufficiale, grato del fatto che Annie avesse messo da parte il suo disprezzo per lui abbastanza a lungo da aiutarlo dall'esterno.

«Tornerò entro un'ora.» L'ufficiale prese il denaro e scomparve.

Più tardi, quel pomeriggio, con la carta, la penna e l'inchiostro che aveva acquistato scrisse una lettera ad Annie, ringraziandola per la sua benevolenza.

Il giorno successivo, comprò altra carta, e avendo fin troppo tempo libero cominciò a buttare giù i suoi pensieri. Il suo cervello scientifico aveva bisogno di esercizio, e riprese il suo lavoro precedente nel campo della protezione delle colture e della gestione dei parassiti. In assenza di un laboratorio e di ogni genere di materiali, tutto quello che poteva fare era riflettere e cercare di risolvere i problemi in teoria. Poi spediva le sue conclusioni a scienziati amici e aspettava le loro risposte per capire se la teoria reggeva di fronte a un test di laboratorio.

Werner si dimostrò un valido amico e compagno di discussioni. Non avendo altro da fare, discutevano di tutto e di più. Pur non essendo uno scienziato, Werner ascoltava con attenzione quando Q condivideva con lui le sue idee sulla protezione delle colture. Diverse volte, le sue osservazioni avevano aiutato Q a proseguire le sue ricerche.

Ma anche Werner aveva un progetto in lavorazione. La sua mente era altrettanto acuta come quella di Q, solo in un campo differente. Da professore di letteratura, aveva pieno potere sulle parole e una graffiante sagacia. Nella noia della prigione, cominciò a scrivere un romanzo satirico che intitolò *Die Passionen der halkyonischen Seele* – Le Passioni di un'anima alciònia.

Q rimase profondamente impressionato dall'ingegnosità dei colpi al fianco al regime nazista nascosti nel romanzo. Il protagonista era un pilota dell'aeronautica militare, e gli bastò il primo capitolo per capire chi ne era stato il modello: Harro Schulze-Boysen.

Sebbene Q punzecchiasse Werner sulla sua arte raffinata, in realtà gli piaceva l'idea e leggere o ascoltare i capitoli via via che prendevano forma. I messaggi nascosti nel romanzo erano potenti e leggeri allo stesso tempo.

«Quando i nazisti saranno spariti, il tuo libro diventerà un classico, ne sono sicuro,» disse Q,

«Oh, è solo la prima bozza. Deve essere ripulito prima di diventare buono sul serio,» replicò evasivo Werner, pieno di insicurezze come ogni scrittore al mondo.

«A Hitler do ancora un anno, o due al più,» disse Q, ignorando deliberatamente l'obiezione di Werner.

«La guerra è pura follia,» convenne Werner. «E ogni volta che tappano un buco da una parte, ne appaiono altri da un'altra parte. Non vedo come la Germania possa reggere ancora per molto.»

A Q non erano ancora permesse visite, grazie all'intervento del *Kriminalkommissar* Becker. Ma a Werner sì, e ogni volta rientrava da questi incontri con un senso rinnovato di speranza.

Una speranza che il regime nazista stesse arrivando alla fine. Ma sarebbe stato abbastanza presto da salvarli?

CAPITOLO 21

Hilde teneva tra le mani una lettera. Di Q.

Aprì la busta come se fosse sacra e tirò fuori il foglio di carta. Una scrittura compatta lo ricopriva da entrambi i lati. Leggendo quelle parole, il suo cuore si riempì d'amore e di gratitudine mentre gli occhi le si colmarono di lacrime.

Mia cara Hilde,

mentre scrivo queste parole il mio cuore è pieno di eterno amore per te. Sei stata la miglior cosa che mi sia mai successa, e non avrei potuto sperare in una compagna migliore. Nonostante la guerra e tutto quello che è accaduto, questi sono stati i migliori nove anni della mia vita, e non vorrei essermene perso nemmeno un minuto.

Quando arriverà il momento per me di lasciare questa terra, sarò grato e felice per aver avuto tutto quello che un uomo potrebbe mai chiedere. Con te.

Ma allo stesso tempo, la mia anima è rosa dal rimorso. Le parole non riescono a esprimere la profondità del mio senso di colpa per il tuo destino. È solo colpa mia se ti trovi in questa tremenda situazione. Non ho mai avuto l'intenzione di ferirti o causarti alcun dolore e, credimi, darei volentieri la mia vita per risparmiare la tua. Se avessi saputo quali sarebbero state le terribili conseguenze, non ti avrei mai chiesto di dattilografarmi quei documenti.

Sei con me in ogni secondo di ogni giorno. Mi manchi. Il tuo sorriso, la tua voce dolce, il tuo senso dell'umorismo. Tutto. La mia mente si consuma pensando a te.

Hilde smise di leggere, e un sorriso le spuntò sulle labbra. Non dubitava che Q pensasse *spesso* a lei, ma nel momento in cui il successivo problema tecnico attirava la sua curiosità si dimenticava del mondo che lo circondava, lei compresa.

Era accaduto innumerevoli volte durante la loro vita comune, e aveva imparato ad accettarlo come parte di lui. Hilde era convinta che nemmeno il carcere potesse cambiare il modo in cui funzionava la sua mente.

Si asciugò le lacrime e riprese a leggere...

Il destino mi ha giocato un trucco crudele. Mi ha dato quello che desideravo di più e poi me l'ha tolto. Per colpa mia.

Sfortunatamente, non c'è stato un modo semplice di uscirne per noi. I poteri costituiti non ci hanno permesso di lasciarci tutto alle spalle e di vivere una nuova comoda esistenza in America. Come vorrei che fosse avvenuto. Molte volte, mi sono chiesto esattamente quali poteri avessero influenzato il nostro destino. I poteri della terra? I poteri celesti? O la pura coincidenza? La sfortuna? Non lo sapremo mai.

Hilde si fermò di nuovo, chiedendosi come sarebbero state le loro vite in America. Dopo un po', scosse la testa. Ragionare sui "se" era controproducente e le avrebbe portato solo tristezza e depressione. Riprese in mano la lettera e finì di leggere le parole di Q...

· · ·

Con il senno di poi, è facile vedere che se fossimo andati a trovare mia cugina Fanny nell'estate del 1939 come avevamo programmato, non saremmo mai tornati in Germania per via dello scoppio della guerra.

Ora tendo a credere che ci sia stato più che illogica fortuna. Il nostro destino era di stare qui. Eravamo fatti per grandi cose. La sciagura è che tu, mia cara Hilde, sia stata catturata nel mio destino e stia ora pagando con la vita per le mie convinzioni.

I miei amici ed io lottavamo per una giusta causa. Per un mondo migliore. Il mondo della pace e delle uguali opportunità. Un mondo senza guerra. Ma il destino aveva cose diverse in mente.

Sembra che il mondo debba ancora imparare una lezione. Una lezione che debba includere gli orrori della guerra per dare spazio a un futuro migliore, in cui l'umanità risorgerà dalle proprie ceneri come una fenice, quando tutto ciò che è brutto e crudele sarà raso al suolo, e il fuoco avrà sterilizzato la terra per farvi crescere cose buone.

Riguardo ai miei figli, ho fiducia che staranno bene con tuo padre ed Emma. Volker e Peter adorano i loro nonni, e vivranno felici con loro.

Annie mi ha gentilmente mandato un pacchetto con cibo e altri beni di prima necessità. Se hai la possibilità di ringraziarla per conto mio fallo, per favore.

Se sono ormai rassegnato alla mia condanna, ho ancora la speranza che la tua non sia confermata. Così tanti condannati hanno ricevuto la grazia. Per favore resta forte e non perdere mai il tuo sole interiore.

Conterò i secondi fino a ricevere la tua lettera. Tra quattro settimane esatte, avrai di nuovo mie notizie.

Amore mio, alla prossima. Pensami e sappi che il mio amore ti circonda e non morirà mai, anche se il mio corpo morisse.

Per sempre,
Q

. . .

Hilde si asciugò le lacrime e si infilò la lettera in tasca. La toccava quando si sentiva sola e la realtà della sua condizione diventava soverchiante.

Uno di quei giorni, lei e Margit stavano parlando mentre i prigionieri dell'adiacente edificio maschile passavano la loro ora d'aria nel cortile. Brandelli di conversazione arrivavano dalla piccola finestra aperta.

«Se va avanti ancora molto così, mi impicco,» disse una voce maschile.

«E con cosa esattamente?» chiese un'altra voce.

«…non ce la faccio più… l'incertezza…»

Hilde si alzò e chiuse la finestra. «Poveretti. Non sembra, ma l'incarcerazione è molto più difficile per gli uomini.»

«Proprio la scorsa notte, ho sentito un nuovo arrivato che urlava e si agitava nel sonno,» aggiunse Margit.

Quando la notte era serena e non c'erano bombardieri nemici in cielo, i muri della prigione riecheggiavano e amplificavano anche i più deboli suoni.

«Non è il pericolo o la morte che aspetta dietro l'angolo. Non sono le cose peggiori. La peggior cosa è l'incertezza, il fatto di non sapere cosa sarà di te. È questo che ti divora dall'interno. L'isolamento della cella. La fame. Ognuno di quegli uomini laggiù preferirebbe finire in un campo di concentramento o una vera prigione piuttosto che passare un altro giorno qui nel braccio della morte.» Hilde smise di parlare notando che il volto di Margit era impallidito. «Non preoccuparti, tu uscirai di qui.»

Margit annuì. «Sarà così. Dev'essere così.»

Più tardi nel pomeriggio, sentirono il rumore di un vetro infranto. Proveniva dall'altra parte del cortile e fu seguito da una serie di ululati da far accapponare la pelle.

«Viene dall'edificio maschile,» affermò Margit.

«Sì.» Hilde non voleva sapere cosa era accaduto esattamente; prese la lettera di Q dalla tasca. Se l'avvicinò al naso e inalò profondamente, assaporando il persistente odore di suo marito.

«Adori la lettera più dell'uomo,» la prese in giro Margit.

Hilde respirò di nuovo quel profumo e sorrise. «Preferirei di più l'uomo, ma cosa possa fare? Questa lettera è tutto quel che ho, per cui adorerò questa.»

CAPITOLO 22

Era il quarantesimo compleanno di Q. Teneva tra le mani una lettera di sua moglie e pensava che non avrebbe potuto chiedere niente di più bello quel giorno. Si rigirò la busta tra le mani per diversi lunghi momenti prima di aprirla e tirare fuori il foglio.

Malgrado la conoscesse bene, esitò prima di leggere le parole. E se avesse cambiato idea e fosse arrabbiata con lui, o lo condannasse per averla messa in quella situazione? E se non avesse più voluto scrivergli?

Le dita gli tremavano mentre si stendeva la lettera in grembo. Quando non riuscì più a reggere l'incertezza, guardò in giù e cominciò a leggere...

Mio caro Q,

Oh, come sono stata felice di ricevere la tua lettera. La tengo con me per tutto il tempo e lascio che le mie dita accarezzino la carta come se fosse la tua guancia. La notte, la lettera conforta la mia solitudine, ed è come se fossi con me.

Ti amo con ogni fibra del mio corpo, e sarò sempre fedele all'amore che ci unisce.

Per favore, non sentirti in colpa per il mio duro destino. Ti assolvo da ogni colpa. Sì, mi sono sentita disperata ultimamente, ma non avrei mai rinunciato ai momenti meravigliosi con te al mio fianco.

Detto questo, voglio che tu sappia che non giustifico le tue attività contro il Reich. Se avessi conosciuto le tue intenzioni, avrei trovato un modo di farti cambiare idea.

Q fissò incredulo il foglio, le lettere che danzavano davanti ai suoi occhi, finché cominciò a comprendere e sorrise. Werner non era l'unico che poteva scrivere messaggi segreti. *Spero che vi siate divertiti a leggere questo, cari censori.*

Fece scorrere le dita sulla carta, riportando alla mente il dolce viso di Hilde. Poteva davvero *vederla*, in piedi davanti a lui, una mano sul fianco, i suoi occhi azzurri che scintillavano di malizia. Il suo cuore si colmò di emozione.

Ma voglio stare dalla tua parte comunque, come ho promesso il giorno delle nostre nozze. Nella buona e nella cattiva sorte. Per tutta la vita e fino a che morte non ci separi. A nessuno di noi è stata promessa solamente la felicità, e non mi sono mai preoccupata della cattiva sorte, perché avevo te, amore mio. Anche se non mi aspettavo che la morte arrivasse così presto.

Sul serio, è divertente. Scherzavamo su noi due che diventavamo vecchi e barcollanti. E immaginavo noi due che arrivavamo agli ottant'anni con una moltitudine di esperienze da raccontare ai nostri nipoti, ma sembra che non sarà così.

Spero che la tua salute sia molto migliorata e che tu abbia trovato uno sfogo per la tua mente brillante. Mia madre Annie può venire a trovarmi una volta al mese, e l'ho pregata di aiutare te quanto vuole aiutare me. Come puoi ben immaginare, non sei molto nelle sue grazie al momento, ma sono sollevata dal fatto che ti ha mandato qualche bene di prima necessità.

Sebbene sappia da lei che Volker e Peter stanno bene e sono contenti con Emma e mio padre, mi preoccupo per loro ogni giorno. Come può una madre non preoccuparsi quando è separata dai suoi figli?

La mia mente razionale mi dice che Emma e mio padre li inondano di amore e attenzioni e faranno di tutto per rendere il loro duro destino tollerabile per quanto possibile, ma il mio cuore mi dice che solo io posso dar loro l'amore materno di cui hanno bisogno.

Alcune lettere erano sbavate e Q sospirò. Sapeva esattamente cosa metteva di più a dura prova la sua coscienza. Hilde aveva fatto voto di non permettere mai che i suoi figli conoscessero il suo stesso destino: crescere senza una madre che li amasse.

Tutto quello che poteva fare era ripetersi che Emma e Carl avrebbero fatto del loro meglio fino a che Hilde – grazie a un miracolo – fosse rilasciata dalla prigione e fosse libera di tornare dai suoi figli.

Non vedo l'ora di ricevere la tua prossima lettera. Per favore, raccontami tutto quello che fai, anche i più piccoli dettagli. È l'unico modo per me di starti vicino e immaginare di essere lì al tuo fianco.

Con tutto il mio amore, per sempre

Hilde

Q lasciò che la lettera atterrasse sul suo grembo e chiuse gli occhi. Con il suo occhio interiore rilesse le sue frasi molte volte e assaporò il calore e l'amore nelle sue parole. *Hilde è viva e mi ama ancora.* Nient'altro contava.

Nessuno sapeva cosa gli avrebbe riservato il futuro, o quanto a lungo sarebbe durata, ma in quell'istante, Q era felice. La lettera di Hilde era il miglior regalo di compleanno che avesse potuto desiderare.

CAPITOLO 23

Qualche settimana dopo, Hilde ebbe un altro visitatore. Il suo avvocato, Herr Müller, doveva parlarle. Non l'aveva visto né sentito dal giorno della sentenza e si chiedeva che genere di notizie le portasse.

Hilde fece del suo meglio per sopprimere la speranza che montava, per paura di essere delusa. Di nuovo, si ritrovò nella saletta delle visite.

«Buongiorno Frau Quedlin,» la salutò con una stretta di mano.

«Buona giornata a lei, Herr Müller. Quali notizie mi porta?»

«Temo non molte,» si scusò, ma dopo un'occhiata al suo volto deluso, si affrettò ad aggiungere: «il che è una buona notizia. Davvero, nessuna nuova buona nuova. Stavo aspettando che si calmassero le acque prima di fare la mia prossima mossa.»

«La richiesta di grazia, vero?» Hilde si agitò sulla sedia.

«Allora, è questo che volevo discutere con lei. Ho considerato le alternative e sono arrivato alla conclusione che dovremmo riconsiderare il nostro piano originale di richiesta di grazia.»

«Cosa? Perché?» chiese Hilde, che non aveva seguito del tutto il suo giro di parole.

«Nell'attuale clima politico, potremmo avere maggiori

possibilità di successo chiedendo una revisione della sentenza. È stata insolitamente severa, e un giudice più benevolo potrebbe ridurla a uno o due anni di prigione.»

«Lo crede sul serio?» La voce di Hilde era piena di speranza. Molti mesi prima, l'ipotesi di due anni di prigione l'avrebbe terrorizzata, ma ora sembrava un'opzione caritatevole.

«Non posso prometterle nulla, ma è già stato fatto. Ci aiuterebbe se avesse amici influenti che potrebbero supportare la nostra richiesta e parlare in suo favore. Il genere di amici con una tessera di partito e una buona posizione.»

L'unica persona che le venne in mente era Erika, che aveva sposato il figlio di un *Obersturmbannführer* delle SS. Ma il suocero di Erika era morto e suo marito era da qualche parte nella Francia occupata.

«Temo di non avere quel genere di amici.» Hilde scosse la testa.

«Peccato, ma allora procederemo da soli. Credo che il suo caso si presti bene a una revisione. Non ci sono vere prove di un suo coinvolgimento in nessuna attività di sabotaggio o resistenza.»

«Lo spero.» Le sue spalle ricaddero, mentre cercava di accendere una scintilla di speranza dentro di sé.

«Parlando di cose più felici, sua madre ha chiesto al *Kriminalkommissar* Becker il permesso di portare suo figlio Volker con lei alla prossima visita.»

Hilde saltò in piedi, con l'eccitazione che le bruciava come una fiamma sulla pelle. «Davvero l'ha fatto? Quando lo vedrò?»

«Lui non le ha ancora dato una risposta definitiva, ma sembra ben disposto a dare il suo consenso.»

Hilde avrebbe voluto gettarsi tra le braccia di Herr Müller e baciarlo. Lui parve sospettare il rischio di una sua reazione inconsulta, tanto che si strinse la valigetta al petto.

Lei soffocò il bisogno di gridare di gioia, e invece disse: «Per favore, trasmetta a mia madre i miei ringraziamenti più sinceri per il suo impegno.»

Sul volto dell'avvocato apparve un'espressione sollevata, mentre pescava dalla valigetta una busta per lei.

«Da parte di sua madre. Potrebbero esserle utili.» Annuì e la salutò, chiudendo delicatamente la porta dentro di sé.

Hilde in pratica danzò di ritorno alla sua cella, e nella fretta di raccontare le buone notizie a Margit, si dimenticò della busta piena di *Reichsmark*. Ma quella era davvero una buona giornata, dato che la guardia che la riaccompagnò in cella era l'Angelo Biondo.

Frau Hermann indicò con discrezione la busta e sussurrò: «Se dovessi trovare dei soldi dovrei consegnarli al direttore del carcere.»

Hilde arrotolò velocemente le banconote e se le infilò nel reggiseno, prima di consegnare la busta per l'ispezione. Non riuscì a fare a meno di condividere con l'amichevole guardia la sua esaltazione.

«S'immagini, potrei avere il permesso di vedere mio figlio. Non è meraviglioso?»

«È davvero una bella notizia,» disse Frau Hermann con un sorriso.

Hilde non capiva come mai quella giovane donna di buon cuore ed empatica si fosse scelta una professione così orribile, ma non osò porre la domanda. Malgrado il suo atteggiamento amichevole, Frau Hermann era sempre una guardia. Fraternizzare con le guardie non era consentito.

Di ritorno alla sua cella, Hilde canticchiava a bocca chiusa. La vita era bella. Avrebbe visto suo figlio. E grazie a sua madre aveva dei *Reichsmark* per comprare delle cose. I soldi rendevano la vita in prigione molto più tollerabile. E non importava che sapesse che quel denaro proveniva dal patrimonio per il quale lei e Q avevano così duramente lavorato, e non importava nemmeno che sua madre stesse probabilmente prendendosene una larga fetta per se stessa.

Importava solo che presto avrebbe rivisto suo figlio.

Dopo aver assillato Margit con infiniti dettagli e aneddoti sui suoi figli, Hilde si mise seduta a scrivere una lettera per Emma. Ufficialmente le era permessa una sola lettera al mese, e quella era per Q, ma con i soldi che gli aveva lasciato il suo avvocato, poteva permettersi di pagare le guardie per far uscire una lettera segreta.

Cara mamma Emma,

ti prego di non far riferimento a questa lettera nella tua replica; non te la sto mandando attraverso i canali ufficiali.

Voglio dirti quanto sono euforica grazie al fatto che mia madre Annie ha richiesto un permesso per portare Volker con lei durante la prossima visita. So che voi due non siete mai andate d'accordo, e capisco le tue ragioni. Può essere difficile avere a che fare con Annie, talvolta.

Un sorriso arricciò le labbra di Hilde. Quello era l'eufemismo del secolo. Ma il suo intento non era quello di creare ancora più sangue amaro nella sua famiglia. Nel caso in cui il peggior scenario si avverasse avrebbero dovuto lavorare insieme per il bene dei bambini.

Ti prego, per favore, di cercare di andare d'accordo con lei, per il bene dei tuoi nipoti.

Non puoi immaginare quanto ti sono grata per esserti presa cura di entrambi i miei bambini. Ora che entrambe le tue ragazze sono cresciute abbastanza da non causarti più troppi problemi, ti tocca ricominciare tutto con due ragazzini che non hanno nemmeno il tuo sangue. So che sono nelle migliori mani possibili, con te.

Ma spero anche che penserai alla tua salute e al tuo benessere e che chiederai aiuto ad Annie quando le cose dovessero diventare troppo difficili per te. Lei ha il pieno potere sul nostro patrimonio e dovrebbe essere in grado di mandarvi dei soldi per i beni di prima necessità, come nuove scarpe o vestiti.

Peter può usare i vestiti che gli passa suo fratello, ma il mio Volker dev'essere cresciuto dall'ultima volta che l'ho visto e quando arriverà la primavera non starà più negli abiti dell'anno scorso.

Per favore, accetta il mio grazie più sincero per tutto quello che fai. Da' un bacio ai miei amati figli da parte mia e salutami papà, Sophie e Julia.

Tua figlia, Hilde

Hilde chiuse la lettera e incollò la busta, poi attese il passaggio di una delle guardie note per consegnare messaggi segreti e pagò la donna per il servizio.

Quella notte, cadde in un sonno profondo riempito di sogni felici, fino a che il suono agghiacciante delle sirene antiaereo la fece scattare a sedersi sul letto. Anche Margit si alzò, pallida come un fantasma, e cominciò a battere contro la porta della cella.

«Tesoro, è inutile. Sai che dobbiamo rimanere nelle nostre celle.» Hilde abbracciò la singhiozzante Margit. Pur con il suo spirito orgoglioso, era sempre una ragazzina di diciannove anni.

Le guardie corsero a cercare riparo nelle cantine dell'edificio, mentre Hilde e Margit strisciavano sotto il tavolo e rimanevano lì abbracciate. Quel raid aereo fu il più terrorizzante da molto tempo.

Di norma, gli spessi muri della prigione tenevano fuori gran parte del frastuono, ma quella notte scricchiolavano e tremavano ogni volta che un bombardiere liberava il suo carico mortale sulla città di Berlino.

I minuti sembravano non passare mai, e ogni volta che Hilde si diceva che doveva essere finita, il cielo notturno si riempiva di nuovo del rombare della flotta aerea nemica. Aveva imparato a distinguere il rumore del cannone antiaereo tedesco, quello di un aereo inglese abbattuto e quello terribile delle bombe.

Gli impatti si avvicinavano. Dopo una detonazione assordante, dal soffitto piovvero calcinacci, e dalla piccola finestra penetrò una luce abbagliante. *Alcuni degli edifici qui attorno devono aver preso fuoco.*

Malgrado la finestra fosse chiusa, Hilde riusciva a sentire lo sfrigolio e lo scoppiettio del fuoco che divorava ogni cosa sul suo cammino. Sperava solo che non raggiungesse la prigione. I pompieri avrebbero avuto altre priorità.

Il raid aereo durò tutta la notte e, a un certo punto, lei e Margit dovevano essersi addormentate rannicchiate insieme sotto il tavolo perché quando Hilde fu risvegliata dall'improvviso silenzio, fuori c'era luce.

Sebbene ci fossero stati diversi bombardamenti l'anno precedente, nessuno aveva fatto danni seri a Berlino. All'inizio del 1943 le cose erano cambiate. Sin dall'inizio dell'anno, gli attacchi costanti erano diventati parte integrante della vita della capitale.

Per i giorni successivi, la potenza schiacciante dell'attacco era l'argomento di conversazione numero uno sia tra i prigionieri che tra le guardie. Arrivò voce che nel bombardamento erano morte settecento persone e c'erano trentacinquemila sfollati dovuti alla distruzione di quasi un migliaio di edifici.

Le guardie raccontavano della devastazione totale che le bombe si erano lasciate dietro. C'erano macerie ovunque. Scheletri di edifici che si allungavano verso i cieli. Interi quartieri rasi al suolo.

CAPITOLO 24

Q e Werner si erano abituati alla vita in carcere. Entrambi dedicavano molte ore al giorno ai loro progetti. Le guardie scherzavano sulle febbrili attività nella cella di quei due intellettuali, che sembravano sul serio godersi tutto quel tempo libero. Ma non li disturbavano, eccetto che per l'ora d'aria che i prigionieri dovevano trascorrere in cortile.

Nel pomeriggio, erano abituati a discutere dei più svariati argomenti, e una volta alla settimana il prete cattolico *Pfarrer* Bernau andava a trovarli nella loro cella per fornire loro supporto morale.

Il compito principale del prete era quello di accompagnare i condannati nelle loro ultime ore e somministrare loro i sacramenti, se lo desideravano. Ma oltre a questo, aveva preso l'abitudine di far visita a ciascun prigioniero almeno una volta alla settimana e offrire un orecchio attento alle pene di ognuno.

Nel carcere era apprezzato da tutti, perché non insisteva nell'indottrinarli verso la religione cattolica, ma aveva un approccio più umano. Senza badare alla religione dei prigionieri, li confortava con parole empatiche e amichevoli.

Ben presto, Q scoprì che *Pfarrer* Bernau faceva ben più che consolare. Era un uomo istruito, molto ferrato in teologia, sociologia e politica... e un nemico giurato dei nazisti.

Era un segreto solo per modo di dire che *Pfarrer* Bernau aiutava volentieri chi non poteva permettersi di corrompere le guardie per portare di nascosto messaggi dentro e fuori la prigione. E, a quanto si diceva, aveva nascosto alle autorità più di un Indesiderabile. Solo Dio sapeva dove trovava i soldi, l'aiuto e i documenti falsi per portare avanti quel lavoro.

I giorni passavano, e con l'infausto giudice Roland Freisler che presiedeva il *Volksgerichtshof*, sempre più crimini minori venivano puniti con la sentenza capitale, e Plötzensee era piena fino all'orlo.

Un giorno, un ragazzo francese di nome Pascal venne messo nella stessa cella di Q. Il giovane parlava poche parole di tedesco, ma Q fece del suo meglio esercitando il suo francese arrugginito. Fortunatamente, il francese di Werner era molto più fluente, e Q lasciò a lui il compito di fare da interprete.

Incuriosito dai trascorsi del loro nuovo compagno di cella, Werner interrogò il ragazzo sulle circostanze del suo arresto.

«Avevo fame. Faceva freddo ed era buio. In quel momento ho visto una donna con una borsetta e gliel'ho rubata.» Pascal eruppe in singhiozzi.

«Perché diavolo hai fatto una cosa così stupida?» volle sapere Werner.

Pascal spiegò tra i singhiozzi: «Non lo so. Ma subito dopo averlo fatto mi sono sentito così in colpa che per il rimorso l'ho gettata via.»

Q non poteva giustificare il suo atto. Ma comunque, rubare una borsetta non meritava certo la pena capitale. Non c'erano parole per confortare il giovane che vedeva avvicinarsi la sua fine per aver fatto una piccola sciocchezza.

Nei giorni successivi, emersero altri dettagli del processo di Pascal. Sembrava che la corte avesse prodotto dei testimoni in sua difesa, i quali avevano affermato che il giovane francese aveva salvato due bambini da un edificio in fiamme, durante un recente raid aereo.

Ma il giudice, uno dei seguaci più entusiasti di Roland Freisler, non ne aveva tenuto conto, e aveva dato a Pascal la stessa punizione che avrebbe ricevuto un assassino a sangue freddo. Era inumano e iniquo.

Persino il direttore della prigione e gli impiegati condividevano in silenzio quel giudizio e lavoravano con impegno per trovare una ragione dopo l'altra, non importava quanto ridicola, per ritardare l'esecuzione pianificata.

Pascal era comprensibilmente disperato; la barriera linguistica non faceva che aumentare la sua angoscia e il suo sconforto. Dopo l'iniziale crollo emotivo, si calmò abbastanza per scrivere le sue memorie.

«Ora mia madre e la mia ragazza avranno almeno un ricordo di me,» disse a Q.

Q annuì. Cos'altro poteva fare? Non si sarebbe imbarcato in un discorso in francese su come una sentenza di morte potesse estrapolare l'essenza della vita di un uomo. Di come essere confrontati con la propria morte imminente separasse il grano dalla pula e ti lasciasse unicamente in compagnia delle più vere e più sincere idee sulla vita.

Quando Pascal ebbe finito di scrivere le sue memorie, pregò Q e Werner di promettergli che avrebbero fatto in modo che le sue lettere fossero consegnate alla sua famiglia a Parigi, dopo la guerra.

Werner accettò prontamente, sempre ottimista sul fatto che la sua condanna a morte sarebbe stata revocata, grazie all'aiuto di qualcuno dei suoi influenti amici.

Una settimana più tardi, arrivò il boia per Pascal.

Q non era particolarmente religioso, ma quel giorno aspettava con ansia la visita settimanale di *Pfarrer* Bernau. L'esecuzione di Pascal aveva scosso la sua instabile pace mentale. Ancora una volta, la legge ingiusta non aveva avuto pietà. Nemmeno in quel caso.

Ma quel giorno, il prete non era in vena di una discussione politica. O di una discussione qualunque.

«Che succede?» chiese Q, passandosi una mano tra i riccioli.

«Oggi è stata una giornata particolarmente brutta. Uno degli uomini che è morto oggi non era per niente pronto. Ho fatto del mio meglio per assistere il suo spirito, ma era così giovane o non voleva accettare quello che sarebbe successo.»

«Pascal?» chiese Werner, con la voce che trasudava dolore.

«È stato orribile. Sì. Gridava e scalciava e lottava quando l'hanno messo sulla ghigliottina. Il boia non riusciva a fare il suo lavoro e l'hanno dovuto legare. Quando il compito è stato assolto, gli addetti all'esecuzione erano visibilmente scossi e mi hanno detto che era stata la più orribile e ingiusta esecuzione che gli sia mai stata ordinata.»

Il prete fece una pausa, le sue emozioni chiaramente scritte sul suo volto.

Le mani di Werner erano strette a pugno. «Sarà la prossima generazione a giudicare, ma questo giovane francese aveva condotto una vita onesta e un semplice errore in questi tempi tumultuosi non avrebbe dovuto spezzarla.»

Il prete si fece il segno della croce. «Che Dio abbia in gloria la sua anima. E che Egli possa aiutare i suoi boia tormentati dai sensi di colpa.»

«È un duro lavoro il loro,» ammise Q, mentre brividi gelati gli percorrevano la spina dorsale.

Rimasero in silenzio diversi minuti, poi *Pfarrer* Bernau si schiarì la voce. «Ho anche altre notizie inquietanti dall'esterno.»

«Ci dia notizie,» lo incoraggiò Werner.

«Hitler ha ordinato la deportazione di tutti gli ebrei dal *Reich*. Ci sono giunte notizie di omicidi di massa durante l'evacuazione dei ghetti ebraici in Polonia. Decine di migliaia sono stati spediti a quelli che chiamano campi di sterminio.»

«Come sa che queste cose sono vere?» chiese Q. Non

dubitava nemmeno un istante che i nazisti fossero capaci di simili atrocità, ma persino a lui sembrava un po' inverosimile che pensassero di deportare e uccidere un'intera razza. La logistica per trasportare e uccidere così tante persone era inaudita.

«Non rivelerò le mie fonti, ma l'hanno visto con i loro occhi. Si tratta di un genocidio su larga scala. Centinaia di migliaia, forse anche un milione. Prevalentemente ebrei, ma anche zingari, omosessuali, che Dio li perdoni, malati di mente…» il prete si fece il segno della croce «Usano il gas per uccidere molte persone in una volta sola. Nemmeno nei miei peggiori incubi ho immaginato che il nostro governo si sarebbe abbassato a tanto. Che Dio ci aiuti, perché siamo tutti peccatori.»

«Deve fare attenzione a parlare di queste cose con chiunque,» lo avvertì Q, «Non tutti i prigionieri sono affidabili.»

«Sì, abbiamo motivi di sospettare che ci siano prigionieri, persino TU, che farebbero la spia nella speranza di salvarsi,» convenne Werner.

Pfarrer Bernau fece un breve sorriso e bussò alla porta per farsi aprire.

Né Q né Werner fecero più parola delle informazioni inquietanti, ma nel profondo la preoccupazione di Q per la Germania aumentò.

Quanto devono ancora peggiorare le cose prima di poter migliorare?

CAPITOLO 25

Hilde stava sulle spine da che aveva ricevuto la conferma ufficiale che a suo figlio maggiore era stata concessa una visita di un'ora intera. Quando finalmente arrivò il gran giorno, Margit la aiutò a spazzolarsi i capelli. Entrambe fissarono con orrore la matassa di ciocche sulla spazzola.

«Sto perdendo i capelli!» esclamò Hilde. Sapevano entrambe che era dovuto a una mancanza di alimentazione adeguata e luce del sole.

«No. È assolutamente normale perdere qualche capello ogni giorno,» mentì Margit e aggiunse: «Sei carina. E tuo figlio non se ne accorgerà.»

Pochi minuti dopo, una delle guardie venne a prendere Hilde per portarla nella sala visite. Il cuore le rimbombava in gola, e l'ansia cresceva a ogni passo. *E se non mi riconosce? O non vuole vedermi?* Diverse volte nel tragitto nei lunghi corridoi della prigione, fu tentata di girare i tacchi e scappare.

Volker aveva compiuto tre anni a gennaio ed era un ragazzino molto sveglio. Emma gli aveva detto che sua madre era in ospedale e per questo non poteva stare con lui.

Hilde non era sicura se la bugia le piaceva oppure no, ma alla fine non era una sua decisione, ed Emma insisteva che sarebbe stato meglio per il bambino non sapere che entrambi i suoi genitori erano in prigione. Per tradimento.

La guardia aprì la porta della sala visita, e Hilde si appoggiò per un attimo allo stipite, per raccogliere le forze. Volker sedeva in braccio a Emma, con un sorriso pieno di aspettativa sul volto. Sembrava così cresciuto che Hilde faticò a trattenere le lacrime.

Si sforzò di mostrare un sorriso felice e lo chiamò: «Volker?»

Lui si voltò, e non appena la vide gridò di gioia, e corse a gettarsi tra le sue braccia. Hilde cadde in ginocchio e avvolse le braccia attorno al suo corpicino, stringendolo forte fino a che non si accorse che si agitava per riconquistare la libertà.

«Mamma, sei tanto malata?» chiese Volker.

«Sto molto meglio ora. Mi sei mancato così tanto. Fammi vedere quanto sei cresciuto.» Hilde si alzò e lo seguì fino al tavolo dove sedeva Emma.

«Sono un bambino grande, la nonna lo dice tutti i giorni.» Si illuminò d'orgoglio e cominciò a raccontare così tante cose che lei faceva fatica a seguirlo.

Le bastava sentire la sua voce per essere felice. Hilde si avvicinò a Emma e l'abbracciò. «Grazie davvero per aver fatto il viaggio per portarlo qui.»

«Non dirlo nemmeno,» rispose Emma e sorrise, facendole un gesto come a dirle di concentrarsi su Volker.

«Tesoro, mi vuoi dire cosa fai di bello? Come sta il tuo fratellino?» chiese Hilde abbassandosi per sedersi sul pavimento.

«Peter mi segue. Così.» Volker rise e si mise a camminare in giro a gattoni.

«Voi due siete una grande squadra. Giocate insieme?» gli chiese, pensando a come Peter aveva sempre imitato il fratello maggiore e provato a fare tutto quello che faceva Volker.

«A volte. Ma lui mi fa sempre cadere le costruzioni. Gli puoi dire di smetterla?» Gli occhioni azzurri di Volker la supplicarono.

Hilde annuì, con il pianto inespresso che le stringeva la gola al sentire nominare i blocchi da costruzione di Volker. Glieli aveva fatti Q, ed erano i suoi preferiti. Le scaldava il cuore pensare che ci giocava ancora.

«Lo farò, tesoro, non appena tornerò da voi. Nel frattempo, tu farai quello che dice la nonna, d'accordo? E ti prenderai cura del tuo fratellino al posto mio.»

Volker annuì con la faccia seria e venne a sedersi sulle sue ginocchia. «Quando tornerai da noi?»

Lei deglutì a fatica. «Non lo so, tesoro. Spero presto.»

«Morirai?» La vocina di Volker tremava.

«Oh, amore mio, non ti preoccupare. Ricordati che tua madre ti ama sopra ogni cosa, e che penserà sempre a te.»

«Mi stavo dimenticando…» Volker corse via e tornò con un foglio di carta. «L'ho fatto per te, così guarirai presto.»

Lei prese il disegno e lo studiò. Quattro persone in piedi su un prato verde. Un sole giallo nel cielo. E una barca. «È bellissimo, tesoro.»

«Questo sono io… e tu… papà e Peter…» Volker era gonfio di orgoglio mentre spiegava tutto quello che aveva disegnato per sua madre.

Hilde dimenticò tutto quello che la circondava, e fin troppo presto la guardia tornò per annunciare che era tempo che il bambino uscisse. Lo strinse forte, sussurrandogli parole d'amore all'orecchio e cercando a fatica di trattenere le lacrime.

«Voi avete ancora quindici minuti, mi occuperò io di lui nel frattempo,» disse la guardia prendendosi Volker mentre Annie entrava nella stanza.

Era la prima volta che Hilde si trovava nella stessa stanza con entrambe le sue madri. Un silenzio imbarazzato si impadronì del locale, fino a che Hilde non riuscì a controllare il pianto. «Scusatemi.»

«Non scusarti. Non riesco a immaginare cosa stai passando,» disse Emma.

«Non avete idea di quanto significhi per me questa visita.

Custodirò per sempre quest'ora nel mio cuore. Grazie a entrambe per averlo reso possibile,» disse Hilde, facendo del suo meglio per ricacciare indietro le lacrime.

«Ho dovuto tirare qualche filo ma non è stato così difficile,» accennò Annie, prendendosi una sedia.

«Ecco qui. Ti ho portato alcune delle cose che mi hai chiesto.» Emma le tese un pacchetto.

Hilde lo prese. Lo avrebbe guardato più tardi. Ora, aveva questioni più urgenti da discutere con le due donne.

«Avete quel che serve per i bambini? Sono al sicuro?»

«I raid aerei sono aumentati, ma per il momento sono al sicuro. Riguardo ai loro bisogni… crescono così in fretta. Presto avrò bisogno di qualche tessera per scarpe e vestiti,» ammise Emma.

«Annie, sfortunatamente di queste cose devi occuparti tu. Con i certificati di nascita dei bambini, puoi andare dalle autorità qui a Berlino e chiedere delle tessere extra. Poi puoi spedirle a Emma. E per favore, mandale dei soldi ogni mese per qualsiasi cosa serva ai bambini.»

Annie si limitò a fissarla. «Hilde, tu pensi che la vita sia semplice, ma non ci sono più contanti. Tuo marito non ha più ricevuto uno stipendio da che è stato arrestato, e secondo il suo avvocato che si occupa dei brevetti, le royalties vengono pagate solo una volta l'anno.» Sospirò e agitò una mano. «Ho controllato tutti i vostri conti; non c'erano molti soldi. Avevo immaginato che aveste messo da parte di più.»

Hilde cominciava ad arrabbiarsi con sua madre. *Sono io che marcisco in prigione, non tu!*

«Allora vendi qualcosa, mamma.» Hilde si accigliò. "Sono sicura che la mia pelliccia si venderebbe bene.»

«Non essere sciocca, cara. Chi si comprerebbe mai una pelliccia in aprile?» rispose Annie sollevando gli occhi al cielo.

Emma aveva assistito alla lotta silenziosa con gli occhi sgranati e ora si inserì nella discussione con voce pacata. «Forse c'è qualcosa tra le proprietà di Hilde e Q che può vendere, Frau Klein? Argenteria, porcellane o oggetti antichi?»

«Vedrò di fare il possibile e le manderò il denaro alla fine della settimana. Se mi fornisce una lista di quel che c'è bisogno, mi occuperò anche di richiedere le tessere annonarie extra. Per quanto non possa dedicare troppo tempo alla causa per via dei miei obblighi sociali, farò di sicuro tutto quel che serve per i miei nipoti,» disse generosamente Annie.

«Grazie, mamma. E potresti subaffittare a qualcuno l'appartamento di Nikolassee? Così i ragazzi potrebbero avere una rendita fissa.»

«Si potrebbe fare, ma vuol dire un sacco di lavoro e di difficoltà,» protestò Annie, ma ben presto annuì notando gli sguardi severi sia di Hilde che di Emma.

«È ora di andare,» disse la guardia dalla porta.

Emma tirò fuori un pacchettino dalla borsa. «Ho qualche fotografia per te, di Volker, Peter e il resto della famiglia.»

«Mille grazie perché ti prendi cura dei miei figli.» Hilde prese le foto e salutò Emma e Annie prima di affrettarsi verso la guardia in attesa, che era stata così generosa da concederle quindici minuti in più per parlare di dettagli organizzativi con le due donne, mentre lei si occupava di Volker.

Di nuovo nella sua cella, Hilde trovò Margit in attesa di sentire tutti i dettagli della sua visita.

Hilde le mostrò le fotografie che le aveva dato Emma. «Guarda, questi sono i miei due cuccioli. E queste sono le mie sorelle.» Fece scorrere amorevolmente le dita sui volti dei suoi bambini e deglutì un nodo in gola. Rivedere suo figlio era stato dolceamaro.

«E se non li rivedessi mai più?» chiese a Margit tra le lacrime che si riaffacciavano.

«Presto sarai di nuovo con loro,» disse Margit e la abbracciò.

Hilde annuì. Voleva così disperatamente credere che fosse vero. Sorrise alle foto tra le sue mani sapendo che avrebbe ripensato all'ultima ora con suo figlio ogni singolo giorno finché fosse rimasta lì. La avrebbe tenuta su di morale e l'avrebbe aiutata a non impazzire.

Poi aprì il pacchetto che le aveva dato Emma. Conteneva le sue scarpe nere preferite, e poi shampoo, sapone, cibo, un cardigan di lana, due libri e diverse calze smagliate.

«Guarda, Margit! Ho delle scarpe comode… e lo shampoo.» Hilde aprì la bottiglietta e l'annusò. «Ha un profumo così buono.»

Margit rise. «Niente può competere con del vero shampoo. Non ce la faccio più a lavarmi con il sapone da bucato che ci danno qui.»

Presero in esame il cibo e si sedettero sul letto in basso per mangiare i panini freschi con il burro.

«Mmmh, vero burro,» Margit si leccò le labbra. «Oggi è un giorno da festeggiare.»

«Lo sai, alla fine stiamo abbastanza bene. Abbiamo abbastanza da mangiare, qualcosa da leggere, e Emma mi ha persino mandato del lavoro da fare. Rammendare queste calze mi terrà occupata per giorni.»

«Veramente pensi che sia una cosa carina che la tua matrigna ti mandi delle calze da rammendare?» Margit fece una smorfia.

«Mamma Emma ha una vita così dura là fuori, lavora notte e giorno. Si occupa di mio padre, delle sue figlie adolescenti, e ora dei miei figli. Mi sento in colpa perché non posso aiutarla di più. E non riesco a farmi piacere una vita così sfaccendata. Almeno riparare calze mi farà sentire utile… e mi terrà occupate le mani e la testa.» Hilde si appoggiò all'indietro e diede un bel morso al panino fresco.

Dopo aver mangiato in silenzio per un po', Hilde parlò di nuovo: «Non puoi immaginare quanto sia grata a mamma Annie per aver reso possibile questa visita con Volker. Pur con tutte le sue mancanze, con questo gesto nel momento in cui davvero era importante, mi ha mostrato che mi vuole bene.»

«Sì, è stato bello da parte sua.» Margit sbadigliò e poi chiese: «Mentre sei occupata a rammendare calze, posso prendere in prestito uno dei libri che hai ricevuto?»

«Certo, fai pure,» rispose Hilde con un sorriso caloroso. Era stata davvero una giornata molto buona.

CAPITOLO 26

Q faceva la quotidiana passeggiata nel cortile, grato dell'unica ora di esercizio alla luce del sole. Era l'unica cosa che gli ricordava che c'era un mondo fuori dalle mura del carcere, un flebile ricordo delle giornate trascorse a camminare e a giocare al lago con sua moglie e i suoi bambini.

La primavera si era affacciata su di loro, e con lei altre esecuzioni. Solo quella mattina erano venuti a prendere due compagni di prigionia. Arrivavano sempre la mattina, ogni giorno, tranne i fine settimana. Persino i carnefici avevano un orario di lavoro regolare.

Quell'orrenda procedura era diventata una parte normale della quotidiana vita carceraria, e nessuno sembrava più dedicare un pensiero alla morbosità di quella situazione. Anche i boia facevano parte della comunità e facevano del loro meglio per rendere quell'orrore più sopportabile.

A Q ci era voluto un po' per accettare la loro abitudine di venire a chiacchierare brevemente con i prigionieri. Ma dopo un certo tempo aveva finito per apprezzare quell'intervallo nella routine e aveva allenato il cervello a separare la "faccenda esecuzione" dal proprio destino.

«Buon pomeriggio, dottor Quedlin,» lo salutò uno degli addetti all'esecuzione. «Ha un attimo?»

«Certo,» annuì Q. Non è che avesse altri impegni.

«Riguardo il francese. È stato un tale peccato doverlo ghigliottinare. Era un bravo ragazzo. Avevamo pensato sul serio che la corte gli avrebbe concesso la grazia, ma non ha avuto questa fortuna. Abbiamo dovuto obbedire agli ordini, ma se qualcuno me l'avesse chiesto…»

«Sì, una perdita del genere, di una giovane vita,» rispose Q. All'inizio l'aveva sorpreso che i carnefici avessero una coscienza. Li aveva sempre immaginati come mostri a sangue freddo, ma non era così. Erano solo esseri umani che facevano un mestiere orribile. Ma non erano crudeli sadici come il *Kriminalkommissar* Becker e i suoi uomini.

Ai boia di Plötzensee il loro lavoro non piaceva.

«Mi ricordo di un ragazzo che abbiamo preso qualche settimana fa,» prese parola un altro boia. «Se ne stava lì a singhiozzare nella camera della morte mentre noi finivamo di discutere di… Ora nemmeno mi ricordo di cosa. Mi sono sentito male per averlo fatto aspettare e mi sono scusato per il nostro comportamento incivile.»

Proprio prima di ucciderlo, Q aggiunse nella propria testa.

L'altro boia si unì al suo ripercorrere il filo dei ricordi. «Ti ricordi quel truffatore?»

«Quello che lavorava come parrucchiere? Era sempre sorridente e di ottimo umore.»

Q abboccò e chiese: «Come mai era sempre di ottimo umore? Era nel braccio della morte.»

«Sì, ma non vedeva l'ora della sua esecuzione.» Il boia ridacchiò e sollevò un sopracciglio «Non vuole sapere perché?»

«Sì. Sembra una bella battuta finale. Come mai non vedeva l'ora della sua esecuzione?» chiese Q.

«Perché a ogni prigioniero vengono date sei sigarette, il giorno della sua esecuzione. Smaniava per quel giorno.» Il boia scoppiò in una risata chiassosa.

«Ognuno fa quel che può per gestire la situazione,» disse Q passandosi una mano tra i ricci. Si chiedeva come si sarebbe comportato nelle sue ultime ore. Sarebbe rimasto saldo e incrollabile? O si sarebbe sbriciolato e avrebbe implorato per la propria vita?

«Sì. Ma i civili hanno più difficoltà a venire a patti con la loro morte rispetto ai militari. Ricordo il colonnello cecoslovacco che ci ha pregato di disinfettare per bene la ghigliottina prima del suo turno. Non voleva prendersi una brutta infezione.»

La gente si mise a ridere, e anche a Q sfuggì un sorriso quella volta.

«Mi scusi, ma il lavoro ci chiama. Ci vediamo in giro,» disse l'altro salutando con la mano.

Q lo salutò e si augurò di essere in giro ancora per un po'. Dopo l'ora d'aria, lui e Werner furono convocati nell'ufficio del direttore. Durante il suo periodo di prigionia, Q aveva scoperto che il direttore era un uomo colto che non disdegnava una bella discussione su scienza e letteratura. Non molti detenuti potevano fornirgliela.

Q aveva l'impressione che quando il suo mestiere diventava troppo pesante, il direttore mandasse a chiamare lui e Werner per occuparsi la mente con materiale più leggero. Discutevano dei classici tedeschi che si trovavano nella biblioteca della prigione, come il *Faust* di Goethe o *I masnadieri* di Schiller, evitando accuratamente tutti i riferimenti alla politica attuale.

Ma quel giorno, il direttore sembrava distratto. Dopo un po', li interruppe con un sospiro. «Potreste trovare interessante sapere che anche i cittadini più leali stanno voltando la schiena al nostro Führer. Solo la scorsa settimana, sono falliti due tentavi di assassinare Hitler.»

Q voltò la testa di scatto, fissando incredulo il direttore.

Werner fu il primo a ritrovare la voce. «Le persone coinvolte sono state arrestate?»

Il direttore si strinse nelle spalle. «Forse. La Gestapo ha arrestato Hans von Dohnanyi e Dietrich Bonhoeffer.»

«Dell'*Abwehr*?» chiese incredulo Q. Da quando la Gestapo arrestava agenti dell'*Abwehr*?

«Sì. Pare che avessero cospirato contro il nostro Führer, e Dohnanyi di sicuro ha contraffatto dei documenti per permettere a degli ebrei di fuggire in Svizzera. Un atto inqualificabile,» disse il direttore, ma Q aveva il vago sospetto che in realtà perdonasse i loro atti.

Non l'avrebbe mai ammesso apertamente, ma ogni giorno che passava, Q era sempre più convinto che il direttore non aveva mai creduto all'ideologia nazista. C'era ancora la speranza di una rivoluzione interna. Se solamente la maggioranza complice fino a quel momento con il proprio silenzio si fosse sollevata e avesse combattuto contro il loro leader.

CAPITOLO 27

Hilde si era adattata alla vita carceraria, e aveva trovato in Margit una meravigliosa compagnia. Le lettere erano quel che illuminava le loro noiose giornate, e ogni volta che ne riceveva una era un giorno felice.

Sua madre Annie scriveva raramente, ma mamma Emma, sua suocera Ingrid e le sue sorelle, Julia e Sophie facevano a turno a scriverle, e di solito riceveva due lettere la settimana.

«Stamattina ho parlato con l'Angelo Biondo,» disse Margit in tono provocatorio.

Hilde sollevò la testa dal suo lavoro di cucito e guardò il volto in attesa di Margit. Abboccò all'amo. «E cosa ti ha detto?»

«Buone notizie. Molto buone,» la stuzzicò Margit.

Hilde sapeva che doveva stare al gioco se voleva sapere cosa aveva detto l'Angelo Biondo. «Forza, Margit, dimmelo per favore.»

«Potrei... o forse no...»

Hilde rise e le tirò una delle calze che aveva appena rammendato. «Sei più ansiosa tu di dirmelo che io di sentirlo!»

Margit mise il broncio e poi scoppiò a ridere. «Mi hai beccato. Allora, la grande notizia è... rullo di tamburi... le donne non vengono più giustiziate.»

«Non giustiziano più le donne?» Hilde fissò incredula la sua compagna di cella, mentre ancora una volta la speranza si diffondeva nel suo petto.

«Non è una cosa ufficiale, ma pare che i boia siano oberati di lavoro, e che abbiano deciso di non bloccare le esecuzioni femminili per il momento.»

«È davvero una buona notizia.» Hilde prese Margit per le spalle e danzò con lei nella piccola cella.

I giorni passavano, e sempre più notizie preoccupanti arrivavano all'interno della prigione. Il fronte orientale si era sbriciolato, e i sovietici sembravano guadagnare terreno, mentre inglesi e americani avevano cominciato un'offensiva di bombardamento combinata, una campagna di bombardamento strategico per affossare l'economia bellica tedesca, abbattere il morale e distruggere le case della popolazione civile. Gli Afrika Korps di Rommel si erano dovuti arrendere in Tunisia. Centocinquantamila soldati tedeschi e centoventicinquemila soldati italiani erano stati fatti prigionieri di guerra, e l'assenza di effettivi aveva una conseguenza devastante su tutti gli altri fronti.

Era passato un mese dalla visita di Volker quando Annie tornò a trovarla.

«Hai proprio un bell'aspetto, Hilde,» disse Annie.

Hilde sospirò e scosse la testa. «Cosa vuoi che mi importi di che aspetto ho?»

«È importante, e persino nella tua situazione, sono contenta che ti prendi cura di te stessa. Ti serve altro shampoo?» Annie si toccò i capelli accuratamente cotonati.

Per la prima volta, Hilde notò i fili grigi nei capelli di sua madre e le rughe profonde attorno ai suoi occhi.

«No, grazie, ma del cibo mi farebbe comodo. Hanno ridotto le nostre razioni di nuovo. L'unico motivo per cui non sto perdendo molto peso è perché in pratica non mi muovo.»

«Allora… cosa fai tutto il giorno?» chiese Annie, sollevando un sopracciglio.

«Non molto. Credo che la cosa che mi manchi di più a stare qui è avere del lavoro da fare. Magari puoi portarmi dei vestiti dei bambini che hanno bisogno di essere rammendati, o del filato così che posso sferruzzare dei maglioni... qualsiasi cosa che mi tenga le mani impegnate.»

«Penso di poterti mandare dei filati,» disse Annie evasiva. Hilde si accorse che c'era qualcosa che la preoccupava.

«Non preoccuparti per me, mamma. Non nego che a volte mi sembra di stare per crollare, ma in generale sto bene. C'è una finestrella nella mia cella dalla quale in queste ultime settimane entra il sole. Ogni giorno fa più caldo e posso vedere gli alberi attraverso il vetro. Si stanno riempiendo di gemme.»

«Sì, la primavera è l'unica cosa davvero buona che abbiamo, al momento» si lamentò Annie.

«Mamma, dobbiamo essere grati di quel che abbiamo,» la rimproverò Hilde. «Il tempo è così bello. Certi giorni, tutto quello a cui riesco a pensare è come devono essere felici i miei bambini di poter uscire e assorbire il sole dopo questo lungo e rigido inverno. Anche se non posso stare con loro sono contenta di sapere che sono felici.»

«Lo dici perché sei qui al sicuro, ma fuori... i raid costanti sono demoralizzanti,» disse Annie, con il volto che si aggrottava per la costernazione. «Non passa una sola notte senza che dobbiamo correre nel rifugio. Mi chiedo costantemente se sopravviverò alla nottata, la mancanza di sonno si fa sentire sulla mia salute e la mia giovinezza, e anche i miei migliori contatti non riescono più a procurarmi vero caffè.»

Hilde era combattuta tra rabbia e divertimento, rispetto alle lagnanze di sua madre. Eccola qua, condannata a morte, e Annie si lamentava delle *proprie* difficoltà? Alcune cose non cambiavano mai.

«Davvero non capisco perché gli inglesi ci devono rendere la vita così difficile! Perché non se ne tornano sulla loro isola e ci lasciano in pace? Io non ho fatto niente, perché devo sopportare la loro collera?»

Hilde decise di non rispondere e riportò la conversazione su temi più tranquilli. «Come sta tuo marito? In quale opera canta al momento?»

«Oh mio Dio, Hilde, a volte mi chiedo come possa importarti così poco degli altri. Come fai a non sapere che il mio povero Robert ha sofferto di una grave infiammazione alle corde vocali e non è riuscito a esibirsi per tutto l'inverno? È tutta colpa di quei maledetti inglesi. Distruggono ogni cosa!»

Hilde sospirò e fu davvero sollevata quando la guardia annunciò che l'orario di visita si era concluso.

CAPITOLO 28

Mentre percorreva avanti e indietro la piccola cella, Q lanciava occhiatacce e Werner. Tre falcate lunghe. Giro. Quattro passi più brevi. Giro.

«Non posso crederci che hai dato via tutte le tue invenzioni ai sovietici. Un governo che non hai mai compreso,» disse Werner,

«Questo non è vero,» protestò Q. «Il comunismo è la sola forma di governo che si occupa del suo popolo. Il regno del popolo, niente più élite, niente più gente ricca che si tiene tutto per sé.»

«E da dove ti vengono queste informazioni? Sembra che ti sfugga la cosa più importante, di questo sedicente socialismo.» Werner si mise sul percorso di Q.

Q si accigliò. «Non riesco a pensare se sto fermo. Togliti di mezzo.»

«Oh, oh, il potente dottor Quedlin sta pensando. Ma dovresti rimanere ancorato alle scienze naturali, nelle quali sei una vera forza creativa, e lasciare ad altri le scienze politiche. La tua filosofia di vita è fortemente distorta.» Werner sogghignò e si spostò di lato.

«Oswald Spengler,» disse Q passandosi una mano tra i

capelli. «Il suo libro *Il tramonto dell'Occidente* spiega tutto quello che c'è da sapere sul crollo delle civiltà.»

«Pfui... Spengler si sbagliava,» dichiarò Werner.

«In che senso?» lo interrogò Q. «Tutti gli esseri umani sono creati uguali e se ciascuno lavora al meglio per la collettività...»

«Questo non è socialismo, amico mio.» Werner scosse la testa.

Q guardò fuori dalla finestra. Era un discorso che aveva già sentito prima. «Quindi, tu contesti l'idea che tutte le civiltà passino attraverso un processo naturale di nascita, crescita, maturità e quindi morte? Che tutte le civiltà hanno una durata limitata, e che questa può essere predetta?»

«La fine della civiltà non è una conclusione scontata. E il socialismo non è il capitalismo delle classi meno abbienti. Per come la vedo io, il socialismo è migliorare la comunità grazie al lavoro equo di tutti, e assicurarsi che tutti dipendano alla stessa maniera dal governo e che il governo determini come si svilupperà quella collettività.»

«Questi sono cavilli,» disse Q con un sorriso e continuò a presentare le importanti convinzioni di Spengler riguardo la storia delle civiltà e le interazioni tra uomo e ambiente.

Da parte sua, Werner isolò ogni singolo concetto, cercando di contraddire Spengler con le teorie di altri importanti filosofi. La loro discussione proseguì fino alla tarda serata, quando ebbero entrambi mal di gola per il troppo parlare.

Q non era mai sicuro del fatto che Werner credesse davvero alle cose che diceva sul socialismo e su Spengler, o se piuttosto discuteva per il semplice piacere del contraddittorio, per rendere più brevi le lunghe giornate in prigione. In ogni caso, Q apprezzava le loro discussioni interminabili e si guardava bene dal convenire con Werner anche sui punti più insignificanti.

A volte *Pfarrer* Bernau si univa alle loro discussioni e tra i loro argomenti preferiti c'erano le questioni pedagogiche ed educative. La rieducazione e la de-nazificazione di tutti i tedeschi, specialmente dei più giovani, sarebbe stata una delle prime priorità dopo la distruzione completa dello stato tedesco.

Questi argomenti avrebbero determinato e influenzato l'intera concezione economia della nuova Germania. A quel punto, Q aveva detto addio alla sua precedente idea che la Germania sarebbe riuscita a sfuggire alla morsa maligna dell'hitlerismo con le sue forze, mentre Werner – ovviamente – continuava a credere in una rivoluzione dall'interno che avrebbe rovesciato il governo attuale.

«Non importa in che modo Hitler sarà abbattuto,» disse *Pfarrer* Bernau con espressione grave, «comunque vada, il paese sarà in cenere.»

Sfortunatamente, su quell'ultimo concetto erano tutti d'accordo. Quello su cui non concordavano era la maniera in cui si sarebbe potuto formare uno stato tedesco ideale, dopo la sconfitta.

Q partecipò a quella discussione con un sentimento ambivalente, perché era ben consapevole del fatto che non sarebbe stato parte di quel nuovo paese. Ma forse Werner e *Pfarrer* Bernau invece sì.

CAPITOLO 29

H ilde avrebbe dovuto essere grata, ma non lo era. Era il 20 aprile del 1943 e Hitler, per festeggiare il suo compleanno, aveva generosamente concesso a tutti i prigionieri di scrivere una lettera in più a un membro della famiglia. Sfortunatamente, Q non era uno dei destinatari *approvati*, dal momento che anche lui era un prigioniero.

Guardò storto il foglio bianco davanti a lei, e fece una smorfia. Così adesso avrebbe dovuto essere grata all'uomo che più disprezzava al mondo. All'uomo che era la vera causa della sua sentenza a morte e delle inenarrabili sofferenze di milioni di persone.

«Non vuoi scrivere quella lettera?» chiese Margit, mentre infilava le sue parole scritte in fretta e furia nella busta.

«Eh. Perché non posso scrivere a Q? E perché *quell'uomo* mi fa un regalo poi? È il suo cavolo di compleanno, non il mio!» Hilde scarabocchiò un teschio sul foglio.

«Forza, Hilde. Tu sei quella che spende tutti i suoi soldi per mandare fuori di nascosto lettere segrete, piuttosto che comprarti cose per te stessa. Sarebbe piuttosto stupido non cogliere l'opportunità di inviare una lettera ufficiale.»

«Immagino che tu abbia ragione,» sospirò Hilde e disegnò

una croce sul teschio. Poi cominciò a scrivere una lettera a Emma.

Cara mamma,

auguro a tutti voi una Pasqua serena e felice. I bambini saranno gioiosi e contenti, e voi troverete la gioia in loro e con loro.

Penserò moltissimo a voi, e immaginerò i bambini a caccia di uova pasquali. Casa vostra è perfetta per quel gioco, e ricordo bene quanto è bravo papà a nascondere le uova. Le cercavamo per ore intere.

L'anno scorso, io e Q abbiamo nascosto delle uova pasquali nel nostro appartamento, e Peter aveva soltanto un mese. Nel frattempo, il mio tesoro ora ha imparato a camminare da solo, come mi hai scritto nell'ultima lettera. Come vorrei vederlo! Non supererò mai il fatto di essermi persa i suoi primi passi. Le sue prime parole… è così carino e al tempo stesso unico quando un bambino comincia a parlare. E tutte le altre cose che ha imparato.

Ha già imparato una canzone! Quanto vorrei vederlo battere le manine mentre canta a bocca chiusa la melodia di Backe, backe Kuchen. Se mai lo rivedrò, tutto questo sarà già passato.

È terribile che si sia preso il morbillo anche lui e che tu ti sia dovuta occupare di un altro bambino malato. Ho sempre paura che sia troppo per te. So quanto lavoro danno i due ragazzi, e quanto diventano intrattabili quando si ammalano. E naturalmente si ammalano sempre insieme. Spero che la tua salute ti permetta di far fronte a questo fardello.

Ma sono così grata del fatto che i bambini siano con te e non debbano finire in un orfanotrofio. E ringrazia tanto Sophie per aver cucito dei vestiti per loro.

Posso essere d'aiuto in qualche maniera? Se mi spedisci il materiale e i cartamodelli, posso cucirli a mano. Oppure, quando Sophie cuce dei pantaloncini, posso ricamarli io? Ho ancora così tanto filo a casa e mi darebbe una grande gioia fare qualcosa per i bambini e aiutarti al tempo stesso. Per favore, chiedi a mamma Annie di spedirmene un po', e non dimenticarti di mandarmi le misure dei bambini. Non ho idea di quanto siano cresciuti. È passato così tanto tempo…

Puoi prenderti tutte le scarpe che ho ancora nell'appartamento. Tu porti il mio stesso numero ed è il minimo che possa fare per dimostrarti quanto ti sono grata per tutto il tuo lavoro. Oggigiorno delle buone scarpe sono una ricchezza, e te le meriti.

Posso darti qualcos'altro di mio? O alle tue figlie? Dimmi solo cosa ti serve, e mia madre Annie te lo spedirà. Devi già sopportare abbastanza fatica prendendoti cura dei miei bambini, nel mio piccolo voglio aiutarti in ogni maniera possibile.

Mamma Annie mi ha fatto avere un enorme pezzo di salame. Veniva dalle tue tessere? Tante grazie, è favoloso! Ma non volevo avere del cibo speciale perché avrei preferito che Annie lo spedisse a Q. Ne ha molto più bisogno lui di me.

Presto sarà il compleanno di Julia e il tuo. Vi mando i miei migliori auguri adesso, perché non so mai quando riuscirò a spedire un altro messaggio.

Ho detto a mia madre Annie che se va in vacanza sul mar Baltico, quest'estate, dovrebbe portare con sé i bambini. Darai il tuo permesso? Sarebbe molto divertente per loro.

Per ora, ti mando i miei migliori auguri per questo nuovo anno della tua vita. I miei saluti a te, a papà, a Sophie e Julia.

E mille baci ai miei tesorini!

Con amore,

Hilde

Hilde disegnò una torta di compleanno con le candeline sotto la sua firma e ripiegò con cura il foglio prima di infilarlo in una busta. Poi si tamponò gli occhi. Pensare ai suoi bambini era una gioia e una tortura al tempo stesso.

«Vorrei poter mandare ai miei figli qualcosa per Pasqua,» mormorò Hilde.

«Tu e i tuoi figli…» la prese in giro Margit.

«Capirai quando sarai più grande e avrai figli anche tu.»

Hilde si alzò e bussò alla porta per comunicare che aveva finito di scrivere. Comparve una guardia che prese entrambe le loro lettere.

Margit scosse la testa. «Dubito che avrò mai bambini. Non in un mondo del genere.»

«Non vuoi una famiglia? E i tuoi genitori? Sono sicura che se l'aspettino da te.»

«Non conosci la mia famiglia.» Margit aggrottò le sopracciglia.

Hilde le rivolse uno sguardo severo. «È vero. Non la conosco perché tu non me ne parli mai. Sai tutto della mia famiglia e io non so niente della tua.» Hilde aveva tentato più volte di far parlare Margit, ma su quell'argomento era molto abbottonata.

«Davvero vuoi sapere?»

Hilde annuì e sorrise.

«Mio padre è un uomo importante della Gestapo, e mia madre è una brava casalinga tedesca.» Margit fece una smorfia. «I miei due fratelli sono ufficiali nella Wehrmacht e mia sorella è a capo del suo gruppo *Bund Deutscher Mädel*. Io sono la pecora nera della famiglia.»

«Che cosa hai fatto? Non me l'hai mai detto.»

Margit fece una smorfia e sputò a terra. «Odio i nazisti e la loro stupida ideologia radicale…»

Hilde restò in silenzio mentre Margit si prendeva una pausa, immersa nei pensieri. Il tormento era evidente sul volto della ragazza. Sarebbe stato un bene per lei tirare fuori quello che le faceva male.

«… mi sono innamorata del figlio dei nostri vicini. Mio padre era furioso. Non perché ho baciato quel ragazzo, ma perché lui era un *Mischling!*»

Hilde si coprì la bocca con la mano. La figlia di un ufficiale della Gestapo e un mezzo-ebreo. Ovvio che il padre fosse arrabbiato.

L'espressione sul volto di Margit passò da arrabbiata ad addolorata, e riprese, a voce più bassa: «Il giorno dopo, lui e sua madre erano scomparsi, e nessuno voleva dirmi cos'era successo. Non mi hanno permesso di uscire per due settimane, e quindi mio padre ha deciso di spedirmi in un campo di addestramento con il *Bund Deutscher Mädel*...» Il volto di Margit si illuminò, e i suoi occhi mandarono un lampo malizioso. «Ma una volta arrivata lì io non ho ceduto. Ho detto senza mezzi termini alla mia leader cosa ne pensavo di tutta quella pagliacciata.»

Hilde non riuscì a trattenere una risatina. Riusciva a immaginare in modo piuttosto vivido cosa aveva detto Margit alla leader del BDM. Avrebbe fatto la stessa cosa dieci anni prima.

«Fu convocato mio padre, e questo ha creato un certo scandalo. Così ha deciso di darmi una lezione e mi ha fatto arrestare.»

«Non puoi dire sul serio,» esclamò Hilde. Sebbene, ripensandoci, poteva essere vero. La famiglia di Margit le faceva spesso visita, e dopo ogni visita il suo umore era pessimo.

«Mai stata così seria. Papà dice che verrò rilasciata il giorno in cui mi pentirò pubblicamente e giurerò di essere una brava ragazza tedesca come mia sorella.»

Hilde la fissò con gli occhi sgranati.

Nelle settimane seguenti, Hilde e le altre prigioniere tentarono senza sosta di convincere Margit a fingersi pentita per uscire di prigione.

«Non ti servirà a nulla marcire qui dentro,» disse Hilde. «Pensa a quanto potresti essere più utile fuori, a lavorare dall'interno. Sono sicura che alcune delle donne qui potrebbero fornirti dei contatti.»

Diversi giorni dopo, Hilde ricevette dal suo avvocato la notifica che la sua domanda di revisione della sentenza era stata negata. Sospirò mentre le sue speranze di ottenere l'ergastolo invece della pena capitale andavano in frantumi. Herr Müller la rassicurò sul fatto che non si sarebbe arreso e avrebbe presentato una richiesta di grazia. Era una speranza flebile, ma era tutto quello che le restava.

E come se questo non fosse stato sufficiente ad abbattere il suo umore, Margit tornò da una visita della sua famiglia con altre notizie preoccupanti.

«La Francia occupata sta inviando quattrocentomila *volontari* per aiutare il Reich a sopperire ai tedeschi che sono stati mandati al fronte. Mio padre dice che ci sono più di un milione e mezzo di prigionieri di guerra che si pagano il loro mantenimento e svolgono lavori utili al regime.» Margit sputò a terra. «Bastardi nazisti.»

«Così tante vite rovinate... poveri soldati. Quando finirà questa tremenda guerra?» disse Hilde con un sospiro. Certi giorni le sembrava di averne abbastanza, tanto che la morte le sembrava davvero un'opzione desiderabile.

«Mio padre non ha raccontato molto della guerra. Sembra che gli Alleati stiano avanzando contro la Wehrmacht, ma Hitler ha annunciato che ora Berlino è libera dagli ebrei e che il resto della Germania – dell'intero Reich in realtà – presto seguirà l'esempio.»

«Tutti gli ebrei? Dappertutto? E dove stanno finendo? Nei campi?» Gli occhi di Hilde si spalancarono al punto che temette che le sarebbero usciti dalle orbite.

«Sì.» Margit annuì distrattamente. Sembrava assorbita dalla sua preoccupazione per il suo fidanzato mezzo ebreo.

«Sono vere le voci che girano su quei campi?» sussurrò Hilde.

Margit rivolse un'occhiata a Hilde e strinse le labbra. «Non lo so per certo, ma ho spiato mio padre diverse volte, e sono quasi certa che gli ebrei vengano uccisi in quei campi. L'ho sentito di nascosto mentre diceva che avevano sviluppato un *fantastico* modo di uccidere molte persone inconsapevoli in poco tempo.»

Hilde rabbrividì. «Ci sono dieci milioni di ebrei in Europa. Non può ucciderli tutti. Non è possibile.»

CAPITOLO 30

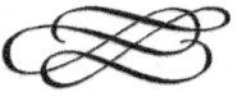

G iunse maggio, e Q sedeva nella sua cella scribacchiando degli appunti quando una delle guardie aprì la porta. «Hai una visita.»

Q sollevò lo sguardo, sicuro che la guardia stesse parlando a Werner, ma Werner non era nella cella.

«Per me?»

«Sì. Andiamo.»

Q seguì la guardia, chiedendosi di chi potesse trattarsi. Il suo avvocato non doveva venire prima di qualche settimana, e il *Kriminalkommissar* Becker aveva chiarito molto bene che Q non meritasse di ricevere visite da familiari o amici.

Quando vide la donna che lo aspettava nella stanza dei colloqui, spalancò la bocca.

«Annie?» chiese Q, nel caso si fosse trattato di un'apparizione, poi venne avanti per stringerle la mano, ma lei lo scacciò.

«Non sono venuta a fingere che tu mi piaccia. Tu sei la ragione per cui mia figlia è seduta in una cella di prigione con una condanna a morte. È tutta colpa tua.»

«Anche a me fa piacere vederti,» disse Q quando lei prese

fiato, «e non ti ringrazierò mai abbastanza per il cibo e il denaro che mi mandi.»

«Per quanto mi importa, tu potresti marcire all'inferno, ma Hilde mi ha pregata di mandarti dei pacchi,» chiarì Annie. «Non ho idea del motivo per cui quella donna ti ami ancora dopo tutto quello che le hai fatto.»

Q avrebbe voluto protestare, ma ci ripensò e la lasciò esprimere i suoi sentimenti. Non aveva senso discutere con Annie quando era in quello stato. E cosa avrebbe potuto dire in sua difesa? Si portava dietro la pesante colpa di aver causato dolore alla persona che amava di più al mondo.

«Come hai ottenuto l'autorizzazione per vedermi?» chiese, quando Annie finì di accusarlo.

«L'adorabile *Kriminalkommissar* Becker è un uomo che sa riconoscere il giusto dallo sbagliato... a differenza di mio genero» rispose Annie con sorriso compiaciuto.

Q annuì, sebbene la sua opinione su Becker non fosse proprio in linea con quella di sua suocera. «Porti al *Kriminalkommissar* Becker i miei migliori saluti e gli dica che gli sono grato per averle permesso di venire. Ma immagino che non si sia presa tutto questo disturbo per venire qui a ricordarmi la mia colpa sul destino di Hilde.»

«È vero, è così» annuì Annie. Tirò fuori delle carte dalla borsa e gliele mise davanti. «Voglio che le firmi.»

Q le scorse brevemente. «Di cosa si tratta?»

«Con questi documenti trasferirai a me la custodia dei bambini,» disse Anna indicandole.

Q fece un passo indietro, come se fosse stato colpito. «No, non li firmo. Hilde ed io abbiamo deciso che sarà Gunther ad avere la custodia dei nostri ragazzi.»

«Tuo fratello? L'uomo che disprezza Hilde come il diavolo l'acqua santa? Non puoi dire sul serio,» strillò Annie, chiaramente furiosa del suo rifiuto.

«Sono serio. Gunther sarà il tutore.» Q congiunse le mani sforzandosi di mantenere la calma.

«Non puoi davvero pensare che tuo fratello sia un tutore affidabile per due ragazzi. È un socialista, per l'amor di Dio!»

«Socialista o no, è un cittadino affidabile in buoni rapporti con le autorità, ed è un avvocato. Sa quali sono gli adempimenti amministrativi da tenere a mente. Oltretutto, ho scritto a Gunther e gli ho espresso il desiderio mio e di Hilde che i miei figli siamo mandati a vivere con mia cugina Fanny in America, non appena la guerra sarà finita.»

Annie impallidì, e le ci vollero diversi minuti per recuperare la voce. «Manderesti i tuoi figli innocenti in territorio nemico?»

«Gli americani non sono i nostri nemici. I nazisti sono i nostri nemici.»

«Questa tua idea è quella che ti ha fatto finire qui.» Annie lo guardò in modo sprezzante. «Quando avremo vinto la guerra non ci sarà nessuna America in cui mandare i tuoi figli. Staranno meglio in Germania.»

Q gemette silenziosamente. Sembrava che ci fosse ancora qualcuno che pensava che la Germania avrebbe vinto la guerra. Come si potesse essere così stupidi andava oltre la sua possibilità di comprendere.

«Non ti darò la custodia dei miei figli. È la mia ultima parola.»

«Bene, allora posso andarmene,» disse Annie, allungando una mano come a scacciarlo. Un'ondata di nausea lo afferrò, mentre notava il diamante al suo dito. L'anello di Hilde.

«Quell'anello appartiene ai miei figli, non a te,» disse con voce strettamente controllata.

«Al momento non serve al loro mantenimento, quindi non c'è ragione per cui io non possa indossarlo,» Annie mosse la mano fino a che il diamante non catturò un raggio di luce del sole riflettendola in un milione di raggi. Una forma con tutti i colori dell'arcobaleno apparve sui muri grigio opaco.

«Potresti venderlo e mettere da parte dei soldi per i ragazzi,» suggerì Q, senza togliere lo sguardo dall'anello.

«Non ora, non ci faremmo molti soldi. Grazie ai tuoi amici, la

Germania è così mal messa che nessuno vuole comprare anelli di diamante, o nessun altro gioiello, se è per questo.»

«Comunque, appartiene a Volker e Peter.»

«E mi assicurò che lo abbiano, ma a guerra finita. Per il momento, è meglio tenere cose del genere nascoste, e quale posto migliore per nasconderlo che il mio dito?» gli chiese Annie.

Q sapeva di non essere nella posizione di impedirle di abusare del suo patrimonio. Poteva fare quello che le pareva, e tutto quello che poteva fare lui era stare seduto a guardare. Questo gli bruciava profondamente e rafforzava la sua convinzione di affidare i suoi figli a Gunther e non a lei.

Mentre Annie stava per uscire, le disse: «Non mi dispiace di aver fatto quello che ho fatto, perché credo ancora che fosse la cosa giusta, ma mi dispiace profondamente di aver trascinato Hilde in questa situazione. Sappia che io amo sua figlia con tutta l'anima.»

CAPITOLO 31

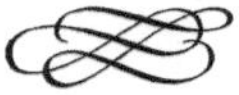

Hilde si sedette a scrivere la sua lettera mensile a Q. Come sempre, il suo benessere e quello dei loro figli era la sua priorità.

Di recente, Emma le aveva spedito delle foto dei ragazzi, e stava cercando di scegliere quale spedire a Q. Ne sarebbe stato così felice.

Mio caro Q,

mi chiedo per quanto ancora riuscirò a scriverti. Le cose qui sono diventate quasi normali, per quanto strano possa sembrare. Emma mi ha spedito due foto dei nostri cari ragazzi, e ne includo una qui per te.

È incredibile quanto siano cresciuti in fretta, ed è ancora più difficile immaginare che mi sono stati portati via quasi mezzo anno fa.

La visita di Volker è stata un tale dono per me, e ripenso a quell'ora insieme a lui ogni singolo giorno. Vorrei che ti fosse permesso di incontrarlo, ma ahimè, ho paura che tu non possa rivederli mai più.

Annie mi fa visita ogni mese.

. . .

Hilde fece una pausa. Non sarebbe stato saggio scrivergli delle continue lamentele di Annie sulle ristrettezze della propria esistenza, né di come si approfittava della situazione per il proprio tornaconto. Poi Hilde sorrise e riprese in mano la penna…

La conosci; la mia salute è decente, e non ho perso molto peso dato che passo tutto il mio tempo seduta sul letto della mia cella, un giorno dopo l'altro. Una vita così sfaccendata non mi fa certo piacere, e bramo di rendermi utile. Annie ed Emma mi mandano entrambe piccole cose da fare. Ma il rammendo, o la maglia o l'imbottire mi durano solo pochi giorni, e non ho altro da fare che starmene seduta e aspettare per il pacco successivo, scrivere lettere quando me lo permettono, e sperare in giorni migliori.

Hilde si passò una mano nei capelli opachi e sfibrati, e guardò con orrore la matassa che le era rimasta tra le dita. Q aveva sempre amato i suoi capelli lucenti. Se avesse continuato a perderne come un gatto in primavera, presto sarebbe rimasta calva.

Nella mente si concretizzarono ricordi di tempi migliori. La loro luna di miele in Italia, un tempo felice senza preoccupazioni. Lasciò uscire un sospiro profondo e continuò a scrivere.

Abbiamo avuto una vita così bella insieme, e volevo ringraziarti per ogni giorno e ogni notte. Tu e i miei ragazzi mi mancate più di ogni cosa, ma i bei ricordi del nostro tempo insieme mi danno conforto. Sappi che sei sempre nei miei pensieri, e non importa cosa ci riservi il futuro, il mio amore per te è eterno. Non vorrei essermi persa nemmeno un solo giorno insieme a te, e sopporto tutto con gratitudine se questo è il prezzo che devo pagare per nove anni di beatitudine.

Quante persone possono dire di aver vissuto pienamente la loro vita? Questi nove anni con te hanno più senso di una vita intera senza di te. La mia vita è cambiata il giorno in cui ti ho incontrato, e da allora sono stata la persona più felice della terra.

Hilde posò un bacio sul foglio, e dato che non aveva un rossetto, tracciò la forma delle sue labbra con la penna. Quando fu soddisfatta della sua opera d'arte, prese la penna per un'ultima volta per concludere la lettera.

Probabilmente ti tieni occupato mettendo su carta ogni sorta di pensieri, e mi auguro che un giorno finiranno in buone mani. Amo la tua mente brillante. Amo ogni cosa di te.
La tua Hilde

Margit attese fino a che Hilde non ebbe terminato la sua lettera e poi indicò la foto appoggiata sul materasso accanto a lei. «I tuoi ragazzi sono così carini.»

«Sì, vero? Volker è l'immagine sputata di suo padre, con quei riccioli biondi, ma Peter assomiglia a me.» Hilde sogghignò. «Guarda, finalmente gli stanno crescendo i capelli. Si capisce che saranno scuri e lisci come i miei.»

Tese la foto a Margit.

«Sembrano felici,» commentò lei.

Hilde accarezzò la foto con le dita quando Margit gliela restituì. «Il cuore mi fa male al pensiero di dare via una delle foto, ma voglio che anche Q ne abbia una. Così saprà che aspetto hanno i nostri bambini ora.»

«Sono certa che lo apprezzerà moltissimo,» disse Margit.

«Chiederò a Emma di rimpiazzare quella che manderò a lui, così le avrò di nuovo entrambe,» mormorò Hilde.

Margit scoppiò a ridere. «Tu e i tuoi bambini. Spero di poterli incontrare, un giorno. A proposito, ma la tua matrigna non scrive anche a Q e può mandargli delle foto?»

«So che gli scrive, ma lui non può risponderle perché gli consentono una sola lettera ogni quattro settimane e lui tiene quella lettera per me. Pare che mandare messaggi segreti sia più difficile nella sua prigione.»

«Noi siamo fortunate,» convenne Margit.

«Non sono così sicura di poter dire che sono d'accordo con tutto il cuore,» rispose Hilde alzandosi dal letto. Era lontana dai suoi bambini... solo poche parole e una fotografia di tanto in tanto a tenerla al corrente della loro crescita. Non era lei a rimboccare le loro coperte la sera o a portarli al parco a passeggio. Non era fortuna. Si limitava a sopravvivere in quel tempo preso a prestito.

È una forma esclusiva di tortura? Di certo non è fortuna.

«Sai cosa intendo,» disse Margit, e dopo uno sguardo all'espressione nostalgica di Hilde, aggiunse: «Andiamo a fare una passeggiata.»

Hilde guardò la sua compagna di cella, chiedendosi se la ragazza avesse completamente perso la testa, ma Margit la prese a braccetto e cominciarono a passeggiare nella loro cella. Cinque passi, giro, altri cinque passi, giro, mentre Margit faceva finta che stessero passeggiato fuori nel parco e che i bambini di Hilde fossero con loro.

«Guarda quanto sono grandi! Non ti sembra che Peter sia cresciuto dalla nostra ultima passeggiata? E come parla. Ha una vocina così dolce.»

Hilde ridacchiò, e in mancanza di un passatempo migliore diede corda a Margit. «Oh sì, cammina come un bambino grande. Ed è proprio uguale a suo fratello alla sua età. Non sono meravigliosi?»

«Sì, proprio così.»

Hilde si voltò a guardare la sua compagna di cella. «Mi ricordo come se fosse ieri quando Volker ha fatto i suoi primi passi, tra il suo papà e me. Pochi passi tra noi. Eravamo seduti uno di fronte all'altra e, per la sua sicurezza, avevamo allungato le braccia alla sua destra e alla sua sinistra. Ma lui ha fatto tutto da solo; era così orgoglioso e il suo bel faccino era così raggiante.»

Hilde tornò seria. «Chiederò a Emma ti tagliare una ciocca di capelli a entrambi e di mandarmela.»

«Sono sicura che lo farà. Sei fortunata ad avere qualcuno come la tua matrigna che si prende cura dei tuoi ragazzi. Molte donne che sono state arrestate non hanno quel lusso e i loro bambini finiscono in orfanotrofi o case famiglia.» Margit smise di parlare, con il fiato corto.

«Sono grata, sul serio. Non potrebbero stare meglio o avere una vita migliore che con la loro nonna. I miei genitori hanno un giardinetto adiacente alla casa in cui i ragazzi possono giocare all'aria aperta.»

«Quando ero piccola, andavamo spesso a trovare mia zia in campagna, e io adoravo correre fuori. Ci svegliavamo prestissimo, e con mia sorella ci precipitavamo fuori in esplorazione.»

«Peter è uno che si sveglia presto tutte le mattine…» mormorò Hilde.

«Oh sì. Non appena sono svegli, i bambini piccoli pensano che si devono alzare tutti gli altri. Ho abbastanza nipoti e nipotine da saperlo.»

La loro allegra chiacchierata fu interrotta dalla guardia che passò a portare la cena riportandole alla dura realtà.

CAPITOLO 32

Mentre il maggio del 1943 progrediva, Q pensò a un piano per salvare Hilde e chiese il permesso di spedire, oltre alla sua lettera mensile a Hilde, una lettera a Hermann Göring, il capo della Luftwaffe, che era anche responsabile di tutta la produzione militare grazie al piano quadriennale.

Nell'attesa che fosse presa una decisione in merito alla sua richiesta, mise a conoscenza del suo piano Werner e *Pfarrer* Bernau, durante una delle loro chiacchierate settimanali.

«*Pfarrer* Bernau, mi chiedevo se posso sottoporle una mia idea.» Q aprì la conversazione.

«Certo. Cos'ha in mente?» replicò lo scarno cinquantenne.

«Prima di venire arrestato, lavoravo allo sviluppo di un'arma segreta. *Horchtorpedos*, o siluri acustici, la cui traiettoria è guidata dal suono delle eliche di una nave. Mentre ero coinvolto nel progetto, avevamo un prototipo chiamato *Falke*, ma risultò troppo suscettibile di errore. Spesso intercettava altri suoni e si dirigeva verso di questi, mancando il bersaglio. In ogni caso, penso di aver risolto il problema.»

«E…» disse *Pfarrer* Bernau inclinando il capo.

«Beh, questo è il mio piano. Ho richiesto il permesso di scrivere una lettera a Hermann Göring. Gli offrirò la mia soluzione per realizzare *Horchtorpedos* a prova di errore, in cambio della garanzia che a Hilde venga dato l'ergastolo invece della pena capitale.»

«È una mossa audace,» disse il prete con espressione grave.

«Cosa ti fa pensare che accetti? Questi siluri non serviranno a molto in questa guerra, è troppo vicina alla sua fine,» commentò Werner.

«È quello che pensiamo noi, ma il nostro governo crede ancora di poter vincere questa guerra, e hanno bisogno che gli *Horchtorpedos* siano affidabili.» Q scoppiò in una risata amara. «Questi deludenti uomini di potere pensano sempre che una nuova invenzione o un modello più avanzato di qualcosa che già esiste sarà il Santo Graal che li porterà alla vittoria.»

«Ma condanneresti tua moglie a una vita in prigione. Pensi che sia questo che vuole?»

Q scosse la testa. «Il regime di Hitler non durerà per sempre...»

«Invocano il Reich millenario,» gli ricordò *Pfarrer* Bernau.

«Sì, ma noi sappiamo che non durerà. A un certo punto, le masse o si assottiglieranno al punto che il regime non potrà più reggersi, oppure si rivolteranno tutte insieme,» sostenne Q.

«Le persone sono troppo bistrattate anche solo per pensare a una rivolta di quel genere,» gli ricordò il prete con dolcezza. Avevano tutti parlato a voce bassa dato la natura della loro discussione.

«Penso che dovresti farlo; qual è la cosa peggiore che possa accadere?» chiese Werner.

«... che la mia soluzione funzioni davvero,» sospirò Q, mentre la sua coscienza gridava per farsi sentire.

Pfarrer Bernau posò le mani sulle spalle di Q e lo guardò dritto negli occhi. Era inquietante come fronteggiare il Giorno del Giudizio. «Questo, figlio mio, è un dilemma che solo tu puoi risolvere. Valuta attentamente la tua decisione, e che Dio ti sia accanto in ogni passo.»

Q trascorse la maggior parte della notte e il giorno successivo a pensare. La vita di Hilde aveva più valore delle vite di innumerevoli marinai senza nome che avrebbero potuto essere uccisi dagli *Horchtorpedos* che Q avrebbe aiutato a migliorare? Per la sua vita valeva la pena tradire i suoi ideali e le convinzioni di non far mai del male a nessuno? Ma se non avesse provato a salvarla, come avrebbe potuto perdonarsi per aver ucciso quel che più amava al mondo?

Strinse le labbra in una linea dura. *È troppo tardi per usare gli Horchtorpedos in questa guerra, in ogni caso. Nessuno si farà male.*

Era una bugia. E lo sapeva.

Il giorno successivo, la sua richiesta per la lettera a Göring fu accolta, e lui si sedette a scrivere la sua offerta. C'era ancora la possibilità che Göring non accettasse.

CAPITOLO 33

Nell'attesa, un giorno dopo l'altro, che i boia venissero a prenderlo, Q stava diventando sentimentale. Come il giovane francese, si sedette per scrivere quello che considerava il suo "testamento".

Mia cara piccola mamma,

proprio prima della domenica di Pentecoste, mentre pulivo la mia cella, mi è arrivata la lettera che hai scritto il 6 giugno. Ero così felice ed emozionato che, con lo straccio ancora in mano, sono scoppiato in grida di gioia, di approvazione e di beatitudine.

Ovvio che abbia letto molte volte la tua lettera da allora, e il bisogno di raccontarti i miei pensieri profondi è diventato così forte che ho fatto richiesta di una lettera extra, che grazie al cielo mi è stata concessa. La lettera che mi autorizzano di norma è sempre riservata a Hilde. Per lei significa così tanto, tutto forse.

Tanto benevola è la grazia degli dèi che mi permette, mentre sono ancora in vita, di ricevere una manifestazione terrena del tuo amore nella forma di un semplice pezzo di carta scritto dalla tua mano. Sì, posso sentire il tuo amore attorno a me, che mi aiuta e mi benedice.

Oh, se potessi descriverti quale gioia interiore, quale inspiegabile ed euforica vitalità, quale preparazione al mio destino mi ha colmato.

Quale pace!

Come tutte queste ore lunghe e silenziose in prigione sono diventate un presente, se le trascorro meditando. Una cosa per cui prima non avevo tempo, o meglio, non me ne prendevo il tempo.

Ma prima di tutto, vorrei mettere in chiaro qualcosa, nel caso, sebbene non pensi che con te sia necessario. Tutti questi beni spirituali che ancora ricevo, tutta la maturità e la pienezza che la mia anima riceve, il risultato della tua benedizione e di quella degli dèi; non sono intesi nel caso in cui io resti vivo (come suona kitsch, *che mi salvi dalla morte, non perderanno di senso con la mia esecuzione. No, io prendo tutto con gratitudine e felicità come una vittoria, nella chiara certezza che presto la mia vita qui si concluderà.*

Una piccola battuta potrà renderti la cosa più chiara… qualche povera anima ha scritto sulle pareti di questa cella frasi come: "Vergine Maria, ti prego salvami per il bene della mia famiglia" oppure "Madre di Misericordia, ti prego, fa che vada tutto bene" e cose così.

Leggendone una, "Dio resta con me" non ho resistito e ho scribacchiato sotto questa frase: "Dio è con te, ma questo non gli impedisce di lasciarti morire qui sotto la ghigliottina."

E non è forse la mia situazione attuale, volendo vederla positivamente, un'occasione unica, dal momento che io non scivolerò nella morte senza preavviso? Che non sarò uno che rimanda tanto "domani è un altro giorno", ma con la certezza che la mia vita finirà in un tempo prevedibile posso fare sì che ogni minuto conti e acquisire quanta più consapevolezza spirituale possibile.

Ogni cosa nella mia cella è rivolto ad aiutarmi ad acquisire la maggiore consapevolezza spirituale. Pensa, da un momento all'altro sono stato liberato da tutti i compiti mondani, come guadagnarmi da vivere, fare acquisti, occuparmi delle faccende domestiche, e di un lavoro che nella migliore delle ipotesi era mediocre, ma che impiegava molte ore della mia giornata. (Il mio lavoro alla Loewe era, per via della guerra, lontanissimo dai miei interessi.)

In prigione, la vita è isolata e predestinata. Ogni giorno è uguale al precedente, e il successivo sarà identico all'oggi.

Si comporrà di lunghe ore di riposo e sonno, cibo che è molto semplice ma non peggiore di quello delle persone libere nel paese divorato dalla guerra, pasti puntuali, e una breve passeggiata una volta al giorno, buone discussioni con altri prigionieri, e persino il lusso di leggere buona letteratura.

Abbiamo a disposizione testi di valore. Ho appena letto Wilhelm Meister, Anni di apprendistato, *e* Götz von Berlichingen *di Johann Wolfgang Goethe. Ho letto Selma Lagerlöf, che ha vinto lo svedese Premio Nobel, ed Eduard Mörike.*

E per di più, come favore speciale, mi permettono di lavorare scientificamente, di buttare giù le miei invenzioni, le mie idee e le mie esperienze. Sto anche scrivendo un rapporto dei miei tre anni all' Istituto Biologico del Reich, nell'ambito della protezione delle culture.

E tu mi vizi, e rendi più facile alla mia anima dire addio. Hilde mi scrive lettere eroiche, piene d'amore, nelle quali ripete il suo incrollabile amore per me e mi perdona, malgrado le mie azioni... quelle azioni che tanto dolore hanno causato, non solo a me ma a lei e ai nostri due bambini.

Mi assolve dalla colpa di avere causato la sua disgrazia, il suo dolore e la minaccia alla sua stessa vita. E nel suo eterno amore ed eterna unione, vuole condividere il mio destino senza fare questioni sul fatto che sia meritato oppure no.

Che meravigliosa compagna di vita ho avuto. Me ne accorgo ora più che mai, nella cattiva sorte. Ti prego di pensare a lei con lo stesso amore con il quale pensi a me.

Quanto sono ben accuditi i bambini, pare. Rispetto a loro ho solo pensieri gioiosi e allegri. La tua lettera mi ha esaltato: che ami Volker così tanto che lo prenderesti come tuo figlio. E i meravigliosi Dremmer.

Grazie alla benevolenza degli dèi il mio corpo è del tutto sano; nessun dolore o fastidio mi ferisce.

E poi c'è la mia cella. Credo di essere nato per la vita carceraria, per vivere in una piccola cella. Non avevi forse avuto una visione di me in una vita precedente, che scrivevo in una cella?

Non mi sento recluso o in gabbia. No, mi sento al sicuro all'interno della mia cella, e il piccolo confinamento nella stanza fisica mi regala la concentrazione necessaria per perseguire la mia crescita spirituale.

Ma sono ancora attaccato alla vita terrena e apprezzo il piccolo scampolo di cielo che posso vedere dalla finestra della mia cella, e la cima di quell'albero, e il sole che vi filtra attraverso, i passaggi di luce e ombra provocati dalle nuvole, il calore del sole sul mio volto, e le mille cose diverse che mi godo come arricchimento e grazia.

È la vita di un eremita che mi godo dopo aver avuto una vita felice, consapevole e piena di eventi. Me la sono goduta appieno, ho visitato molti luoghi meravigliosi del mondo, insieme alla migliore e più amorevole compagna di vita, mia moglie, Hilde.

Possa io usare ciascuno dei giorni che mi rimangono per esplorare quanto più possibile la mia crescita spirituale. Per questa ragione, ti ringrazio perché mi mandi tutti i tuoi pensieri d'amore, che userò per restare consapevole.

Un rumore distrasse per un momento Q. Era il suono eloquente della lama della ghigliottina che calava.

«Stai ancora scrivendo quel tuo testamento?» Werner sollevò lo sguardo dal romanzo sul quale stava lavorando. Anche lui doveva aver sentito quel suono.

«Sì. Sai che c'è? Non ho paura di morire. Non più. Non mi incupisce più i giorni e non trova spazio nei miei sogni.»

«Buono a sapersi,» disse Werner con un sorrisetto.

«Ho già sperimentato la morte una volta ed ero piuttosto deluso quando mi sono risvegliato.» Di solito, Q non parlava del suo tentato suicidio; a posteriori era stato un atto stupido e impulsivo.

«Quando arriverà la mia fine, spero di mantenere un atteggiamento dignitoso fino all'ultimo respiro. Non implorerò urlando per la mia vita,» disse Werner.

Q annuì. «Non daremo ai nostri nemici e al regime la soddisfazione di aver trionfato sul nostro spirito.»

Rimasero un attimo in silenzio, prima che Q parlasse di nuovo. «Ho cercato diversi articoli sulla pena di morte e sui diversi metodi di esecuzione.»

Werner scosse la testa. «Quindi, hai già deciso quale metodo preferisci?»

«Magari la cosa ti divertirà, ma ho scoperto che l'atto fisico di morire è la parte più insignificante della faccenda. In effetti, ci sono tre metodi di esecuzione principali in Germania.»

Werner nascose un sorriso sornione e mise da parte le sue carte. Quando Q era in modalità discussione, era meglio lasciarlo parlare. «Sono tutt'orecchi.»

«C'è il plotone di esecuzione, di norma riservato ai militari o ai membri del Partito.» Q era in piedi al centro della cella e contava i metodi sulla punta delle dita.

«Poi c'è la ghigliottina. È di importazione francese, ed è un metodo conveniente di separare il corpo dalla testa. Paragonato al plotone di esecuzione è un metodo più veloce e relativamente indolore. È quello che viene usato nella nostra prigione. E poi c'è l'impiccagione. Questo appare essere il più doloroso e disonorevole. Una volta era riservato principalmente ai criminali, e venivano spesso impiccati in luoghi pubblici come deterrente per gli altri. Ci possono volere diversi minuti prima che il condannato soffochi tra atroci sofferenze. Questo è quello che mi piace di meno.»

Werner applaudì. «Immagino che ti sia anche informato su quel che accade ai corpi.»

«Certo,» rispose Q con un sorriso compiaciuto. «I corpi dei prigionieri come noi non vengono seppelliti. Vengono portati all'Università dove vengono dissezionati a fini scientifici.»

«Beh, e non è una buona notizia? Persino dopo la tua morte farai grandi cose per la scienza!» lo stuzzicò Werner.

Q accartocciò un foglio di carta e glielo tirò addosso. «Avrei dovuto lasciarti continuare a fare qualsiasi insignificante cosa tu stessi facendo.»

Poi riprese a scrivere la lettera per sua madre. Per quanto gli sarebbe piaciuto condividere con lei le sue scoperte sui diversi metodi di esecuzione, si trattenne. Era probabile che lei li avrebbe apprezzati meno di Werner.

Questa lettera ti dimostrerà che ho fatto pace con il mio destino, cara madre. È un destino che condivido con tutti gli esseri umani sulla terra, dato che dobbiamo tutti morire, un giorno.

Ho osato utilizzare la mia libertà di pensiero di intellettuale per sfidare le leggi del nostro crudele governo e ora devo pagarne il prezzo. Ma lo faccio a testa alta e nella rassicurante certezza di non aver mai tradito la mia coscienza come tanti altri hanno fatto.

Se c'è vita oltre la morte, posso ricominciare con la coscienza pulita e sperare di ritrovarvi la mia adorata moglie.

A volte, credo di rendermi la vita fin troppo facile, vivendo qui nella mia cella come un eremita intellettuale, in attesa dell'imminente fine. E a volte credo che voi mi rendiate la vita troppo facile, voi anime gentili che mi pensate con tanta generosità e grazia, che mi mandate lettere piene d'amore e nemmeno una parola di rimprovero.

Tu specialmente, mia cara invecchiata ma indomita madre, che mi invia la forza dei suoi pensieri per rendermi potente.

Nessuno può considerarsi una persona felice mentre guarda alla morte, eppure a volte tremo per la paura che questo mio attuale stato d'animo gioioso si sciolga all'improvviso nell'atroce sofferenza. Potrebbe essere più dura dover sopravvivere e pagare il conto per gli anni a venire, rispetto ad andarsene in fretta e pieno di illusioni.

Spero che tutte le tue speranze di pace diventino realtà. Però temo che i poteri costituiti e gli dèi abbiano piani diversi per il mondo e in special modo per il nostro paese. Se gli dèi mi avessero affidato il compito di ricostruire il mondo con il loro aiuto avrei accettato. Un mondo migliore.

Un mondo di pace, di rispetto reciproco, e di uguali opportunità. Un mondo senza guerra, odio e umiliazione.

Tu mi hai conosciuto come una persona impaziente, sempre all'erta per afferrare il destino tra le mie mani, per cambiare il corso degli eventi con le mie azioni.

Credo di essere stato chiamato ad arginare la marea da che ho mosso il primo passo sul sentiero che mi ha portato dove sono ora. Persino adesso, non ho la possibilità di sapere se ho ben compreso la chiamata degli dèi, o se ho equivocato il mio scopo nella vita.

L'unica cosa che potevo fare era far sì che le mie azioni fossero sempre libere da motivazioni basse ed egoistiche. Ero convinto che ogni cosa che facevo servisse un bene superiore.

Ora che sono stato preso, e i miei piani sabotati, ho tempo più che a sufficienza per meditare nella mia cella. La meditazione mi ha permesso di riconoscere una cosa. Una sola cosa.

Tutte le difficoltà del presente non potevano essere risolte dalle azioni di un individuo. Né erano destinate a essere risolte da un'imboscata. No, gli dèi hanno pianificato che questa guerra si risolvesse con una battaglia aperta e onesta.

Questa guerra sarà combattuta fino all'ultimo, con sudore, lacrime e sangue.

Non soltanto i soldati ma anche i civili dovranno dare prova di resistenza e di eroico sacrificio, più di quanto chiunque sia in grado ora di immaginare.

Dato che avevo una missione nella vita, sono libero dai rimpianti. I poteri costituiti non hanno voluto il mio intervento. Accetto questo desiderio e lascerò questo mondo senza risentimenti.

Forse una parte di me resterà su questa terra, forse il mio scopo era quello di ispirare altre persone creative a tirar fuori il loro meglio. O forse sono stato messo su questo mondo per procreare, e il mio lascito importante sono i miei due figli.

Forse il mio lavoro nel campo della protezione delle colture porterà del bene in questo mondo, e nutrirà molti affamati. Più la guerra prendeva il sopravvento sulle nostre vite ordinarie, più la mia mente si rifugiava in un'area più pacifica e positiva, che ho trovato all'Istituto di Biologia del Reich. Anche dopo essere passato alla Loewe, facevo spesso visita ai miei colleghi all'Istituto, e abbiamo avuto molte fruttuose conversazioni.

La pace dei giardini, l'agricoltura e le piante mi motivavano a lavorare su cose più produttive della distruttiva industria bellica.

Convinto come sono che ci saranno tempi migliori dopo la fine della guerra, in cui saranno necessarie grandi menti per ricostruire il nostro paese e per insegnare ai semplici lavoratori nuove abilità e tecniche, mi rattrista pensare che non sarò parte di quella nuova era, e non posso correre verso un futuro migliore con tutti gli altri.

Per adesso, dico: "Solch ein Gewimmel möcht ich sehn ... zum Augenblicke dürft ich sagen: Verweile doch...!" Conosci quella parte del Faust II *di Johann Wolfgang Goethe. E allora forse sperimenterò il mio momento più alto prima che arrivino quelli con la pala.*

Sono lieto che il mio fato ti abbia fatta riavvicinare a Gunther e a sua moglie, così come ai meravigliosi genitori di Hilde.

Vorrei anche io tendere una mano a Gunther, con la speranza che lui la stringa, dimenticando la sua antipatia per Hilde e senza fare menzione agli ultimi anni di estraneità. Vorrei riconciliarmi con lui prima di lasciare questo mondo.

Malgrado le nostre differenze, Gunther si è occupato con generosità delle mie questioni legali. Che Dio lo benedica. Quanto mi conforta sapere che anche lui concorrerà a guidare i miei figli attraverso la vita, e se ci sarà data questa enorme grazia, aiuterà Hilde se lei dovesse restare in vita.

Auguro il meglio ai suoi figli, specialmente al più giovane che è un soldato della contraerea, con i suoi dolci quindici anni.

In questa guerra e nella precedente, è stato versato già abbastanza del nostro sangue.

La mano di Q tremava, e dovette fare una pausa. La sua mente fece un salto indietro, al tempo in cui era un ragazzino e giocava con i suoi fratelli più grandi, Gunther, Knut e Albert. Alla sua nascita loro erano già adolescenti.

Albert era il più vicino a lui per età e mentalità. Undici anni più vecchio e dotato per la matematica, spesso aiutava Q a fare i compiti. Q sorrise al ricordo di quanto avevano giocato nel loro ampio giardino, prima di trasferirsi a Berlino. Q sedeva sull'altalena e Albert lo spingeva sempre più forte, finché gli sembrava di volare sulle nuvole.

Anni dopo, discutevano assieme problemi scientifici, e Albert rideva sempre delle sue soluzioni semplicistiche. Ma Q ammirava suo fratello più di chiunque altro ed era deciso a diventare una mente altrettanto brillante crescendo.

La tristezza lo travolse mentre viaggiava nel tempo fino al giorno, poco prima del suo undicesimo compleanno, in cui Albert era partito per diventare un pilota nella Grande Guerra. Albert era così pieno di vita, così sicuro di sé, e così bello nella sua uniforme.

La loro madre aveva atteso di vederlo andare via per lasciare che le lacrime le rigassero il volto. Q non capiva perché piangesse. Non quel giorno.

Circa un anno dopo, avevano ricevuto il temuto telegramma. *Siamo molto spiacenti di informarla che suo figlio Albert Quedlin è stato abbattuto sopra la Francia.* Quel giorno, la vita di Q era cambiata per sempre. Niente era stato più spensierato come prima.

Il secondogenito, Knut, era la pecora nera della famiglia. Preferiva viaggiare piuttosto che tenersi un lavoro stabile. Q non aveva mai capito lo spirito vagabondo di Knut, né il suo bisogno di essere ovunque tranne che a casa.

Quando Q aveva ventisei anni, suo fratello si era imbarcato in una delle sue lunghe escursioni. Voleva viaggiare lungo tutta la Norvegia fino al circolo polare artico. Non lo rividero mai più.

La loro madre si era aggrappata per anni alla speranza che il suo secondogenito un giorno sarebbe apparso nella sua cucina come aveva sempre fatto. Ma dopo sette anni, Gunther e Q avevano insistito perché lo dichiarasse morto. La sua povera, forte madre.

Ben presto sarebbe rimasto solo Gunther. Il più vecchio, il più responsabile dei suoi figli. Lui e la loro madre si erano spesso scornati, perché lui era così cocciuto nelle sue convinzioni. Per lui tutto era bianco o nero, non era contemplata alcuna sfumatura di grigio. Inevitabile che diventasse un avvocato.

Q strinse le labbra. Gunther e Hilde avevano sviluppato un'antipatia a prima vista, e nessuno dei due era mai stato in grado di andare oltre quella prima impressione. Doveva dare credito a Gunther per il suo aiuto, ora che ne aveva più bisogno. Q non aveva dovuto nemmeno chiedere: Gunther aveva offerto il proprio supporto a Herr Müller senza la minima esitazione. Sarebbe stato un ottimo tutore per i suoi figli.

Si avvicinava il crepuscolo, e riprese a scrivere…

Ora ti dirò addio, mia amata madre, perché questa sarà probabilmente l'ultima lettera che ti scriverò fino alla data dell'esecuzione, quando mi permetteranno di scrivere più di una lettera.

Da ora in poi, avrai mie notizie attraverso Hilde, la mia amata moglie a cui devo tutto. Dedico tutta la mia anima e tutte le mie rare lettere a lei.

Ma mi piacerebbe ricevere lettere da te e da chiunque sia in grado e abbia il desiderio di scrivermi. Sono raggi di luce nella mia vita da recluso. Non c'è bisogno che tu faccia riferimento a questa lettera nelle tue risposte; non vogliamo annoiare i censori con dettagli insignificanti.

Le tue lettere mi mettono di buon'umore. Le notizie della famiglia e specialmente dei miei cari bambini mi tengono in connessione con il mio mondo precedente, che ora è soltanto il tuo mondo. Tengono lontana la solitudine dal mio cuore. Sarebbe fantastico se la famiglia potesse fare a turno per scrivermi; in questo modo il fardello non sarà solo sulle tue spalle, mia amata madre.

Non perderò mai i ricordi che condividiamo. Vedo la maggior parte del mio passato con una memoria fotografica. Tu in fondo al binario del treno 44, dove aspettavi il mio rientro da scuola. E il tuo appartamento. Posso addirittura sentire il profumo della tisana che mettevi su quando venivo a trovarti. In questo mondo non mi sento mai solo nel mio isolamento, e ogni lettera dal mondo esterno riporta in vita questi fotogrammi nella mia mente.

Ti prego di porgere a tutti i miei migliori saluti. Non parli più con Annie Klein? È un peccato, perché è un'anima buona, di buon cuore, che nonostante tutto si sacrifica, ma di scarsa cultura.

Un'annotazione per tutti quanti: per favore non inserite denaro nelle lettere, solo francobolli.

Oggi è venerdì, e da quel che ho potuto osservare, non vengono a prendere nessuno nel fine settimana, quindi è probabile che io sia ancora vivo quando riceverai questa lettera, lunedì 21 giugno.

Il solstizio d'estate.

Il 20 di dicembre sono quasi morto, e ora, sei mesi dopo, sono ancora qui. E non è forse vero che il nostro legame è diventato più profondo grazie a questa lettera?

Addio. Arrivederci. Grazie per tutto quello che mi hai dato, inclusa la sana costituzione, che spero i miei figli abbiano ereditato.

Ora siamo connessi in spirito.

Tuo figlio, Wilhelm

Era quasi mezzanotte, e il tramonto lasciava il posto a poche ore di oscurità. Q fissò il foglio fino a che le lettere gli apparvero sfocate. C'era tanto di più che avrebbe voluto dire a sua madre, ma questa sarebbe stata l'ultima lettera per lei. Da persona onesta qual era, aveva detto chiaro e tondo che si rifiutava di ricevere messaggi segreti da parte sua.

CAPITOLO 34

Hilde era alle prese con un dilemma. Pochi minuti prima, le era stato riferito che il 15 luglio le sarebbe stata concessa un'altra visita da parte dei suoi figli. Ma doveva sceglierne uno.

«Margit, cosa devo fare?» chiese alla sua compagna di cella.

«È una domanda davvero difficile.» Margit si portò una mano al mento e corrugò le sopracciglia. «Quale dei due hai più urgenza di vedere?»

«Tutti e due, ovvio,» sospirò Hilde. «L'ultima volta che è venuto Volker era tre mesi fa, ma non vedo Peter da quando sono stata arrestata... e mi piacerebbe da morire vedere come cammina... e come parla. Sentirgli pronunciare così tante parole con la sua vocina.»

«Allora scegli Peter,» suggerì Margit.

«Non so. Pensi che si ricordi ancora di me? Aveva appena nove mesi quando ho dovuto lasciarlo a mia madre Annie.» Hilde si alzò e cominciò a camminare su e giù per la stanza. Guardò fuori dalla finestrella verso gli alberi in piena fioritura, e poi si voltò di nuovo verso Margit. «E se non mi riconosce? Se non avesse la minima idea di chi è questa strana donna? Non turberebbe la sua mente di bambino?»

«Mmh, io non credo; ma allora scegli Volker,» disse Margit.

«Vorrei davvero vedere Peter...»

«Forse non dovresti pensare a cosa vuoi tu, ma a cosa è meglio per i tuoi bambini,» suggerì Margit, nel tentativo di escludere l'emotività dalla decisione.

«Probabilmente hai ragione... Peter non sa nemmeno cos'è una madre. Quanto sarebbe strano per lui vedermi qui? Non significherebbe nulla per lui.» Hilde annuì. «È più importante che venga Volker. Voglio che mi riconosca come sua madre se mai uscirò di qui.»

«Ha una tua foto,» obiettò Margit.

«Sì, ma non è la stessa cosa. Forse non si dimenticherà di me se mi vede almeno di tanto in tanto. È un ragazzino così intelligente.» Hilde sorrise mentre i ricordi le invadevano la mente. «Se Emma continua a raccontargli di sua madre, e se Dio vuole che io esca di qui un giorno, almeno non sarò solo una strana zia che non ha mai visto prima.»

«Il viaggio fino a Berlino non sarà troppo faticoso per lui?» chiese Margit.

«No. Lo portavamo in viaggio anche quando era molto più piccolo, e gli è sempre piaciuto. Ha una costituzione forte ed è abbastanza curioso da apprezzare gli ambienti nuovi.»

«Non pensi che potrebbe essere turbato? Se è intelligente come dici, capirà che non si tratta di un ospedale, ma di una prigione.»

«Forse sì.» Hilde arricciò il naso mentre rifletteva per qualche minuto, prima di continuare a parlare. «Anche se fosse un po' destabilizzato dalla visita, se tu fossi nella mia situazione, non vorresti vederlo?»

«Certo che sì. Allora, scegli Volker.»

«Farò così. E se non mi permettessero di sopravvivere, almeno lui avrà un ricordo di sua madre.» Gli occhi le si riempirono di lacrime.

Ancora tre settimane e avrebbe stretto di nuovo tra le braccia il suo adorato figlio.

~

Qualche giorno dopo, le arrivò una lettera da Q. Hilde strappò la busta e divorò le sue parole.

Mia amata Hilde,

Oh, quanto è stato bello ricevere la tua ultima lettera e quella preziosa fotografia dei nostri piccoli. Grazie dal profondo del cuore. Lo ammetto, ho pianto vedendo quanto sono cresciuti, ma so che sono al sicuro e che c'è chi si prende cura di loro... è tutto quello che avrei potuto desiderare.

Quanto alla tua domanda sui pacchi da Annie. Sì, me ne manda uno al mese, e le sono molto grato per il suo supporto. Contiene sempre cibo, tanto necessario, e francobolli (qui non ci permettono di possedere denaro ma possiamo usare i francobolli per acquistare alcune cose).

Malgrado io non sia autorizzato a ricevere visitatori, la tua gentile madre è riuscita a far cambiare idea al Kriminalkommissar Becker ed è venuta a trovarmi.

Hilde fissò il foglio. Sua madre Annie era andata a trovare Q? Come? O meglio: perché? Continuò a leggere con curiosità.

Sono stato immensamente grato e felice della sua visita, ma ho paura che lei non fosse dello stesso avviso, alla fine della nostra discussione. La tua altruistica madre voleva ottenere la custodia dei nostri ragazzi, ma in linea con quanto io e te avevamo precedentemente discusso, ho dovuto negarle questo desiderio. Invece, le ho detto che mio fratello Gunther, che è piuttosto portato per le questioni legali, è il tutore che abbiamo scelto per i bambini.

. . .

Hilde ridacchiò a voce abbastanza alta da attirare l'attenzione di Margit, che le rivolse un'occhiata interrogativa.

«È solo che Q è così divertente,» spiegò Hilde, immaginando Q e sua madre seduti nella sala colloqui, che si fissavano l'un l'altro, e sua madre sempre più esasperata vedendo di non riuscire ad averla vinta con Q. Tra loro era andata così per anni. Q era sempre stato gentile ed educato con Annie, ma non aveva mai ceduto al suo fascino, come facevano tutti gli altri. Persino il *Kriminalkommissar* Becker, a quanto pareva.

Hilde si portò la lettera al naso, l'odore di Q che persisteva sulla carta, e ricominciò a leggere.

Ho ricevuto diverse lettere da Emma, e una persino da tua sorella Sophie. Ti prego di porgere loro i miei sentiti ringraziamenti se ne hai l'opportunità.

Non passa giorno in cui io non rimpianga le circostanze che hanno portato alla tua carcerazione. Perdonami, ti prego! Se ci fosse un modo per me di risparmiarti quello che seguirà, lo farei... anche a costo della mia stessa vita. Amore mio, non voglio darti delle illusioni, ma potrebbe esserci una speranza per te.

Hilde fece una pausa e scosse la testa. Non portava rancore verso Q e non ce l'aveva con lui. Aveva sostenuto le sue decisioni e le sue azioni di sua spontanea volontà. Sarebbe stato più facile andarsene e salvarsi, se l'avesse voluto.

Q aveva addirittura suggerito di abbandonare lei e i suoi figli dopo una finta lite, per tenerli al sicuro. Ma lei si era rifiutata.

Riportò la sua attenzione alla lettera del marito.

Sono in buona salute e mi è stato generosamente concesso di continuare il mio lavoro scientifico. È un tale sollievo per la mia mente, poter meditare e ponderare sulla soluzione di problemi scientifici. Mi conosci abbastanza da sapere come tendo a farmi assorbire dal mio lavoro. Riempie le ore infinite e il tempo vola. Per quanto possa sembrare bizzarro, sono abbastanza felice della mia situazione attuale. L'unica cosa che desidererei è avere te al mio fianco.

Hilde avvertì una fitta di invidia. Q lavorava e aveva qualcosa in grado di occupare le sue giornate, mentre lei non aveva niente da fare. Avrebbe chiesto a Emma di spedirle i vecchi libri di scuola di Sophie. Così avrebbe potuto tenere la mente occupata imparando il francese oppure studiando storia.

D'istinto, afferrò il ciondolo di diaspro che le aveva regalato la madre di Q. La pietra si scaldava in fretta al tocco della sua mano e ogni volta le trasmetteva fiducia.

I suoi pensieri andarono a Ingrid, e un'ondata di empatia le colmò l'anima. Q sarebbe stato il terzo dei suoi figli a morire. Nessuna madre avrebbe dovuto subire un fato del genere. Hilde decise che avrebbe chiesto il permesso di scrivere una lettera extra il mese successivo. La lettera sarebbe andata a Ingrid.

Poi tornò alla lettera di Q e si mise a leggere i tanti spoonerismi che lui aveva scritto per lei. Poco dopo si teneva la pancia dal ridere.

«Cos'hai da ridere tanto laggiù?» chiese Margit.

«La lettera di Q. Mi ha scritto un sacco di spoonerismi,» rispose Hilde cominciando a recitarli, ma fu interrotta da una guardia che apriva la porta della cella.

«Ora d'aria,» annunciò, mandandole in cortile per la passeggiata quotidiana.

«Porta con te la lettera e leggici quegli spoonerismi,» la incalzò Margit.

Hilde annuì e si infilò la lettera in tasca, mentre andavano a raggiungere le altre prigioniere in cortile. Hilde recitò alcuni dei versi e, attratte dalle risate di Margit e Hilde, alcune altre compagne di prigionia e persino qualche guardia si riunirono attorno a loro ad ascoltare.

«Vediamo se riuscite a indovinare quali parole dovevano essere? Foglie morte.»

Una di loro sogghignò ed esclamò: «Moglie forte.»

«Giusto. Ora, prova questo. Il posto del cane.»

Margit si illuminò. «Questo è facile. Il costo del pane.»

«Brava. Un altro adesso. Ha un naso pieno di voci.» Hilde guardò le donne che si ripetevano le parole sulle labbra.

Alla fine, una delle guardie prese la parola. «Ha un vaso pieno di noci.»

«Precisamente,» disse Hilde.

Margit le toccò il braccio. «Grazie per averli condivisi con noi.» Si guardò attorno, guardò il gruppo che si era riunito e sospirò. «Qui non si ride abbastanza.»

CAPITOLO 35

Q aveva ricevuto da Göring delle indicazioni evasive sul fatto che la richiesta di grazia per Hilde sarebbe stata valutata favorevolmente, ma nulla di ufficiale. Nel frattempo, lui stava gettando dei bocconcini alla *Kriegsmarine*, la marina militare tedesca, con piccoli quanto irrilevanti miglioramenti per i siluri acustici. In questo modo, non avrebbe rivelato le sue scoperte prima che fosse revocata la sentenza di Hilde, ma allo stesso tempo nessuno avrebbe potuto accusarlo di non cooperare.

Un giorno di luglio, l'avvocato di Q venne a trovarlo con delle notizie da condividere.

«Ho parlato con la moglie di Erhard Tohmfor per farle le condoglianze per la morte del marito,» disse Herr Müller.

Un nodo strinse la gola di Q. Il suo buon amico era morto. Andato per sempre. Uno degli uomini più gentili, più giusti che avesse mai conosciuto.

«Come sta?» chiese Q, quando riuscì a controllare la voce.

«Frau Tohmfor sta bene, per quanto possibile date le circostanze. È stata arrestata, ma la Gestapo l'ha rilasciata subito dopo. Speravo potesse darmi informazioni utili per il suo appello.»

«Non voglio ricorrere in appello. Sono stato giustamente accusato di tradimento, e accetto il potere delle autorità di punirmi per avere infranto le loro leggi. La mia missione nella vita, che mi sono dato in totale libertà, era abbattere l'attuale governo.»

«C'è ancora una possibilità…» obiettò Herr Müller.

«No.» Q scosse la testa. «Preferirei che dedicasse il suo tempo e il mio denaro per ottenere una sentenza più clemente per mia moglie. Io sono un caso perso.»

Herr Müller annuì sebbene fosse chiaro che non era d'accordo. «Come vuole.»

«Però avrei una richiesta per lei,» disse Q.

«Mi dica.» Herr Müller diede un'occhiata al suo orologio. «Abbiamo ancora qualche minuto.»

«Potrebbe contattare un mio caro amico, Leopold Stieber, e domandargli se gli andrebbe di contribuire a prendersi cura dei miei figli una volta che io non sarò più di questo mondo.»

L'avvocato acconsentì, e Q gli fornì l'indirizzo di Leopold. Quando arrivò il momento di salutarsi, Herr Müller gli offrì una copia del giornale di propaganda nazista, il *Völkischer Beobachter*. «Magari le notizie le interesseranno.»

«Grazie, sono sicuro che questo materiale di lettura mi risolleverà il morale,» disse Q in tono sarcastico.

«Potrebbe, dato che aspetta solo che questa guerra finisca. Si avvicina il quarto anniversario della dichiarazione di guerra dell'Inghilterra. Per quanto ne so, non c'è una singola persona in questo paese che non sia in attesa che finisca,» disse Herr Müller preparandosi a uscire. «Qualche giorno fa, mi hanno contattato. L'uomo non mi ha rivelato il suo nome, ma ha insistito perché le dicessi che è salvo.»

Q annuì pensieroso. L'avvocato non disse altro ma l'abbracciò, cosa come minimo inusuale. «Tornerò tra qualche settimana.»

«Buona giornata,» rispose Q, cercando di capire la ragione dello strano comportamento di Herr Müller.

La guardia esaminò il giornale in cerca di messaggi nascosti, e poi lo lasciò tornare alla sua cella. Q lasciò cadere distrattamente il giornale sul tavolo e si infilò le mani in tasca, dove le sue dita trovarono un pezzo di carta che prima non c'era.

Q affondò nella sua branda e lo aprì.

Ti prego di distruggere immediatamente questa lettera.

Dopo il tuo arresto e l'arresto di E, ho tentato di entrare in contatto con le persone che conoscevo solo di nome, ma invano. Tutti i collegamenti erano stati troncati. Non ho osato chiedere in giro, nel costante terrore di essere scoperto a mia volta.

Sono salvo e continuo a lavorare come sempre, anche se la situazione per me diventa ogni giorno più critica. Ma al momento le cose si sono calmate, e io porto avanti il nostro lavoro.

Se sono ancora vivo, è solo grazie alla tenacia tua e di E. Vi devo la vita per non aver mai fatto il mio nome. E vi ammiro per esservi comportati in modo spietato contro voi stessi. Incrollabili e forti. Tu eri la mente brillante, mentre E era il leader naturale che sapeva come nessun altro guidarci nella giusta strada.

È una strada che continuo a onorare, malgrado le difficoltà che si sono aggiunte. Mi mancano le connessioni che avevate tu ed E ma non me ne preoccupo. Puoi stare sicuro che continuerò a lavorare per la nostra causa con sforzo incrollabile, persino con più entusiasmo di prima.

Ho saputo diversi giorni fa della fine sventurata di E, e il fatto che questo regime inumano ha annichilito una delle persone migliori che abbia mai conosciuto mi dà la forza di tenere duro ogni giorno.

Durante un recente raid aereo, ho dovuto sentirmi dire che "dobbiamo ringraziare quel porco di Q per questi attacchi dei nostri nemici."

Non puoi immaginare quanto aspetti il giorno della rivoluzione che abbiamo previsto.

· · ·

X

La lettera era scritta a macchina, ma non c'era alcun dubbio che il mittente fosse Martin.

Q sorrise e si consolò con il fatto che almeno era riuscito a salvare la vita di uno dei suoi amici. Strappò il foglio in piccolissimi pezzi e li ingoiò. Martin si era preso un grosso rischio non necessario scrivendo quella lettera, ma comunque era bello sapere che continuava a sabotare la produzione militare alla Loewe.

Forse c'era ancora speranza per la Germania.

Il giorno successivo, ai prigionieri giunsero notizie dal fronte. Durante l'ora d'aria in cortile, sussurri nervosi condivisero gli sviluppi della settimana appena trascorsa.

«L'Armata Rossa ha lanciato un attacco devastante contro la Wehrmacht a Kursk,» disse una delle guardie con un volto stranamente teso. «Entrambi i miei fratelli e mio cugino sono nella IV Armata Corazzata. Ho paura che non ritorneranno a casa.»

Uno dei prigionieri russi sorrise e sollevò le mani al cielo, come chiedendo aiuto a Dio per sconfiggere i tedeschi.

«Non si mette bene per Hitler,» aggiunse un altro prigioniero; «le truppe inglesi, canadesi e americane hanno invaso la Sicilia. Girano voci che abbiano già conquistato i più importanti porti dell'isola.»

Q tornò con il ricordo alla sua luna di miele. Licata, Gela, Pachino, Avola, Noto, Pozzallo, Scoglitti, Ispica, Rosolini, e Siracusa. Sembravano secoli prima, quando lui e Hilde avevano visitato gli antichi porti siciliani. Nel 1917 la Sicilia era pacifica, calma e ospitale. Avevano persino giocato con l'idea di restarvi per sempre e diventare produttori vinicoli.

«Mi chiedo per quanto ancora Mussolini riuscirà a resistere alle forze combinate degli Alleati,» mormorò Q.

«Se gli italiani non dovessero farcela da soli, andremo ad aiutarli,» disse una delle guardie.

Q scosse la testa. «La Wehrmacht si sta dissanguando. Da dove dovrebbero venire i rimpiazzi per tutti i soldati caduti? Persino mio nipote quindicenne è stato arruolato nella contraerea.»

«Puah, è solo propaganda negativa da parte del nemico... le nostre perdite sono minime,» rispose la guardia.

Ma Q la vedeva diversamente. Prima di venire arrestato, aveva ascoltato le radio straniere ogni giorno, e i loro numeri differivano sempre ampiamente da quelli presentati dal ministro della propaganda.

«Un giorno, ti ricorderai delle mie parole. Nel giro di un anno, Hitler e il suo Reich Millenario non saranno altro che macerie. Le persone come te dovranno portare il fardello di ricostruire il nostro paese dalle ceneri. Le sofferenze saranno atroci. Molto peggio di quanto abbiamo sperimentato finora.»

CAPITOLO 36

Hilde era stesa sul suo letto, e si crogiolava nell'autocommiserazione. Volker era malato e non aveva potuto affrontare il viaggio fino a Berlino.

«Se non posso vedere mio figlio, non vedrò nemmeno mia madre,» piagnucolò.

«È una stupidaggine,» le disse Margit. «Qualunque visitatore è meglio che trascinarsi qui dentro. Sono sicura che sarai contenta di incontrare tua madre.»

«No invece. Io voglio vedere mio figlio! Mio figlio!»

Alla fine, Hilde si trascinò fino alla sala colloqui, ma solo perché Margit aveva insistito. E forse per una piccolissima curiosità di sapere quali notizie le avrebbe portato sua madre, da parte dell'avvocato.

Entrando nella stanza, fu sorpresa di trovare due persone che l'aspettavano. Le ci volle qualche minuto per riconoscere il suo fratellastro, Klaus. Era cresciuto, e torreggiava sopra di lei di almeno una testa. Gli si erano allargate le spalle, e il suo volto aveva perduto quell'aspetto pacioccone e infantile.

«Sei diventato così alto!» Hilde lo abbracciò.

«Non sono più un ragazzino,» le ricordò, con l'orgoglio di un adolescente che voleva essere un uomo. «Sono un soldato ora. Un *Luftwaffenhelfer*.»

Hilde annuì e strinse la mano di sua madre. «Un soldato a quindici anni? È terribile.»

«Ho compiuto sedici anni diverse settimane fa,» protestò lui, cercando di apparire ancora più alto.

Dopo un breve scambio di convenevoli, Hilde fece la domanda che le premeva. «Hai notizie da Herr Müller, mamma?»

«In effetti sì. Herr Müller mi ha telefonato per annunciarmi che la tua richiesta di clemenza è stata protocollata. Sarà portata all'attenzione del Führer in persona per la decisione. Herr Müller è fiducioso in una risposta positiva.»

Hilde si strinse nelle spalle. Avrebbe dovuto essere esultante, ma non lo era.

«Non sembra che la cosa ti renda felice,» disse Annie.

«Cerco di non darmi false speranze, e poi non riesco a immaginare di vivere senza il mio Q.»

Annie scosse la testa. «Come puoi dire una cosa del genere? È lui il responsabile per tutto questo.»

«Mamma, non mi aspetto che tu lo capisca, ma solo adesso, dopo essere passata attraverso questo brutto periodo, riesco davvero ad apprezzare che brav'uomo è Q. È l'amore della mia vita, ora più che mai.»

«Com'è possibile che sia ancora vivo?» chiese Klaus. «Sapevo che avevano già giustiziato tutti i traditori del gruppo di quello Schulze-Boysen.»

Hilde si strinse forte il braccio al riferimento alle esecuzioni. «Q sta lavorando di nuovo alle sue ricerche scientifiche, e il governo spera di ottenere da lui qualcosa di utile. È l'unica ragione per cui è ancora vivo. Lo terranno prigioniero finché gli sarà utile e poi...»

«E ancora tu pensi che sia un brav'uomo? Sta tradendo i suoi stessi ideali sbagliati e adesso lavora per quel governo che odiava tanto? Per comprarsi del tempo? E tu invece? Perché non offre il suo lavoro in cambio del tuo rilascio?» Annie stava perdendo il controllo.

«Mamma, non è rimasto niente per me là fuori, e l'unico motivo per cui voglio vivere è per il bene dei miei ragazzi.» Era difficile da spiegare, ma sentiva aumentare ogni giorno la distanza tra se stessa e il mondo esterno. Non ne faceva più parte, e non sapeva se sarebbe riuscita a tornare a una vita normale, dopo quello che aveva passato.

Un momento accettava il suo destino, e un attimo dopo era paralizzata dal terrore e avrebbe voluto urlare, *lasciatemi vivere! Io voglio vivere!*

«I tuoi ragazzi hanno bisogno della loro madre.» Annie distolse lo sguardo. «Starai con loro, magari già per il tuo compleanno, tra cinque settimane.»

«Non ne sono sicura, mamma. Se la Germania perde la guerra, ci uccideranno tutti prima della fine.»

«Il nostro Führer non permetterà che accada. La vinceremo, questa guerra,» disse Klaus con entusiasmo fanciullesco. La propaganda nazista aveva lavorato in modo perfettamente efficace su suo fratello.

Annie annuì. «Lo senti. E nel caso improbabile che i nostri nemici vincano, sono convinta che tu sarai già stata scarcerata. I nazisti non sono dei barbari. La tua richiesta di grazia verrà accolta.»

Hilde si posò una mano sul cuore, sperando che sua madre avesse ragione. Ma anche se lei fosse stata risparmiata, Q non aveva la minima ragione di aspettarsi clemenza. Nel corso dei sui interrogatori, e persino in quel momento, nelle lettere che le scriveva, aveva sfidato apertamente l'ideologia nazista, definendola uno dei peggiori mali del mondo. L'ottavo peccato capitale.

Ha reso fin troppo chiaro di stare dalla parte dei nostri nemici; non gli daranno la soddisfazione di avere avuto ragione. La sua incrollabile opposizione non aveva reso le cose più semplici nemmeno per lei. Il giudice credeva che anche lei avesse le stesse convinzioni di suo marito. Sebbene fosse la verità, lei era stata attenta a non ammetterlo mai.

Sul serio sarebbe dovuta morire per quelle due lettere che aveva scritto per lui?

Per quanto riguardava Q, se gli Alleati avessero vinto e avessero scoperto che aveva aiutato il Reich, sarebbero stati meno indulgenti con lui e avrebbero persino potuto ordinare loro la sua morte. *Lo compatisco.*

Sua madre interruppe i suoi pensieri venendole più vicina, avvolgendole il braccio con il suo prima di farle cadere qualcosa in tasca.

«Cos'è?» chiese Hilde solo muovendo le labbra.

«Tranquillanti,» le sussurrò Annie all'orecchio. «Prendili nel caso in cui… lo sai.»

CAPITOLO 37

Q stava aspettando da Herr Müller notizie da Leopold. Nel caso in cui sia lui che Hilde fossero stati giustiziati, voleva assicurarsi quanto più supporto possibile da Leopold per i suoi due figli. Leopold era un noto industriale, gioviale, onesto e dall'alta moralità.

Erano amici dai tempi del liceo, e Q sapeva che Leopold aveva perso i suoi genitori in tenera età ed era stato in seguito adottato. Poteva capire per averlo provato sulla propria pelle quanto i bambini orfani avessero bisogno di supporto morale da diverse fonti.

L'avvocato aveva chiesto di incontrare Q nel cortile, dove era più difficile per le guardie origliare. La richiesta era stata accolta e Q lo raggiunse, e cominciarono a camminare lentamente lungo il perimetro mentre parlavano.

«Ha trovato Leopold?» chiese Q a voce bassa, continuando a guardare davanti a sé.

«Sì e no. È stato catturato e accusato di alto tradimento.»

Q stava per perdere il suo contegno, ma si fece forza e chiese: «Che cosa ha fatto?»

«Sul serio vuole farmi credere che non aveva idea che lavorasse per la resistenza? L'hanno accusato di fare parte della rete dell'Orchestra Rossa.» Herr Müller lo guardò fisso negli occhi.

«Non... non ne avevo idea,» balbettò Q. «Lui... non mi ha mai detto niente.»

«Beh, il suo amico è stato rilasciato ed è stato ritenuto non colpevole.»

«L'hanno assolto?» chiese Q, a voce più alta di quanto volesse, sentendosi invadere dal sollievo.

Herr Müller annuì e girò gli occhi da una parte, per indicare il crescente interesse delle guardie. Ricominciarono entrambi a camminare.

«Deve avere avuto conoscenze potenti, ma non abbastanza, pare. Non l'hanno rimesso in libertà, ma l'hanno trasferito nel campo di concentramento di Sachsenhausen.»

«Dopo averlo assolto?»

«Sì. Sfortunatamente, lo strumento della custodia cautelare può essere usato contro chiunque in qualsiasi momento. Ho scoperto che ·l'hanno messo ai lavori forzati in un complesso industriale. Il proprietario ha solo parole di elogio per il suo amico.»

Q valutò le notizie in silenzio, finché l'avvocato parlò di nuovo: «Cosa sa dei genitori di Stieber?»

«È rimasto orfano da piccolo e poi è stato adottato. I suoi genitori sono brave persone; li ho incontrati diversi volte.» Q si chiese come mai l'avvocato volesse sapere dei genitori d Leopold.

«Sapeva che sono Rom?»

«Rom?» sibilò Q. «Non ne avevo idea.» Cos'altro non sapeva del suo amico?

«Hanno cambiato cognome subito dopo aver adottato Leopold e si sono trasferiti a Berlino per ricominciare tutto. Non sono sicuro se lui lo sapesse o meno da bambino. Ma di sicuro l'ha saputo dopo il 1939, quando suo padre è morto e sua madre è andata in clandestinità. Lei potrebbe essere la ragione per cui lui si è unito alla resistenza.»

Q non rispose. Una brutta sensazione di tradimento si diffuse nel suo corpo. Lui e Leopold si conoscevano da più di vent'anni, erano stati buoni amici anzi, eppure il suo amico non aveva mai ritenuto opportuno dirgli la verità. Non sui suoi genitori. E nemmeno sulla sua opposizione al governo.

Non che io sia stato completamente onesto con lui, allo stesso tempo. Q comprese che entrambi avevano mantenuto dei segreti che non volevano che nessun altro sapesse. Sogghignò all'ironia della cosa. *È buffo. Siamo stati amici per più di metà delle nostre vite, eppure non sapevamo che anche l'altro stava lavorando per la nostra stessa causa.*

Anche l'avvocato rimaneva in silenzio, e dopo un po' la tensione divenne insostenibile.

«Ha qualcos'altro da dirmi,» affermò Q senza enfasi.

«Sì. Possiamo sederci da qualche parte?»

«No. Me lo dica e basta.» Q aumentò il passo per allontanarsi dalle orecchie indiscrete delle guardie.

«Bene. Hitler e Goebbels sono sempre molto indignati per via del suo piano assassino.»

Q fece un respiro profondo e congiunse le mani. «Non sembra si metta bene per me.»

«No. Mi è arrivata voce che progettano di impiccarla pubblicamente davanti all'edificio della Loewe.»

Gli si ghiacciò il sangue nelle vene. *Vogliono fare di me un esempio.*

CAPITOLO 38

Hilde stava seduta nella sua cella, giocherellando con i tranquillanti che le aveva dato sua madre. Malgrado le circostanze esasperanti, il gesto di Annie la commosse alle lacrime. Era con tutta probabilità la cosa più gentile che qualcuno avesse fatto per lei da tempo.

Fece voto di impegnarsi a migliorare il suo rapporto con sua madre, se mai fosse tornata libera.

Diversi giorni dopo, Hilde colse l'opportunità di comprare della carta per scrivere un messaggio segreto alla sua matrigna. Volker non aveva potuto viaggiare per la visita programmata, ma almeno poteva scrivergli.

Cara mamma Emma,

non puoi fare menzione di questa lettera perché non è una di quelle ufficiali. Mandami la tua risposta con la seconda frase che comincia con "sì, mia cara Hilde.» Quello sarà il segnale che hai ricevuto questa lettera.

Grazie davvero per la tua ultima lettera e per le belle fotografie. Non puoi immaginare la mia gioia! Il piccolo Peter è così carino, in piedi accanto al suo fratello maggiore, e si vede che arriccia il naso. Mi scalda il cuore. È la prima foto in cui ci siete anche tu e papà. Ora ho tutti voi qui con me nella mia cella.

Non vedo l'ora di rivedere i miei bambini e aspetto che mi autorizzino a vedere almeno Volker. Mamma Annie mi ha promesso che avrebbe chiesto, ma dobbiamo aspettare che ritorni dal suo viaggio sul Mar Baltico.

Non appena avrò stretto di nuovo Volker tra le braccia, sarò paziente, finché non riuscirò a rivedere te e papà. Spero di essere ancora viva tra sei mesi e forse, dico forse, la guerra per allora sarà finita. Non sarebbe un giorno felice?

Da ieri sono più fiduciosa perché ho sentito, ed è già la seconda volta, che le donne non vengono più giustiziate. Ho anche sentito di tre donne che pensavamo fossero state uccise e invece no, sono ancora vive.

Seguendo i consigli del mio avvocato, ho scritto un'integrazione alla mia richiesta di grazia, e ora voglio sperare ancora, sperare per un altro pezzetto di vita. Non voglio vivere per me stessa, dal momento che non sono più adatta per questo mondo. È per il bene dei miei figli che spero.

Almeno so che i miei bambini sono nelle migliori mani possibili con voi, e naturalmente potete decidere pienamente su di loro. Se non rimarrò in vita, i bambini possono andare a vivere con Fanny, la cugina di Q in America, alla fine della guerra. Al di là dell'oceano avranno una bella vita. E voi non avrete il fardello di dover allevare due bambini in più, ora che le vostre figlie sono cresciute. Per favore, non preoccupatevi per il futuro.

Come va la tua salute? Non scrivi mai di te, e sei tu a sobbarcarti tutto il lavoro, con i bambini. Come stanno le tue gambe e il tuo cuore, dormi abbastanza? Soffri spesso di ansia?

Sorrido sempre quando mi racconti di loro, di come papà li porta con sé dai suoi clienti, e di cosa amano fare. Ora, in queste calde giornate estive, penso ancora di più ai miei bambini. Ai bagni al lago che facevamo. Ai picnic sull'erba. Avevano in progetto di portarli sul Mar Baltico quest'estate, se questo orribile fato non ci fosse caduto addosso.

Per quanto riguarda la tua preoccupazione nel mandare Volker con mamma Annie, io non penso che sarebbe un male per lui, e ti darebbe un po' di tregua. Lui è molto più intelligente di quanto fossi io quando sono arrivata da te, molti anni fa.

Mamma Annie lo vizierà, questo è certo. Ma starà con lei solo pochi giorni, e una volta tornato da te, saprà sicuramente accettare che a casa tua ci si deve comportare bene.

Prego che sia l'ultima volta che viene a trovarmi qui. Il mio avvocato ha fiducia nel fatto che il mio appello di clemenza sarà accolto. Allora mi sposteranno da un'altra parte. Una prigione comune è molto meglio di questa, in cui tutti siamo in attesa del peggio.

E se Dio lo vorrà, quando questa guerra sarà finita, potremo essere tutti insieme di nuovo. Pertanto, ti prego di considerare questa visita come l'ultima. Chi sa come saranno le cose tra sei mesi?

Ti prego di accettare il mio grazie più sincero per tutto quello che stai facendo per me. I biscotti erano deliziosi. Non puoi immaginare quanto sia cattivo il cibo qui. E se non ricevi nulla dall'esterno, fai davvero la fame in modo orribile. Hanno già ridotto le razioni due volte, da che sono qui. Sembra che pensino che i prigionieri possano sopravvivere solo d'aria e amore… e non c'è molto amore qui.

Grazie davvero per i libri; mi sono di grandissimo aiuto, perché qui sono sempre annoiata.

E dai un bacio a entrambi i miei bambini da parte mia. Non permettere che si dimentichino della loro madre. E io non mi dimentico di loro. Al contrario, penso a loro in ogni momento di veglia e li sogno la notte. Li amerò fino al mio ultimo respiro e oltre.

Con amore,
Hilde

Ripiegò i due fogli di carta e li infilò in una busta che sigillò. Non le restava che aspettare che montasse in servizio la prossima guardia, e pagarla per recapitare la lettera all'ufficio postale più vicino.

Hilde sperava di ottenere il verdetto sul suo appello di clemenza prima di ricevere la risposta di Emma. Allora – con l'aiuto di Dio – avrebbe avuto buone notizie da raccontare alla sua matrigna.

CAPITOLO 39

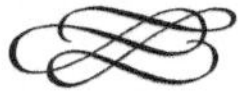

Q aveva ricevuto una lettera da sua madre, e la rilesse per l'ennesima volta.

Mio caro Wilhelm,

ti ringrazio tanto per la tua lunga e dettagliata lettera. L'ho riletta diverse volte, e mi ha fornito un quadro più chiaro della tua condizione mentale e del tuo destino.

Ma devo anche dirti che la mia anima soffre dopo averla letta. Il mio umore fluttua su e giù in modo turbolento, violento persino.

Sebbene continui ad amarti e a mandarti i miei pensieri che ti danno forza, vorrei che tu mostrassi rimorso per la grande colpa di cui ti sei macchiato.

Sia io che Gunther abbiamo telegrafato al Kriminalkommissar Becker per chiedere il permesso di venire a trovarti. Negato.

Q sollevò lo sguardo verso Werner che era seduto al tavolo. «Becker ha negato di nuovo il permesso di visita alla mia povera madre. Lei dev'essere fuori di sé,» si lamentò Q.

«Non devi consentire allo sconforto di prendere il sopravvento,» provò a calmarlo Werner.

«Con i suoi settantasette anni e la sua salute fragile, l'ha pregato di potermi vedere un'ultima volta. E quel crudele figlio di puttana gliel'ha negato,» sospirò Q, nascondendosi il volto tra le mani.

«Devi continuare a sperare che il *Kriminalkommissar* Becker si plachi, prima o poi.»

«Prima o poi?» gli chiese Q, in tono sarcastico. «Quanto tempo ci rimane, a me e te? Ogni giorno potrebbe essere l'ultimo.»

Werner scosse la testa. «Nessuno di noi lo sa. Siamo stati qui più a lungo della maggior parte degli altri prigionieri.»

«Perché? Perché la mia sentenza non è stata ancora eseguita?» Q si rimise in piedi e cominciò a camminare su e giù per il piccolo spazio.

«Non conosco la risposta alla tua domanda. Nessuno in questa prigione lo sa. Queste cose sono decise più in alto.»

«Nessuno lo dice a me o alla mia famiglia. Possiamo solo fare delle speculazioni. Potrebbe essere perché sto condividendo le mie ricerche con il governo. Possono aspettare sperando di ricavare da me qualcosa di utile.»

«Questa è una cosa buona, no?» chiese Werner.

«Sì e no.» Q si passò una mano tra i capelli arruffati. Da che era in prigione, aveva smesso di portarli corti, e i suoi ricci formavano una spessa nuvola attorno alla sua testa.

«Gunther è andato a trovare Becker e gli ha chiesto quali fossero le mie possibilità nel caso in cui avessero presentato un appello di clemenza per me.»

«Che cosa ha risposto?»

Invece di rispondere, Q lesse dalla lettera.

Il Kriminalkommissar Becker ha detto a tuo fratello che naturalmente tutte le famiglie sono libere di presentare un appello per la grazia. Poi

Gunther ha contattato il nostro difensore pubblico ma ha ricevuto la stessa risposta.

Werner sbuffò. «Cos'altro potrebbero dire? Questi nazisti hanno la loro mentalità; non si torna indietro.»

«Perlomeno, il difensore d'ufficio ha promesso di discutere l'argomento con i responsabili del *Reichskriegsgericht*.»

«Sai che probabilmente non manterrà questa promessa?»

«Sì, questo lo so.» Q annuì e nella cella si ristabilì il silenzio.

Dopo aver riletto la lettera di sua madre, Q disse: «Le chiederò di non presentare alcuna richiesta di grazia.»

Werner rialzò la testa di colpo. «Perché no?»

«Sarebbe del tutto inutile.»

«Non puoi abbandonare la speranza. Devi essere forte e pensare che in qualche modo questa situazione si risolverà.»

«Non mi sto arrendendo, ma il mio spirito è già oltre i confini di questo mondo. Non ho più paura della fine. Quello che mi spaventa è che la mia sentenza sia commutata in un ergastolo. Non voglio essere un peso per nessuno. Non ho più un posto né un'utilità in questo mondo.»

«Questo non è vero,» insistette Werner.

«Sì che lo è. E mia madre capirà. Forse sarà persino orgogliosa di me. Un giorno,» disse Q, sperando che un giorno in futuro sua madre sarebbe riuscita a capire perché lui aveva deciso di infrangere le leggi e lavorare per la caduta del governo.

«La fine è vicina, amico mio,» disse Werner. «I russi stanno respingendo la Wehrmacht sempre più a ovest, ogni giorno che passa.»

Q annuì, e i due uomini tacquero, lasciando Q a rimuginare sul passato.

Era cominciato tutto con la rimilitarizzazione dopo la Grande Guerra. Hitler spiegò che era per rettificare i trattati di Versailles. E non sarebbe accaduto nulla se si fosse fermato a questo. Ma nell'istante esatto in cui aveva aggredito la sua precedente alleata, la Russia, le cose erano andate a rotoli.

Anche senza aprire il fronte orientale e andare in guerra contro la Russia, combattere gli Alleati era stata un'impresa rischiosa.

Tutti quei vani sacrifici. Soldati morti per niente.

Alcuni paesi, come la Svezia e la Svizzera sapevano che chi usciva meglio dalle guerre era chi non vi era mai entrato.

CAPITOLO 40

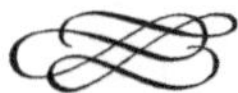

Il tempo scorreva, e mentre luglio sfumava in agosto, le notizie che provenivano dal mondo esterno erano terrificanti per Hilde. Il venticinque luglio, gli Alleati avevano cominciato raid giornalieri su Amburgo, un'operazione che avevano chiamato Gomorra. La conta dei morti saliva ogni giorno, arrivando ben presto a quota trentamila.

Hilde si angustiava e piangeva, e Margit si era arresa all'impossibilità di consolarla, fino a che arrivò una lettera da Emma.

Mia cara Hilde,

probabilmente hai sentito dei terribili bombardamenti su Amburgo. I ragazzi ed io abbiamo lasciato la città immediatamente dopo che il governo aveva allertato la popolazione, invitandola ad evacuare. Ora stiamo da mio cugino che vive in campagna.

Tuo padre e Sophie sono rimasti perché sono richiesti nello sforzo bellico.

Ti scriverò una lettera più lunga non appena troverò il tempo di farlo.

· · ·

Tua madre, Emma

Hilde lasciò uscire un lungo sospiro. «Margit, buone notizie! Emma e i miei figli sono al sicuro in campagna.»

«Vedi, te l'avevo detto che sarebbe andato tutto bene.» Margit si illuminò, calandosi giù dalla cuccetta superiore.

«Sono così grata del fatto che li ha portati via da Amburgo, ma quanto dev'essere dura per mio padre e Sophie rimanere soli di questi tempi? Dovrebbe riunirsi con loro il prima possibile. Chi è più importante, suo marito e sua figlia oppure i suoi nipoti?»

«A una domanda del genere potrebbero rispondere solo poteri superiori a noi,» rispose Margit.

«Hitler maledetto! Senza di lui e della sua stupida guerra, nessuno di noi ora starebbe soffrendo,» esclamò Hilde.

«Shhh,» Margit si premette un dito sulle labbra. «Fai attenzione, non puoi mai sapere chi ti ascolta.»

Hilde sollevò gli occhi al cielo. «Sono già condannata a morte, ricordi? Non c'è più bisogno di fare attenzione.»

Entrambe le donne scoppiarono in una crisi di riso, all'ironia della situazione. Quando Hilde fu in grado di respirare di nuovo, disse: «In ogni caso, Emma dovrebbe stare con la sua famiglia. Oggigiorno è importante.»

Margit si accigliò. «Non sono d'accordo. Io non vorrei stare con la mia famiglia nazista.»

Hilde rivolse alla sua amica uno sguardo empatico. Se non avevi una famiglia che amavi, cos'altro contava nella vita? «Forse dovrei chiedere a Emma di non portare Volker a Berlino, anche se vorrei davvero, davvero vederlo.»

«Berlino è un posto orribile in questo momento con i bombardamenti costanti. L'Angelo Biondo mi ha detto che il governo potrebbe presto ordinare un'evacuazione della città.»

«Scommetto che non l'estenderanno ai prigionieri,» sbuffò Hilde.

«Probabilmente no. Fin qui, il Ministro della Propaganda ha chiesto a tutte le donne che non lavorano e ai bambini di evacuare spontaneamente Berlino.»

«Cosa direbbero le guardie se noi lasciassimo volontariamente la città?» ridacchiò Hilde.

Margit si unì alla sua risata, e per un breve istante dimenticarono la realtà, ma poi Hilde tornò lucida. «Mi chiedo se la madre di Q abbia lasciato la città. L'ultima volta che mi ha scritto, mi ha detto che metà del suo bilocale era stato requisito per ospitare altre persone i cui appartamenti erano stati bombardati.»

«Non riesco a immaginare come dev'essere vivere in un appartamento così piccolo con persone che non consoci.» Margit sospirò in modo teatrale e Hilde ebbe un altro accesso di risa.

«Vuoi dire come noi due?» chiese alla sua compagna di cella.

Margit aggrottò le sopracciglia come se dovesse riflettere alla situazione, poi annuì lentamente. «Però è diverso. In ogni caso, le cose a Berlino vanno male, e credo che andranno anche peggio.»

Qualche giorno dopo, Hilde ricevette una lettera con l'effigie dell'Aquila Imperiale che reggeva la svastica.

«Oh mio Dio, Margit, viene dal *Reichskriegsgericht*,» disse Hilde, tenendo la lettera tra le dita tremanti. «Non ce la faccio ad aprirla.»

«Devo aiutarti io?» chiese Margit, cercando di sfilare la busta dalle mani di Hilde.

«No. Non osare.» Hilde si sedette sulla sua branda e armeggiò con la busta del tribunale fino ad aprirla.

A grandi lettere, la fissava parola *Abgelehnt*, e i suoi occhi si riempirono di lacrime. Il foglio di carta veleggiò fino al pavimento, dove Margit lo afferrò e lo lesse.

«Oh, Hilde, mi spiace così tanto. Il tuo appello di clemenza è stato negato. Da Hitler in persona. Non ci sono spiegazioni sui motivi. Dice solo che è la sua ultima decisione.» Margit si sedette accanto a Hilde e la prese tra le braccia, dove lei pianse come una bambina.

«È datata 21 luglio 1943,» sussurrò Hilde tra i singhiozzi, «ci hanno messo più di una settimana a notificarmela.»

Margit tenne stretta Hilde a lungo, senza dire una parola. Sapeva che nulla avrebbe potuto consolare la sua amica, le cui speranze per il futuro erano state fatte a pezzi da una sola parola. *Abgelehnt.*

Tre giorni dopo, nella cella entrarono due guardie, e Hilde saltò dal terrore. *Sono venute per me.*

«Raccogli le tue cose,» disse una di loro, indicando Margit; «vieni rilasciata.»

«Vengo rilasciata?» Margit cadette quasi giù dalla cuccetta superiore nella fretta di uscire dalla cella prima che le guardie cambiassero idea.

«Sì. Sbrigati.»

«Esco,» sussurrava Margit afferrando in gran fretta le sue poche cose. Prima di uscire, abbracciò forte Hilde. «Non abbandonare la speranza. Ricordati che l'Angelo Biondo ha detto che le donne non vengono più giustiziate.»

«Grazie per essere stata una così buona amica. Buona vita.» Hilde si strinse alla sua amica, mentre la tristezza la sommergeva. Come avrebbe fatto a non impazzire, senza l'allegra compagnia di Margit?

La guardia si schiarì la gola.

Hilde sapeva che il padre di Margit aveva organizzato il suo rilascio perché lei alla fine aveva acconsentito a far buon viso a cattivo gioco e a fingere di essere pentita. Gli aveva chiesto perdono per gli sbagli che aveva commesso, mentre intanto discuteva con altre prigioniere sul modo migliore di lavorare in sordina contro il regime, per aiutare quelli meno fortunati di lei.

«Devo andare,» sussurrò Margit, voltandosi. Sulla porta, sollevò le spalle e procedette fuori dalla cella, fuori dalla prigione.

La libertà era di nuovo sua.

Almeno una di loro sarebbe sopravvissuta.

CAPITOLO 41

Q sollevò lo sguardo dalle sue ricerche, meravigliato. *Pfarrer* Bernau stava in piedi di fronte al suo tavolino. Se Q non si sbagliava, non lo aspettava che tra due giorni per la sua visita settimanale.

«Che cosa la porta qui, *Pfarrer*?» gli chiese.

«Niente di buono, temo. Il mio collega nella prigione di sua moglie mi ha detto che il suo appello per la grazia è stato respinto.»

Q ricadde sulla sedia e si nascose il volto tra le mani. «È tutta colpa mia.»

«Deve smettere di tormentarsi. Non è colpa sua, e lo sa.» Il prete cercava di consolarlo, ma Q non l'ascoltava nemmeno.

«Il suo compleanno è tra tre settimane. Compirà trentun anni e io non sarò con lei.» Non scoppiare a piangere gli richiese ogni goccia del suo autocontrollo.

Il prete gli posò una mano sulla spalla. «Sua moglie sa che il suo spirito è con lei.»

«Non è la stessa cosa.» La voce di Q si spezzò, e dovette prendere diversi respiri profondi per controllarla. «Se avessi saputo cosa sarebbe successo... che sarei stato la causa della condanna di Hilde... che avrei ucciso la persona che amo di più al mondo... avrei agito diversamente.»

«Non avrebbe combattuto contro i nazisti?»

Q scosse la testa, cercando le parole. «No. Naturalmente avrei perseguito questa missione, ma avrei preso misure più serie per proteggerla. L'avrei lasciata. Sarei scomparso.» Fece una pausa e poi mise in questione l'ultima affermazione. «Mi chiedo cosa sarebbe stato peggio... spezzarle il cuore o mettere fine alla sua vita?»

«Nessuno sa che cosa ci riserva il futuro, e dobbiamo porre la nostra fede in Dio: lui sa dove metterci su questa terra,» disse *Pfarrer* Bernau con espressione solenne.

«Sono stato così attento e sono riuscito a tenere segreto quanto davvero disprezzassi i nazisti. I miei discorsetti qua e là contro il nazionalsocialismo non erano niente, rispetto a quello che provavo sul serio. Ma pensare che avrei distrutto i miei più leali amici...» Q scosse la testa. «Avrei dovuto interrompere ogni contatto con gli altri scienziati e gli ingegneri.»

«Perché mai?» domandò il prete.

«Non c'è un ingegnere là fuori che non sia a conoscenza di segreti militari. Come pensa che riuscissi così facilmente a raccogliere informazioni? Avrei forse potuto anticipare tutto questo?» Il petto di Q si afflosciò disperato, e guardò *Pfarrer* Bernau come se lui potesse miracolosamente assolverlo per la sua colpa.

«Non lo sapremo mai. Le vie del Signore sono imperscrutabili.»

«Ma sono queste le domande che mi pesano sulla coscienza. E ho paura per tutti quelli che sono davvero innocenti, persino agli occhi della corte. Quelli il cui unico errore è stato di conoscere me. Magari anche il bravo direttore dell'Istituto Biologico del Reich, che mi ha permesso di lavorare per l'istituzione?» Q era sempre più disperato, ogni minuto che passava.

«Non può caricarsi il peso della colpa per ogni ingiustizia

commessa da questo regime. Non è colpa sua, e stia pur certo che tutti dovranno stare di fronte al Giudizio Finale quando sarà la loro ora.»

«Se solo la corte terrena mi permettesse di testimoniare prima della mia morte, potrei ribadire con forza e senza ombra di dubbio che non mi ha aiutato nessuno a parte il mio buon amico e capo alla Loewe, Erhard. Allora la mia vita potrebbe ancora servire a qualcosa, se riuscissi a salvare qualcun altro con la mia testimonianza.»

«Cosa le fa pensare che la corte le crederebbe questa volta? Non è vero che i giudici hanno già dimostrato più volte di non essere interessati alla verità?» chiese il prete giungendo le mani.

«Erhard, il mio aiutante attivo e consapevole, è già morto. Mia moglie seguirà di certo la sua strada.» Q ringhiò come un animale ferito.

Q chiuse gli occhi e cercò di rievocare immagini di tempi più felici. Tempi in cui lui e Hilde erano insieme. Felici.

La sua risata senza freni l'aveva incantato ancora prima di vederla per la prima volta. Ma questo era storia ormai. Q non aveva idea di quanto tempo era rimasto perso nei ricordi quando il suono di qualcuno che si schiariva la gola lo riportò al presente.

«*Pfarrer* Bernau, per quanto volessi dedicare la mia esistenza alla ricerca di uno sviluppo spirituale, culturale e intellettuale, dovevo soddisfare la necessità terrena di guadagnare dei soldi.»

Il prete sorrise. «Conosco molto bene quella sensazione.»

«Allo stesso tempo, molto presto ho deciso che avrei cercato modi per rafforzare i miei amici russi e indebolire i loro nemici.»

«Se possiamo credere alle notizie che arrivano dall'Est, Stalin sta tradendo gli ideali che l'hanno reso grande.» *Pfarrer* Bernau aggrottò le sopracciglia. «Ma tendo ancora a credere che sia il male minore tra i due. Che tipo di esperienza ha avuto lei con i russi?»

«Erano rispettosi ed educati. I miei contatti non mi hanno mai, nemmeno una volta, spinto a cambiare la mia professione per sceglierne una più utile ai loro scopi. Mi rispettavano come individuo, il che è un bene prezioso.»

«Le piacevano quegli agenti?»

Q annuì. «Sì. Gli agenti che ho conosciuto erano brave persone che non potevo che apprezzare. Condividevamo gli stessi ideali e lavoravamo insieme per una buona causa...» Q rimase in silenzio pensando all'agente che l'aveva tradito facendo il doppio gioco. Anche otto mesi dopo, quell'atto vile lo pugnalava al cuore. Aveva dato fiducia a quell'uomo, tanto da affidargli la sua vita. E ora, non solo avrebbe dovuto pagare, ma avrebbero pagato anche molti altri.

CAPITOLO 42

Il mattino del 5 agosto del 1943, Hilde fu trasferita a Plötzensee. Questo poteva significare una sola cosa: il suo tempo sulla terra era arrivato al termine.

«Può scrivere quante lettere di addio desidera,» disse la guardia consegnandole carta, penna e inchiostro. Poi lasciò la cella e chiuse a chiave la porta.

Hilde fissò la porta, e poi giù al foglio di carta. Così tante volte aveva avuto paura di quel momento, ma ora che era arrivato era calma, quasi insensibile.

Sospirò e sfiorò con le dita i tranquillanti che le aveva dato sua madre Annie. Li avrebbe usati più tardi, dopo aver scritto quelle lettere. Perché per quelle aveva bisogno di una mente lucida e chiara.

La sua relazione con sua madre era stata complicata, ma con il Triste Mietitore in attesa di Hilde, nessuna delle loro dispute aveva più in portanza. Malgrado tutte le sue carenze, Annie amava sua figlia e aveva dimostrato che le importava di lei. Era tempo di fare pace.

Mia amata madre,

è la cosa più tremenda del mondo che io debba darti questo dolore. Mi restano poche ore e sono calma e tranquilla.

Ti prego di trovare conforto nei miei bambini, e ricorda che hai sempre tuo figlio. Se Klaus sopravvive a questa guerra crudele, sono sicura che ti porterà solo gioia. Gli faccio i miei migliori auguri. Non dovrebbe farsi coinvolgere dalla politica; lascia che faccia una professione inoffensiva, come il musicista o qualcosa del genere.

Che altro posso dirti? Non posso permettermi di cedere in queste ore. Ma come posso dirti qualcosa di confortante?

Non prenderla troppo male. Io mi dico che uno non dovrebbe prendere così sul serio se stesso o il proprio destino individuale. Quanti devono morire in questa guerra, che tu sia al fronte o a casa sotto un raid aereo?

Io mi conto tra le vittime di questa guerra.

Con il mio patrimonio, fai quello che ritieni meglio. Rimetto tutte le decisioni nelle tue mani.

Regala alle persone che mi piacevano e a cui io piacevo, e a quelli che sono stati carini con noi, a piene mani. Dai ai Dremmers che si prendono cura dei bambini.

È così bello che io abbia tutti voi che amate così tanto i bambini e vi prenderete cura di loro. Voglio che tu li veda spesso. Che vengano a trovarti e che magari tu possa portarli in vacanza. Non viziarli troppo, però.

Se più avanti potessero andare a vivere con Fanny in America, sarebbe un grande conforto per la mia anima.

Mia cara madre, voglio ringraziarti per tutto, specialmente per la vita che mi hai dato. È stata meravigliosa, e l'ho vissuta appieno godendomela. Ti prego di perdonarmi per tutto il dolore che ti ho dato.

Per favore assicurati che i miei bambini non dimentichino i loro genitori. Li ameremo sempre, anche dopo la nostra morte.

Addio. Dimentica il dolore e goditi di nuovo la vita, t'imploro. Ti lascio ora; devi andare avanti per i miei bambini. Li ho adorati più di ogni cosa al mondo. Dai loro il tuo e il mio amore totale.

Morirò pensando al mio amato Q, condividerò il suo stesso destino fino al mio ultimo respiro.

Tua figlia,
Hilde

Hilde si asciugò qualche lacrima dalle guance e firmò la lettera. Si appoggiò contro lo schienale della sedia e pensò a chi avrebbe scritto la seconda. Anche se il cuore le bruciava dal desiderio di dire a Q quanto l'amasse, decise che avrebbe lasciato quella lettera per ultima.

Pensò, la penna nella mano, e fissò la parete grigia davanti a sé. La cella era delle dimensioni di un ripostiglio ed era arredata unicamente con un tavolo e una sedia. Nient'altro.

E di cos'altro avrebbe avuto bisogno una persona che stava per andarsene nell'aldilà?

Suo padre e la sua matrigna erano stati i suoi pilastri portanti in quegli otto mesi. In modo totalmente altruistico si erano presi i suoi figli e ora avrebbero dovuti crescerli da soli. Il suo cuore sanguinava mentre scriveva la lettera per loro.

Mio amato padre e mia cara buona madre,

oggi devo affidare alle vostre mani amorevoli i miei adorati figli per sempre. Questa è la parte più difficile per me, dover lasciare i miei bambini. Almeno so che sono in buone mani con voi. Vi ringrazio con tutto il cuore per il vostro aiuto e il vostro amore verso di loro.

Sarebbe magnifico se potessero andare a vivere dalla cugina Fanny dopo la guerra; è il più grande desiderio mio e di Q. Se questo non dovesse funzionare, per qualsiasi ragione, spero comunque che loro due restino sempre insieme.

Per favore, non permettete che si dimentichino dei loro genitori e li ricordino sempre. Lascia che si godano ogni momento della loro vita.

Per quanto mi riguarda, posso lasciare questa vita terrena perché l'ho vissuta pienamente, e non ho rimorsi per le cose che ho fatto.

Vado verso la morte calma e tranquilla, quasi felice. Dovrebbe essere una consolazione per voi sapere che sarà rapida e indolore. Non molte persone possono dire lo stesso per quel che li riguarda. Moriamo in questa guerra come molti altri, e a voi resta il fardello e il dolore per i nostri bambini, ma sono sicura che loro vi porteranno tanta felicità.

Avete anche due figlie che vi renderanno felici, più di quanto abbia fatto io. Per favore, non prendetevi troppo a cuore il mio destino, e per il bene dei bambini guardate al futuro con fiducia.

Per favore, conservate un buon ricordo di me e del mio adorato Q e dimenticate le cose che di noi non vi piacevano.

Ho sempre amato papà e anche te, mamma. Eppure, non sono sempre stata in grado di dimostrarlo.

Addio, miei cari genitori, Julia e Sophie.

Sono la vostra figlia eternamente riconoscente.

Hilde

Ai miei piccoli Volker e Peter. Vostra madre vi bacia con il pensiero e mentre esala il suo ultimo respiro.

Le lacrime ricominciarono a scorrere lungo le sue guance, mentre i visetti graziosi dei suoi due ragazzi le apparivano in ricordo. Esausta per quelle emozioni violente, Hilde dovette prendere una pausa prima di affrontare l'ultima lettera. Mentre la scriveva, inciampava nelle parole, e le lacrime cadevano sul foglio, confondendo le lettere.

Il suo cuore si lacerava a ogni frase, eppure sentiva in qualche modo che le loro anime erano intrecciate per l'eternità, aveva piena fiducia che un giorno avrebbe ritrovato Q... dall'altra parte.

Quando ebbe finito di scrivere la lettera, chiamò la guardia. Lui raccolse i suoi ultimi saluti, promettendole che le avrebbe portato un pasto, e le chiese se voleva parlare con un prete.

Mezz'ora dopo, il prete cattolico entrò nella cella di detenzione e si presentò come *Pfarrer* Bernau.

«Frau Quedlin, c'è qualcosa che posso fare per farla stare meglio?» chiese il prete, vedendo quanto era dura per lei.

«No, no. Sono pronta a lasciarmi questo mondo alle spalle, ma...» dovette ricacciare indietro le lacrime, «è il destino dei miei figli che pesa così tanto sul mio spirito. Sto per ripetere la storia e sto per fare l'unica cosa che avevo fatto voto di non fare mai: abbandonare i miei bambini e farli crescere dalla loro nonna.»

Lui le posò una mano gentile sulla spalla. «Non si carichi delle colpe. Invece, sia grata del fatto che i suoi bambini hanno una famiglia che li ama e che terrà viva la sua memoria.»

«Ne sono grata. Spero solo che un giorno mi perdoneranno e comprenderanno le mie ragioni per aver aiutato la resistenza.»

«Sono sicura che lo faranno, un giorno.» Il prete guardò verso la porta e poi abbassò la voce. «Frau Quedlin, io sono in contatto con suo marito e gli consegnerò un messaggio da parte sua.»

Hilde annuì, con le lacrime che gli riempivano gli occhi. «Gli dica che lo amo e che la morte non può cambiare questo. Lo aspetterò...» Crollò scossa dai singhiozzi.

Pfarrer Bernau cercò di consolarla, ma non c'era niente che potesse fare per renderle le cose più facili. Officiò il rito e poi se ne andò.

Con mani tremanti, Hilde prese dalla tasca i tranquillanti che le aveva dato sua madre e li buttò giù. La sua testa ricadde sul tavolo mentre aspettava che facessero effetto.

Gli addetti all'esecuzione arrivarono poco dopo, quando era già fortunatamente ottenebrata dalle pillole, e lei li seguì nelle camere della morte. I prigionieri condannati venivano tenuti in un grande blocco di celle, chiamato Casa III, direttamente adiacenti all'edificio dove si tenevano le esecuzioni.

Trascorse le sue ultime ore in manette sul pavimento dell'edificio noto come la "casa del morto" prima di essere condotta attraverso un piccolo cortile verso la camera dell'esecuzione, che era posizionata in un edificio di mattoni di sole due stanze, separato.

Per allora, i tranquillanti avevano fatto il loro mestiere, e Hilde era a malapena consapevole di quello che accadeva attorno a lei e faceva fatica a reggersi in piedi. Mentre la stendevano sulla lastra di legno, chiuse gli occhi, riportando alla mente l'immagine di Q e dei suoi due bambini l'ultima volta in cui erano stati insieme.

Fu quel pensiero, e il ricordo della voce di Q e delle risate di Volker, che soffocò il rumore della lama della ghigliottina che calava.

Hilde lasciò questa vita con un lieve sorriso sul volto. I nazisti avevano anche potuto prendersi la sua vita, ma non era stati capaci di portarle via la sua anima o il ricordo della gioia che aveva trovato nella sua famiglia.

CAPITOLO 43

Q concluse un altro rapporto per il Ministero della Guerra riguardante delle invenzioni nell'area del volo tecnico, che in realtà erano solo variazioni di precedenti invenzioni. Sollevò lo sguardo sentendo il rumore del chiavistello e vide *Pfarrer* Bernau che entrava nella sua cella. Vista l'ora tarda e il volto calmo del prete, doveva essere accaduto qualcosa di terribile.

«*Pfarrer...*» disse Q.

«Le porto brutte notizie, Doctor Quedlin. Le peggiori. Sua moglie è stata decapitata questo pomeriggio.» Il prete posò una mano sulla spalla di Q mentre le lacrime gli scivolavano sulle guance. «Quest'informazione non è ancora ufficiale, quindi non può esternare la sua tristezza a nessuno. Ma dovevo venire a dirglielo.»

«È tutta colpa mia.» Q si sentiva come se una grossa macina lo stesse triturando. Sebbene avesse saputo che poteva accadere, la realtà della morte lo prese di sorpresa.

«Ne abbiamo parlato molte volte. Sua moglie sapeva cosa faceva e ha scelto consapevolmente di stare al suo fianco. Non avrebbe voluto niente di diverso.»

«No, la mia mancanza di astuzia è la vera causa della sua

morte. È stata condannata a causa mia. Rimane il mio fardello più pesante e la mia più grande colpa, me la porto dietro ogni singolo secondo del giorno e della notte.»

«Sua moglie l'ha perdonata, e lei dovrebbe fare lo stesso,» disse *Pfarrer* Bernau.

Q si nascose il volto tra le mani e mormorò: «Come posso perdonarmi per aver ucciso chi amavo di più al mondo?»

«Ho accompagnato sua moglie oggi, e lei mi ha chiesto di trasmetterle il messaggio che lei la ama e che nemmeno la morte può cambiare questo.» Il prete giunse le mani in preghiera. «La sua anima è con Lui ora, e non soffre più.»

Lacrime silenziose scivolarono lungo le guance di Q. «Se solo non le avessi fatto battere a macchina quelle lettere…»

«Non ha nessun senso tormentarsi con gli "e se". Non sappiamo cosa sarebbe successo. Avrebbero potuto arrestarla per qualcos'altro; il fatto di essere sua moglie avrebbe potuto essere sufficiente. La corte cercava vendetta e non giustizia. Lo sappiamo entrambi. Amarla era un crimine sufficiente per ricevere la pena capitale.»

Q annuì, sapendo che il prete stava facendo del suo meglio per consolarlo, ma il suo senso di colpa minacciava di mangiarlo vivo. «La mia unica consolazione è che pagherò con la mia stessa vita per il mio errore.»

Pfarrer Bernau non disse nulla e si limitò a stare seduto insieme a lui per un po'. Quando il prete se ne andò, Q si lasciò cadere sulla sua branda, sperando di trovare la misericordia dell'oblio nel sonno.

Q trascorse l'intera settimana tra le fiamme dell'inferno, in lutto per la sua adorata Hilde, ma senza poter mostrare alcun segno di tristezza. Nemmeno Werner lo sapeva.

Il settimo giorno, Q ricevette l'ultima lettera di Hilde. La tenne tra le mani per lunghi momenti, inalando quel che permaneva dell'odore della sua defunta moglie. Accarezzò la carta come se fosse stata la sua pelle morbida, e le lacrime cominciarono a cadere mentre cominciava a leggere.

Mio caro Q,

il momento è arrivato e sono venuti a prendermi.

La mia vita è cominciata il giorno in cui ti ho incontrato… ti ricordi il film? Andando a spasso, *di Stan Laurel e Oliver Hardy. Ricordo te e Leopold come se fosse ieri.*

Il tuo amore e devozione hanno cambiato tutto per me. In questi nove anni con te, ho amato ogni singolo istante della mia vita. Ti amo con ogni fibra del mio essere, e il mio unico rimpianto è che non abbiamo avuto più tempo insieme. Muoio contenta perché ho avuto te e i nostri ragazzi.

Non sentirti in colpa per la mia morte. Ho scelto consapevolmente di starti accanto, nella buona e nella cattiva sorte. Non abbiamo mai pronunciato le nostre promesse nuziali davanti a un prete, ma ho sempre creduto nelle parole "finché morte non ci separi."

Q toccò la carta dove le lacrime di Hilde avevano sbavato le parole. Ricordi del loro matrimonio si affacciarono alla sua mente. La pragmatica cerimonia nell'ufficio del registro. Gli sberleffi ai fotografi per confonderli. La festa con gli amici e l'abbondante vino ungherese.

Sorrise attraverso le lacrime.

Ti assolvo, ti perdono per qualunque azione o imprudenza che potrebbe essere causa del mio destino. Ci siamo stati dentro insieme. E senza di te, la mia vita non sarebbe stata la stessa. Quindi, per certi versi, sono felice di essere la prima ad andarmene.

Volevo vivere per il bene dei nostri ragazzi, non più per me stessa. Ora dovranno vivere senza madre. Almeno so che Emma, Annie, Ingrid e la nostra intera famiglia li ameranno e faranno del loro meglio per crescerli come due bravi uomini. Non posso credere a niente di diverso.

E prego che per qualche miracolo tu possa ancora trovare il modo di sopravvivere a questa guerra e stare con loro.

A volte, mi chiedo cosa sarebbe successo se avessimo ricevuto i visti per l'America. Ma non era così che doveva andare. Non c'era una facile via d'uscita per noi, e penso ancora che abbiamo fatto la cosa giusta.

Questo è un addio, mio amato Q, ma non per sempre. Ti aspetterò a braccia aperte dall'altra parte.

Ti amo.

Hilde

Mentre finiva di leggere la lettera, il corpo di Q fu scosso da singhiozzi violenti. Se la strinse al petto e rotolò sul fianco sulla branda, piangendo per la perdita di sua moglie e del loro futuro insieme come famiglia.

Incuriosito, Werner si voltò, dal tavolo in cui stava scrivendo il suo romanzo, e un'occhiata al volto di Q gli bastò a comprendere il contenuto della lettera.

Percorse i due passi che lo separavano dal letto di Q e si sedette sul bordo. «Mi dispiace così tanto, amico mio.»

CAPITOLO 44

Nei giorni seguenti, Q cadde in un'attività frenetica. Ora che Hilde non c'era più, sentiva l'urgenza improvvisa di sistemare le sue cose e organizzare i suoi affari.

La prima lettera segreta fu per sua cugina Fanny in America.

Cara cugina,

immagino che tu abbia già saputo del nostro indimenticabile destino. Anche che ho raccomandato a te i miei bambini, se i nonni che invecchiano non dovessero più riuscire a occuparsi di loro, e le circostanze in Germania diventassero troppo disastrose, e se i miei amici in USSR non fossero disponibili per qualche ragione a occuparsi di loro.

Dato che la principale motivazione mia e di mia moglie è stata l'avversione verso il Nazionalsocialismo, potresti riuscire a ottenere degli aiuti dal tuo governo per occuparti dei nostri bambini.

Se un giorno dovessi pensare che il fardello di occuparti di loro fosse troppo per te, pensa per favore al fatto che i loro genitori sono morti lottando contro un folle, disumano antisemitismo.

Vivi bene! E se i miei figli supereranno la guerra vivi e in salute, per favore aiutali a diventare buoni cittadini di una grande potenza mondiale, dove potranno sfruttare appieno le loro abilità.

Grazie dal profondo del cuore, e sappi che sarò per sempre in debito con te per la gentilezza che mostrerai ai miei figli.

Tuo cugino, Q

Recuperò un po' dei soldi e dei francobolli che gli aveva dato Annie e aspettò per il cambio della guardia, in attesa di una di quelle che sapeva contrabbandare messaggi segreti verso l'esterno.

Era un'impresa rischiosa, dato che le guardie potevano finire nei guai facendo una cosa del genere, e per questo si facevano pagare i loro servizi. Q avrebbe potuto chiederlo a *Pfarrer* Bernau, ma aveva fatto voto di non compromettere più nessuno dei suoi amici… mai più.

Q raccolse la penna e cominciò a scrivere una lettera a sua madre. Lei gli aveva detto esplicitamente di non mandargli altri messaggi segreti, ma oggi doveva per forza condividere l'orribile notizia.

Ma arrivò solo a "Cara". Negli ultimi nove mesi, a quel punto era venuto il nome di Hilde. Ora Hilde non c'era più. Le immagini di lei presero il sopravvento, e lui congiunse le mani e si lasciò andare a fantasticherie di un tempo più felice. Gli ci vollero diversi minuti per tornare alla tetra realtà.

Cara mamma,

grazie per aver fatto così tanto per me; mi sento in colpa ad accettare tutti i tuoi doni. Anche il mio compagno Werner Krauss, ogni sera condivide con me il suo pasto caldo. Ti chiedo di non mandarmi più cibo perché ne hai bisogno per te stessa.

Per favore, non mandarmi più di un pezzetto di torta una o due volte la settimana. Con il cibo semplice che ci danno qui, qualche fiocco d'avena, zucchero e un pezzo di mela costituisce un vero banchetto. Ho imparato ad apprezzare le cose semplici della vita dal mio arrivo in prigione.

Finché ci sono pane secco e patate, e sono sempre buoni, ogni cosa dolce è un evento sensazionale.

Capisco pienamente se tu o i genitori di Hilde non vorrete più scrivermi, ora che la mia amata Hilde ha dovuto lasciare questo mondo.

Ufficialmente, non ti è consentito ancora saperlo. La notifica ufficiale è stata spedita al parente più prossimo di Hilde, che è sua madre, Annie Klein. Immagino che tu non le parli più, vero?

In ogni caso, ho ricevuto la sua lettera d'addio il 12 agosto, ma il giorno fatidico è stato il 5 agosto. Un'anima buona mi ha comunicato la notizia quella stessa sera, e ho dovuto vivere per l'intera settimana come se non ne sapessi nulla. Ma ti scriverò una lettera ufficiale con l'annuncio non appena me lo permetteranno.

Per favore fammi sapere se i miei piccoli stanno bene e sono felici.

Come sono riusciti, loro e la famiglia Dremmer, a sopravvivere agli orribili raid aerei sopra Amburgo? Abbiamo sentito notizie preoccupanti, ma ho fiducia nel fatto che quelle due anime innocenti sopravvivranno a questa terribile guerra.

Per quanto mi riguarda, sono pronto a tutto. Proprio a tutto.

Sono insensibile ai pericoli e agli orrori che mi circondano. La mia unica consolazione è sapere che presto seguirò la mia amata moglie via da questo mondo.

Tutte le atrocità che accadono attorno a noi, tutte quelle che non sono riuscito a prevenire, non mi spaventano più perché non sarò in giro abbastanza a lungo per sperimentarle.

Ma tu, mia cara madre, non sarebbe meglio per te lasciare Berlino e cercare un posto sicuro in campagna? Magari con tua sorella?

Te lo chiedo per una ragione molto egoista. Voglio che tu resti in vita il più a lungo possibile per dare una mano a prenderti cura dei miei due bambini innocenti.

Ho appreso con enorme gratitudine che mio fratello e sua moglie si sono offerti di prendersi cura di loro, se dovesse accadere il peggio. Hanno già abbastanza da fare con i loro quattro figli. Per questo sono grato il doppio per l'offerta. Per favore trasmetti a Gunther e a Käte i miei più sinceri auguri e tutto il mio affetto. Sono proprio delle brave persone.

Puoi farmi sapere se anche il povero Otto è stato imprigionato? Era un mio buon amico, e ho sempre pensato il meglio di lui, ma non l'ho mai messo a parte dei miei segreti, quindi spero con tutta l'anima che non sia stato perseguitato a causa delle mie azioni.

Io e Otto avevamo idee politiche opposte, e lui non è mai stato d'accordo con le mie opinioni sulla Patria, il tradimento, la mia passione per la Russia, e gli ideali comunisti. Tuttavia, mi piaceva molto e lo rispettavo come scienziato e non avrei mai voluto costringerlo a una scelta tra la nostra amicizia e le sue idee politiche.

È stata dura nascondere le mie convinzioni profonde a tutti quanti attorno a me, a eccezione di Hilde ed Erhard. Ma non potevo rischiare che qualcuno venisse intrappolato nel labirinto del potere solo perché volevo potermi confidare con qualcuno e alleggerire il mio fardello.

Ti dirò, mia cara madre, che ogni giorno che passa mi sento sempre più orribilmente in colpa per essere stato la causa della morte di mia moglie. Ho pensato centinaia, migliaia di volte a cosa avrei potuto fare per proteggerla meglio.

Per favore, dite ai miei suoceri che avevo suggerito questa cosa a Hilde (di lasciarla dopo una finta lite), ma lei non me l'ha permesso. Al contrario, mi ha detto che sarebbe rimasta al mio fianco nella buona e nella cattiva sorte per tutta la vita e fino a che la morte non ci avrebbe separati.

La sua morte ci ha separati, ma so che la mia morte ci riunirà per sempre.

La mia – la nostra – vita era diventata rassegnazione e difficoltà, per questo avevamo deciso di emigrare in America. I miei amici russi non hanno mai cercato di dissuadermi da questo, anche se andava contro i loro interessi.

La guerra ora diventa crudele, persino per i tedeschi indifferenti, che pensavano che fossimo invincibili. Questa è la differenza tra bombardare la città storica di Londra con, al tempo, armi superiori, oppure essere quelli che le ricevono, sopportando la distruzione decuplicata dalle armi ora superiori del nemico.

Nel nostro paese, il dolore degli altri non è mai stato importante. Non c'era nessuna empatia verso le loro sofferenze. Ma abbiamo dovuto imparare la compassione attraverso la nostra sofferenza.

Questo sentimento di superiorità e l'arroganza della Germania ci sta ritornando indietro con gli interessi.

Ma non mi aspetto una ribellione delle persone contro questa futile guerra. No, sembra che questa volta nella storia, gli dèi abbiano deciso che quel che è stato cominciato debba essere finito. Il nostro paese deve bere il calice amaro fino in fondo. Fino all'amara e completa disfatta, quando tutto del nostro bel paese sarà in cenere sotto le bombe. Solo allora potremo rialzarci per diventare una nazione migliore.

Non invidio chi di voi ci sarà. No, credo che la mia situazione sia più comoda. Una fine rapida e indolore. La situazione diventerà molto più brutta prima di poter migliorare.

Più avanti, voi sarete in grado di calcolare quanto poco tempo mancava alla mia adorata Hilde e a me stesso per sopravvivere.

Persino il nostro Hitler, con le sue idee ridicole sempre in testa, non vorrà sopravvivere dopo la capitolazione. Non vorrà essere testimone di come le sue masse, prima entusiaste, si rivolteranno contro di lui. Cercherà e troverà la morte sul campo di battaglia, magari già quest'anno. Tra tre mesi? Tra sei mesi?

Ma tu, mia amata e forte madre non essere codarda. Resta in vita con coraggio, e impara dagli eventi. Resta viva per molti anni per goderti i tuoi nipoti. Aiutali con il tuo supporto emotivo, se la dura sorte dei loro genitori li abbatterà.

Riguardo i miei affari finanziari, per favore parla con Gunther. Possiedo diversi brevetti, assieme a Otto. Spero che il Reich non me li confischi, durante il breve periodo in cui esisterà ancora.

Il mio desiderio è che i miei figli ne ereditino i diritti e i compensi.

Non appena ti verrà comunicata ufficialmente la mia morte, per favore recati all'ufficio brevetti e fai in modo di far registrare i nomi dei miei figli al posto del mio.

Se non dovesse essere possibile, non preoccuparti. Non credo che questo Reich Millenario esisterà per più di pochi mesi, e non appena tutto sarà finito in ceneri, verrà emesso un risarcimento per le sentenze mie e di Hilde.

Allora sono certo che Gunther riuscirà a ricevere quello che appartiene di diritto ai miei bambini.

Per te, mia amata madre, il mio esplicito desiderio è che qualsiasi cosa rimanga del mio patrimonio e quello che ancora potresti avere della busta che ti ho dato, venga usato anche per le tue necessità. Questa lettera è il mio testamento; per favore tienila cara e al sicuro.

Nella peggiore delle ipotesi, sono sicuro che i miei amici russi ti aiuteranno.

Non hai mai smesso di amarmi, nemmeno quando le mie opinioni erano in contrasto con le tue. Ti sono grato per la tua generosità perché non avrei voluto lasciare questo mondo sapendo che la donna che mi aveva dato la luce e cresciuto aveva smesso di amarmi. Non hai idea di quanto questo voglia dire per me.

Un giorno, potresti ricevere una fattura di dieci o venti Reichsmark. Ci sarà scritto "per il vino". Ti prego di pagarla; sono debiti miei che non ho potuto saldare a causa delle circostanze. E non voglio che un'inezia come la morte mi ostacoli dal pagare i miei debiti.

In questo momento sto cercando di sistemare tutte le cose rimaste in sospeso, che so possono essere dolorose per chi rimane. Se vuoi sapere qualcosa, ti prego di chiedermelo. Spero che avrò ancora qualche giorno di lucidità in cui potrò rispondere alle tue domande.

Il mio umore cambia di continuo. Nella mia ultima lettera ufficiale credo di avertelo descritto in modo piuttosto accurato. Come sai, le lettere ufficiali devono essere più accorte di questa. Non vogliamo dare troppo lavoro ai censori, o no?

Per quanto mi riguarda, sono pronto per il "miracolo della morte" e non sono più molto vulnerabile alle sofferenze terrene. I miei nervi del dolore sono intorpiditi.

Ecco perché riesco ancora a mangiare con gusto. Al momento, avverto un'unione quasi mistica con questo mondo. Quasi religiosa, come per te.

Mia amata piccola madre. L'unica cosa che ti chiedo è di conservare un ricordo onorevole di me.

Questo è un altro addio. Non credo di aver altro da scrivere. Ci ho messo dalle otto del mattino alle quattro del pomeriggio a scrivere questa lettera.

Tuo figlio, maledetto dal destino.
Wilhelm

CAPITOLO 45

Il ventitré di agosto, il compleanno di Hilde, Q ricevette il permesso di scrivere la sua lettera mensile. Per un attimo, rimase a fissare la guardia incredulo di fronte alla sua crudeltà disumana, ma poi annuì e prese la penna, l'inchiostro, e la carta. La guardia non poteva saperlo.

Decise di scrivere all'unica persona al mondo che l'aveva amato per tutta la sua vita, e di comunicarle ufficialmente la morte di Hilde.

Werner parve notare lo stato penoso in cui versava Q. «Come va, amico?»

Q rise in modo sarcastico. «Non potrebbe andare meglio. I miei figli sono nelle migliori mani possibili con i miei suoceri, e mi consentono di mettere giù la mia ricerca nell'area della protezione delle colture. Cosa potrei chiedere di più?»

«Libertà magari?» chiese Werner stringendosi nelle spalle.

«Ah. La libertà è terribilmente sopravvalutata. Qui abbiamo tutto quello che ci serve. Nessuna noiosa faccenda domestica, nessuna spesa da fare e i pasti – cattivi, d'accordo – sono sempre puntuali.»

Werner rise ad alta voce. «Beh, se lo guardiamo da quel punto di visa... dormiamo a sufficienza, abbiamo buoni libri da leggere, e riusciamo persino a fare qualche lavoretto manuale.»

«Lo vedi? Il lavoro che ci danno è persino piacevole.»

«Beh, non classificherei l'etichettare cartelli in bella grafia come un lavoro *piacevole*, ma hai ragione, potrebbe andare molto peggio,» ridacchiò Werner.

Q rimase serio per un po' guardando fisso Werner. Senza il suo buon compagno di cella, avrebbe perso la testa già diversi mesi prima.

«Accetto pienamente il diritto dei miei nemici di uccidermi, dopo la *chuzpe* di cui ho dato dimostrazione nelle mie azioni contro di loro. E muoio come tanti altri in questa guerra, ma posso dire con orgoglio di aver sempre lottato contro il Nazionalsocialismo e per una sconfitta militare della Germania. La mia sfortuna è stata venire preso prima della imminente fine della guerra.»

«Almeno hai la soddisfazione di essere in buona compagnia. La migliore,» sogghignò Werner battendosi il petto.

«Dobbiamo tutti subire le conseguenze delle nostre azioni, e io lo faccio con orgoglio. Ma ora, ho così tanto tempo per pensare alla morte e a come accadrà che ha perduto la sua spaventosità. Non a molti, di questi tempi, è consentito di morire così in fretta e senza dolore.» Q sospirò. Era vero.

Ogni giorno a mezzogiorno, fatta eccezione per il sabato e la domenica, Q aspettava che i boia venissero a prenderlo per ucciderlo più tardi, quella sera. Ma, mentre all'inizio li aspettava con terrore mortale, in seguito questo sentimento era mutato in angoscia, curiosità, e infine accettazione. Dalla morte di Hilde, era come aspettare di salire sul treno per raggiungere la sua destinazione.

«A proposito, il mio avvocato mi ha detto che la l'idea di Hitler di impiccarmi pubblicamente di fronte alla Loewe è stata abbandonata. L'avrei odiato.»

«Immagino che tu debba ringraziare per questo i tuoi amici russi. Si dice che il governo non voglia compromettere i loro sforzi di disinformazione radiofonica con Mosca,» disse Werner, incrociando le braccia sul petto.

«Il nostro obiettivo era quello di far finire il regime nel 1942, ma non era destino.» Q si alzò in piedi e cominciò a camminare su e giù, passandosi una mano tra i riccioli sempre più lunghi. «Non per me, non per te, e neanche per milioni di innocenti di entrambi i fronti che continueranno a venire sacrificati fino a che qualche testa di merda non esploderà contro un muro di cemento.»

Werner annuì. «Almeno abbiamo la soddisfazione che sempre più persone voltano le spalle dai tanto decantati ideali, malgrado le dure sanzioni e le minacce, e condurranno alla fine di questa intera folle impresa.»

«L'operazione ha avuto successo… paziente e medico morti.» Q rise in modo isterico e iniziò a gridare: «Non ho nessun rimorso! Tutto quello che vedo mi rafforza nelle mie convinzioni! Il governo deve cadere! I bastardi nazisti devono essere sconfitti!»

Preoccupato, Werner si avvicinò a lui e gli mise una mano sulla spalla. «Hilde ti ha perdonato. Lo sai questo.»

Q guardò negli occhi tristi dell'amico. «Lo so, ma...» Q singhiozzò lasciandosi cadere sulla sua branda. «Oggi è il suo compleanno... mi manca così tanto.»

CAPITOLO 46

Nella settimana seguente, Q lasciò perdere quasi del tutto il suo lavoro di ricerca, e invece pensò a come aiutare quelli che avevano aiutato lui mandandogli soldi, cibo o altri beni necessari mentre era in prigione.

Voleva dire addio al mondo, ma allo stesso tempo fare un po' di bene con le sue ultime azioni. La sua situazione non gli permetteva di offrire aiuto materiale, ma l'unica cosa che gli rimaneva erano le sue convinzioni su Hitler e tutto quello che era nazista. Avrebbe offerto questo.

La Germania prima o poi avrebbe perso la guerra, e lui sperava che dopo la capitolazione finale il suo stato di oppositore del regime avrebbe costituito un beneficio per le persone importanti per lui, anche dopo la sua morte.

Q fece una lista di persone a cui avrebbe mandato un messaggio segreto.

Dei suoi tre amici più stretti, solo Otto era – si sperava – in libertà. Jakob era morto nella *Reichskristallnacht*, e Leopold, anche lui un traditore del regime, era stato spedito in un campo di concentramento.

Gunther era sulla lista, e così i genitori di Hilde ad Amburgo. Loro avrebbero retto il peso maggiore accudendo due orfani. Il cuore di Q si appesantì a quel pensiero, ma lo scacciò via. Non era il momento giusto di diventare sentimentali.

Sua madre. La madre di Hilde. Al pensiero di Annie, esitò. Le sue emozioni verso di lei erano contrastanti. Ma avrebbe scritto una delle sue "lettere di raccomandazione" anche a lei, per il bene dei suoi bambini.

Il buon direttore dell'Istituto Biologico del Reich e diversi suoi colleghi. Martin, il suo complice alla Loewe. Q sorrise ricordando come Martin aveva provato la sua lealtà. Aveva salvato Q dall'essere scoperto, rovesciando una tazza di caffè sopra il materiale segreto che Q stava copiando.

Poi si mise a scrivere una di queste lettere.

Caro Amico,

la mia adorata moglie è già stata giustiziata, e io la seguirò a breve. I miei due ragazzi sono ben accuditi dai miei suoceri.

E ora la storia del mondo sembra essere d'accordo con me e la mia adorata moglie sul Terzo Reich e il suo catastrofico impatto sul giardino di Dio.

Siamo morti lottando contro il Nazionalsocialismo. Speriamo che tu sopravviva ai tempi duri che seguiranno, per tutti i sopravvissuti, anche se non senza la tua (passiva) colpa.

Nella gioiosa certezza che questo giorno non è lontano e io e mia moglie facciamo parte della schiera dei martiri del fronte vittorioso, ti saluto.

Tenere questa lettera è pericoloso. Per favore, conservarla lontano dalla tua casa, lontano da Berlino, per andare a recuperarla solo quando la Germania avrà perduto la guerra.

Voglio scrivere la mia supplica per i miei amici in Unione Sovietica, ma anche per gli altri Alleati, di accordare la loro benevolenza a te e alla tua famiglia, per la tua bontà e per la buona volontà che mi hai dimostrato.

A chiunque interessi, raccomando la persona che presenterà questa lettera come un tecnico esperto, una brava persona, in grado di ricostruire questo paese, fatto per lavorare per il bene della nazione in futuro.

Prigione di Plötzensee, Cella 140
2 settembre 1943
Wilhelm "Q" Quedlin

Dopo aver inviato almeno una dozzina di messaggi segreti simili, si appoggiò allo schienale, riflettendo sulla prossima mossa. La vita gli sembrava così lontana che non provava nemmeno più piacere nel suo lavoro di ricerca. Dal momento che la prigione non aveva tende oscuranti, c'era una severa regola che vietava le luci dal tramonto all'alba. Agli inizi di settembre, la luce del sole scivolava nell'oscurità subito dopo cena.

La notte successiva, Q si addormentò con la soddisfazione di chi aveva organizzato la sua eredità, solo per essere svegliato dal rumore lacerante delle sirene antiaereo.

Werner saltò giù dal letto superiore nello stesso istante in cui Q sentì urla di panico dalle guardie e da altri prigionieri. Lui e Werner si rannicchiarono sotto al tavolo, sistemandosi attorno uno dei materassi, nel tentativo di non venire colpiti da pezzi di cemento e intonaco che cadevano.

Trascorsero diverse ore, e l'attacco peggiorò. Era il bombardamento peggiore che avessero mai sperimentato. Un rumore assordante indicava che le bombe dovevano essere atterrate direttamente sul carcere. Q tossì a causa della polvere che riempiva la piccola cella. Gli spessi muri della prigione tremavano come foglie al vento in autunno.

Un altro colpo esplose da qualche parte nelle vicinanze. Q si accovacciò sotto al materasso e si coprì le orecchie fino a che l'odore del fumo non gli fece rialzare lo sguardo. Spalancata dalla forza dell'esplosione, la porta metallica della cella divelta dai cardini dondolava avanti e indietro.

«Guarda!» sibilò Q. Nel corridoio divampava un incendio.

«Dobbiamo uscire, o bruceremo vivi,» gridò Werner.

Quando Q e Werner fuggirono dalla loro cella, fumo e calore riempivano i corridoi. Molte delle porte erano saltate, ma altre erano ancora chiuse a chiave. Q udì le grida di dolore, da accapponare la pelle, dei suoi compagni prigionieri che pregavano che qualcuno li salvasse, mentre il fumo mortale filtrava da sotto le porte delle celle.

Ma le guardie erano fuggite dal blocco delle celle e avevano cercato un rifugio diverse ore prima. Non c'era modo di aprire le porte. Q si gettò un ultimo sguardo alle spalle, mentre Werner lo trascinava giù per le scale verso il cortile.

Una bomba incendiaria dietro l'altra detonava in accecanti esplosioni e faceva tremare non solo l'edificio ma anche le fondamenta della prigione. L'intera città di Berlino era in fiamme.

L'Apocalisse era cominciata.

Molti prigionieri in diverso stato di shock si erano riuniti nel cortile. Q si rannicchiò contro l'ingannevole sicurezza del muro, sperando – no, pregando – che la pioggia di bombe si sarebbe arrestata.

Quel desiderio non divenne realtà che al giungere della luce del giorno. Quando il fumo si fu diradato, Q non vide altro che cenere e detriti dove prima sorgevano edifici. Una gran parte del blocco delle celle in Casa III, incluso l'adiacente edificio delle esecuzioni, era andata distrutta.

Mezza Berlino era andata distrutta.

Al loro ritorno, le guardie fecero del loro meglio per controllare il caos, e stiparono gruppi di prigionieri nelle celle rimanenti. Q e Werner condividevano una cella grande quanto la loro con altri quattro prigionieri. Dopo aver contato e ri-contato tutti, fu chiaro che quattro prigionieri condannati a morte avevano colto l'occasione ed erano fuggiti.

Dal bilancio delle guardie risultò che la prigione aveva subito danni massicci. La camera della morte non aveva più il tetto, e la ghigliottina era stata danneggiata dal fuoco, strappata via dalle proprie fondamenta, difficilmente avrebbe funzionato di nuovo.

Nei giorni seguenti furono portati avanti i lavori di riparazione, e Q e Werner vennero riportati nella loro cella precedente, dato che era stata danneggiata solo la porta.

Q non avrebbe saputo dire di cosa si trattasse, ma dal bombardamento aereo, una viscosa tensione si era impadronita di tutti in prigione. Le guardie avevano l'aria infelice, parlavano in sussurri sommessi mentre i prigionieri aspettavano in un ottuso sbigottimento che accadesse qualcosa.

Il quarto giorno, Q notò una frenetica attività in cortile. Erano arrivati almeno otto ufficiali e stavano preparando... qualcosa. L'ora d'aria quotidiana era stata cancellata e Q udì rumori da cantiere. Spinse la sedia sotto la finestra per avere una visuale migliore, ma non riuscì comunque a vedere cosa stavano facendo. Immaginò che stessero lavorando sulla distrutta Casa III.

Non appena calò la notte sul sette di settembre, fu ordinato a tutti i prigionieri di uscire per l'appello.

«Ci contano *di nuovo*?» cercò di scherzare Werner, ma Q non era dell'umore adatto. Un cattivo presentimento gli aggrovigliava lo stomaco.

Quella notte faceva freddo, e il cielo sopra la capitale era nero inchiostro, con l'eccezione del fuoco nemico che detonava in lontananza. Nonostante la regola dell'oscuramento, c'erano dei proiettori a illuminare il cortile e i loro raggi danzavano verso il cielo.

A tutti i prigionieri fu ordinato di allinearsi in ranghi. Q prese posizione e poi rimase a guardare lo spettacolo meravigliato, incerto su cosa aspettarsi da quell'appello così inusuale. La tensione era papabile, come se ognuno fosse in attesa di sapere cosa sarebbe accaduto.

Quando i primi otto uomini furono chiamati per nome e condotti verso l'edificio delle esecuzioni riparato alla bell'e meglio, un mormorio si diffuse tra i ranghi. Diversi minuti dopo, furono chiamati altri otto uomini. I restanti, incluso Q, rimasero di sasso. Non si udiva un suono.

Q chiuse gli occhi. Era arrivata la sua ora. Cercò la mano di Werner e la strinse per un secondo. «Ci siamo, amico mio,» sussurrò.

Q rimase in piedi in quel modo a lungo, mentre fila dopo fila gli uomini venivano portati via. Non era impaurito e nemmeno nervoso. La fine inevitabile non era qualcosa di cui avere paura. Sentiva persino un briciolo di sollievo all'idea che l'attesa fosse terminata.

Una volta, i boia dovettero interrompere il loro lavoro, quando diverse bombe precipitarono su un edificio nelle vicinanze. Andò via la luce, e rimase solo la mezza luna a gettare una luce spettrale sulla scena.

L'orribile assassinio continuò fino alle otto del mattino. Quando i prigionieri rimasti furono rimandati nelle loro celle, Q non avrebbe saputo dire se era più sollevato o deluso. Si guardò attorno, verso volti familiari ed esausti, e li salutò con un cenno del capo. Una notte intera in piedi al freddo, aspettando la morte, si faceva sentire su tutti.

Q e Werner erano sopravvissuti entrambi e si lasciarono cadere sulla loro branda, dove dormirono tutto il giorno. La sera, quello spettacolo fu ripetuto... per cinque lunghe notti.

Alla fine della sesta notte, Q e Werner erano ancora vivi. Q si strinse nelle spalle, senza gioia né sollievo. Dopo così tanti falsi allarmi, il suo intero essere era insensibile. Tutte le emozioni si erano esaurite come la cera di una candela.

Quella sera, un *Pfarrer* Bernau visibilmente sconvolto, scivolò nella loro cella.

«Questo... è stata l'esperienza più orrenda della mia intera vita,» disse il prete, con voce grave.

Q annuì. Il prete era un brav'uomo. Essere costretto a vedere centinaia di uomini che venivano assassinati doveva essere stato molto duro per lui.

«Due settimane fa, Hitler si è lamentato del fatto che più di trecento prigionieri stavano aspettando l'esito della loro richiesta di grazia, e il Ministero della Giustizia ha promesso di accelerare gli appelli. Cosa che hanno fatto. Quasi in tutti i casi, la sentenza di morte è stata applicata immediatamente.» Il prete sospirò e scosse la testa.

Q era rimasto senza parole.

«*Pfarrer*, non può permettere a queste maledette notti di distruggerla. Deve rimanere forte per fare del bene. I prigionieri che restano hanno bisogno di lei.» Werner aveva l'abilità di trovare sempre le parole giuste, e dopo qualche attimo di silenzio, il prete fece una specie di sorriso.

«Lo farò. Lo farò. Prego Dio che mi dia la forza di andare avanti.»

«Come hanno fatto a riparare così in fretta la ghigliottina?» Q non riuscì a trattenersi dal domandare.

«Non l'hanno fatto.»

«No?» Werner sollevò un sopracciglio.

«No. Il piano iniziale era quello di trasferire i prigionieri in una località remota per sottoporli al plotone d'esecuzione, ma la logistica era troppo complessa. Invece, nel capannone dell'esecuzione hanno montato una trave con otto cappi...» la voce di *Pfarrer* Bernau si affievolì.

«Impiccagione?» Q si afferrò la gola. Dalle sue ricerche, l'impiccagione era lenta e dolorosa.

Il prete rivolse gli occhi al cielo oltre i vetri della finestra mentre raccontò con voce tremante: «I prigionieri avevano le mani legate dietro la schiena e venivano obbligati a salire sullo sgabello a due livelli. Il boia li seguiva e piazzava il cappio attorno al loro collo prima di spingere via lo sgabello da sotto i loro piedi. I prigionieri successivi nella fila, che non erano né incappucciati né bendati, dovevano vedere l'agonia degli altri mentre aspettavano il loro turno. In totale, nelle ultime sei notti sono stati assassinati duecento quarantasei prigionieri.»

Q fissava il prete, desiderando di poter dimenticare di aver mai sentito quelle notizie tremende.

CAPITOLO 47

Quando le esecuzioni di massa si interruppero, seguì un lugubre senso di vuoto. Dei trecento prigionieri che occupavano in origine il braccio della morte, ne rimanevano solo cinquanta.

Le guardie sembravano non meno scosse dei prigionieri. Nessuna di loro era stata testimone di esecuzioni di massa prima, e giravano voci che fosse stato necessario portarne via più di una, incosciente, e che più tardi fossero state viste che vomitavano l'anima.

Da che le esecuzioni di massa erano finite, ai prigionieri fu concessa di nuovo la quotidiana ora d'aria. Una settimana prima, il cortile era stato affollato e rumoroso, ora era deserto e silenzioso.

Q avvertiva una diversa tensione nell'aria, e non ci mise molto a capire come mai. Era arrivata la notizia che l'11 settembre l'Italia si era arresa senza condizioni.

«Ora il vento sta cambiando,» disse Q.

«C'era da aspettarselo; l'Italia non ha mai davvero avuto la forza militare per opporsi agli Alleati,» spiegò Werner. «Dopo la caduta di Mussolini, i nuovi governanti hanno fatto l'unica scelta razionale.» Aveva da sempre più informazioni di tutti gli altri prigionieri, grazie ai suoi contatti influenti fuori dal carcere.

Una delle guardie li sentì e si unì alla discussione. «Al contrario, la Germania ha perso un sacco di rami secchi liberandosi dell'Italia.»

«Quegli *Itaker* sono sempre stati più un peso che un aiuto,» aggiunse un'altra guardia. «Non avremmo dovuto offrirgli di essere nostri alleati.»

Q rimase in silenzio, ma era convinto che la resa dell'Italia fosse l'inizio della fine di quell'orribile guerra.

La discussione si spostò sulla tremenda situazione di Berlino. I raid aerei sembravano crescere di intensità ogni notte.

«Quegli assassini di bambini dei Tommies hanno ridotto in cenere metà di Berlino,» disse una guardia.

«Ho sentito che il patrimonio culturale più importante è andato distrutto. Sono riusciti a salvare in tempo solo poche opere d'arte, che ora sono immagazzinate nel sottosuolo in impianti minerari.»

«Per essere onesto, sono stufo marcio di questa guerra. I miei due ragazzi combattono da qualche parte in Russia e mia moglie è un fascio di nervi.»

«Il nostro intero quartiere non ha più gas per cucinare,» si lamentò un'altra guardia.

«Almeno, le autorità cittadine stanno distribuendo pasti per tutti tre volte al giorno. È un po' scomodo andare ai centri di distribuzione, ma il nostro governo si occupa di noi. Scommetto che gli *Itaker* non possono dire lo stesso.»

Q fece cenno a Werner di allontanarsi dalla portata delle orecchie delle guardie. «Persino quando l'intero paese è in frantumi, l'amministrazione continua a funzionare, e sono ancora lì a compilare liste.»

«È al tempo stesso una virtù e una maledizione,» replicò Werner.

Mentre rientravano nelle loro celle, la notizia della

capitolazione dell'Italia occupava ancora la mente di Q, e non gli riuscì di non provare compassione per quei poveri soldati. Erano solo uomini, ragazzi persino. Non avrebbero dovuto essere lì a combattersi a vicenda.

«Mi domando spesso qual è l'impatto della trincea sugli uomini. Gunther ha fatto la Grande Guerra me si rifiutava di parlarne,» mormorò Q, più a se stesso che ad altri. «Ora il suo figlio maggiore è prigioniero di guerra in Russia. I suoi genitori non hanno idea se sia ferito oppure no. Sono preoccupati da morire per lui.»

«Girano voci su come Stalin tratta i prigionieri di guerra. Terribili atrocità stanno avendo luogo da entrambe le parti,» disse Werner prendendo posto sulla sua sedia, per proseguire con il suo romanzo.

«Non ho mai creduto che gli esseri umani potessero cadere così in basso,» ammise Q. «Forse Marx aveva ragione.»

Werner sollevò lo sguardo dalle sue carte. «Ragione su cosa?»

«Non c'è niente di buono negli esseri umani. Sono cattivi per natura.» Q si allungò sulla sua branda guardando verso il soffitto. I danni dei raid aerei erano ancora visibili.

«Perché dici questo?» volle sapere Werner.

«Pensa a tutto quello che gli esseri umani si sono fatti tra loro nel corso di questa guerra. La nostra specie si è comportata peggio delle fiere selvagge. Non siamo migliori dei barbari, e sembra che la razza umana non si sia evoluta per niente nelle ultime migliaia di anni.»

«Sono d'accordo sul fatto che stanno accadendo molte cose brutte, ma questo non significa che tutti gli uomini sono cattivi.» Werner aggrottò le sopracciglia e sogghignò. «Ci siamo noi due.»

Q ridacchiò. «Hai ragione, ma non saremo in circolazione ancora a lungo.»

«Coraggio. Se continuano a filtrare buone notizie come quella della resa dell'Italia, la guerra sarà finiti in un soffio.»

«Dio, no!» Q spalancò gli occhi, mentre metteva a fuoco il

senso delle parole di Werner. «Spero che la guerra non finisca abbastanza presto da lasciarmi sopravvivere.»

«Saresti l'unica persona al mondo che ha paura di perdersi la propria esecuzione,» ridacchiò Werner, tornando a dedicarsi al suo romanzo.

CAPITOLO 48

L'anno 1944 era cominciato, e Q era sempre in galera. Aveva trascorso tredici mesi prigioniero e si ricordava a malapena come fosse il mondo esterno.

La morte di Hilde aveva lasciato un immenso buco nel suo cuore e nella sua anima. Erano trascorsi cinque mesi, e ancora si svegliava ogni mattino con un dolore insopportabile e andava a dormire con le lacrime agli occhi. Solo in sogno era felice, perché era con lei.

E nemmeno avevano funzionato i tentativi di Werner di risollevargli il morale, e la mente di Q era sempre più agitata, ogni giorno che passava. Come chiunque altro, desiderava vivere, ma non senza Hilde.

È colpa mia se lei è dovuta morire.

L'aveva pensato così tante volte che aveva iniziato onestamente a pensare che la giusta punizione per lui fosse morire a sua volta. Solo così poteva espiare la sua colpa.

Ogni giorno, si aspettava la sua esecuzione... ed ogni giorno trascorreva, e lui era ancora vivo. Nel profondo, sapeva di non poterne più. Malgrado ci scherzasse sopra, quel brutto limbo tra la vita e la morte pesava sulla sua salute mentale, e sperava che quell'attesa avrebbe finalmente avuto termine.

A volte, senza volerlo, sussurrava le parole: «Ti prego, Dio, fa che finisca.»

~

Q ricevette una lettera da sua cognata Julia con una foto dei ragazzi. Fissò la fotografia, cercando di costruire la gioia che aveva sempre trovato nei suoi figli, ma non accadde nulla.

La foto era stata scattata il giorno del quarto compleanno di Volker, e quei due bambini non assomigliavano ai due che vivevano nella sua memoria. Era passato così tanto tempo. Peter era solo un bebè… e ora era un ragazzino. Per quanto si sforzasse, non riusciva a riconciliare il ricordo di loro con le persone nella fotografia.

Q lanciò un'ultima occhiata all'immagine prima di metterla via. Si consolò con il fatto che apparivano felici. *Stanno bene.* Poi chiuse a chiave tutti i sentimenti per loro nel profondo di sé. *È meglio così.*

Diversi giorni dopo, una guardia gli annunciò che aveva il permesso di scrivere una lettera, ma avrebbe dovuto farlo il giorno stesso.

L'uomo sfuggiva il suo sguardo, quindi Q annuì e si sedette a scrivere…

Mia cara e amata famiglia Dremmer,

ormai sono un esperto nel ridurre le mie emozioni a una piccola fiamma. Ma non è questa la ragione della mia brutta grafia. La causa è questa vecchia penna, e non la mia mente in declino.

Questa mattina, mi hanno sorpreso annunciandomi che potevo scrivere una lettera, ma che avrei dovuto farlo oggi. Altrimenti, la prossima possibilità di inviarne una sarebbe stata tra sei settimane. Ma è troppo in là anche solo per pensarci.

Questa è la ragione per cui non posso aspettare la lettera della mia cara madre per risponderle, ma colgo l'opportunità di rassicurarvi sul mio affetto per tutti voi.

Finché resto in vita, Gunther è stato nominato tutore dei miei due ragazzi. Sono grato del fatto che ora due famiglie, la vostra e la sua, si prendono cura di loro.

Per favore, dite a mia madre che non riuscirò a scriverle spesso e a lungo come prima, ma che non vedo l'ora di ricevere le sue lettere e desidero conoscere nei dettagli la quotidianità che sperimentate fuori in libertà, e in special modo storie che riguardano i bambini.

Una sorta di indifferenza ha preso posto nella mia mente, e più a lungo devo vivere con la morte come costante compagna, più essa perde influenza su di me, e io cado in un più profondo torpore.

Noi esseri umani non saremo mai in grado di comprendere pienamente il miracolo di tornare alla vita ogni mattina e di lasciare indietro la mente consapevole ogni notte quando sprofondiamo nel sonno, e alla fine quando chiuderemo gli occhi per sempre. Allo stesso modo, non saremo mai in grado di comprendere la vastità dell'universo. Ma quello che possiamo fare è mettere da parte il misticismo e farci l'abitudine.

E, da parte mia, ho avuto tempo a sufficienza, e con una certa soddisfazione posso dire, "ho chiuso."

Tutte le piccole cose, tutti i pensieri che mi inviate, mi rendono la cosa più facile.

Ho avuto diversi falsi allarmi che mi hanno rassicurato sul fatto che non ho più paura di morire.

Ma pago a caro prezzo questa pace di spirito con l'indifferenza verso la sofferenza umana là fuori. Tuttavia, penso a tutti e voi con tenero e distante amore da lontano, sopra le nuvole.

Se penserete a me e vi ricorderete di me negli anni a venire, sappiate che non ho sofferto in quest'ultima parte della mia vita. Sappiate che ero annoiato.

Da molto tempo non sento più né fame né sete. Come ho detto prima, la mia vita è ridotta a una minuscola fiammella. Sono pienamente consapevole del fatto che là fuori la vita non è tutta rose e fiori. Similmente alla mia, è limitata e insoddisfacente, circondata dalla morte.

Il futuro è ancora una tenda chiusa, e per quanto si possa essere impazienti, nessuno l'aprirà prima che sia il momento giusto.

Per favore, prendete questa lettera per quello che è. In realtà, è da molto tempo che non sono più lì per voi. Salutate tutti, specialmente i miei bambini, da un buon amico che non era destinato a esserci per loro.

Spero che i miei meravigliosi figli saranno in grado di contribuire alla ricostruzione di un mondo migliore... per quanto senza i loro genitori.

Il vostro, Q

Q spedì la lettera con preoccupante indifferenza. Niente, nemmeno le sue ricerche lo interessavano più e aspettava solo di raggiungere la sua amata moglie.

Diversi giorni dopo, arrivò la guardia con notizie per Werner.

«Impacchetta le tue cose, ti trasferiscono,» disse l'uomo più anziano.

«Il mio appello per la grazia è stato accettato?» chiese Werner con un sorriso speranzoso.

«Sì, dovrai passare cinque anni in prigione, ma non gioire troppo presto.» La guardia fece una smorfia prima di continuare. «Ti trasferiscono alla prigione della Wehrmacht, Torgau Forst Zinn.»

«Una prigione militare?» balbettò Werner. «Ma io non sono un soldato!»

«Tutti i sovversivi possono essere internati lì, compresi obiettori di coscienza, personale insubordinato, disertori, chi ha aiutato il nemico, e le spie, così come i prigionieri di guerra e i membri della resistenza,» spiegò la guardia.

Q guardò il suo amico. Lieto e triste allo stesso tempo. Non sarebbe stato giustiziato, ma cosa l'attendeva a Torgau? Un luogo in cui in pochi sopravvivevano alle dure condizioni e alle frequenti epidemie tra i prigionieri.

«Beh, questo è un arrivederci,» disse Werner, mostrando un'espressione coraggiosa.

«Sì, arrivederci.» Q strinse la mano del suo amico e poi si ritrovò inghiottito in uno stretto abbraccio.

Quando Werner lo lasciò andare e incontrò i suoi occhi, le lacrime trattenute li facevano luccicare. «Sii forte, amico mio. La guerra è quasi finita.»

«Prenditi cura di te stesso, e un giorno ci incontreremo di nuovo, in un altro mondo.»

«È ora di andare,» ordinò la guardia dal corridoio.

Fu con il cuore al tempo stesso triste e pieno di speranza che Q guardò il suo amico andare via.

CAPITOLO 49

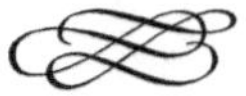

27 gennaio 1944

Un mese prima del suo quarantunesimo compleanno, Q ricevette la notizia che sarebbe stato trasferito alla prigione di Halle, una città a tre ore circa da Berlino.

Sapevano tutti perché le persone venivano trasferite lì.

«È ora?» chiese Q e si guardò attorno nella cella, incontrando gli occhi di *Pfarrer* Bernau e del direttore della prigione, che erano venuti a dirgli addio.

«Sì. È ora.» Il direttore rimaneva in piedi sulla soglia della cella e annuì con espressione triste.

Q si strinse nelle spalle.

«Dottor Quedlin, voglio che sappia quanto mi dispiace per questo. Se posso fare qualcosa…»

Q scosse la testa. «No, è come deve andare. Come è giusto che vada.»

Il direttore annuì, poi si voltò e si allontanò per permettere al prete di dire le ultime parole.

«Amico mio, sei pronto per quello che sta per accadere?»

«*Pfarrer*, sono pronto. Non ne posso più di questa vita e sono pronto per quello che arriverà. Aspetto solo di essere di nuovo insieme a Hilde.»

«Dirò una preghiera per te.»

Q scosse la testa. «Risparmi le sue preghiere per chi ne ha bisogno, *Pfarrer*. La mia anima è in pace sapendo che presto riceverò il giudizio che merito, e la mia Hilde non sarà più da sola. Addio.»

Il prete gli posò una mano sulla spalla e poi si allontanò. Q e diversi altri prigionieri furono scortati fuori nel furgoncino. Pochi minuti dopo, era in viaggio verso l'ultima casa sulla terra.

Q arrivò a Halle a metà pomeriggio e fu sistemato in una cella del braccio della morte. Era molto simile a quelle di Plötzensee, ma senza mobili. Le uniche comodità erano un materasso sul pavimento e una coperta.

Sollevò un sopracciglio quando una delle guardie lo ammanettò mani e piedi, ma la sua anima era troppo lontana per provare rabbia o umiliazione. Nonostante le razioni ulteriormente ridotte, non aveva né fame né sete. Era come se il suo corpo avesse già smesso di funzionare. Non era più che una conchiglia che teneva la sua anima al suo posto.

I minuti diventarono ore, poi giorni. Una massa pastosa di foschia. Q perse ogni senso del tempo e dello spazio; la luce e l'oscurità del giorno e della notte erano i soli indicatori del trascorrere del tempo. Si accucciò immobile in un angolo e attese.

Attese.

Attese.

L'ottavo giorno, vennero per lui. Lo portarono in manette in una stanza dove l'attendevano carta, penna e inchiostro.

Q scrutò il foglio bianco. Aveva detto addio a tutti quelli che amava molto tempo prima, e ora doveva scrivere solo due lettere.

Cara famiglia Dremmer,
oggi seguo la mia amata Hilde.

Sono felice che il tempo dell'attesa sia terminato e che presto riposerò in pace.

Il mondo esterno non ha più alcuna attrattiva per me; troppo è stato spezzato. Pensare a un futuro migliore e desiderarlo... è troppo lontano e troppo nebuloso per la mia immaginazione.

Per favore, fate sì che i miei figli vivano vite serene e felici. Oggi si compiono sacrifici affinché domani la vita possa tornare innocente e tranquilla. Una generazione ha avuto la sfortuna di annegare nel pentolone della nostra epoca, per dare alla prossima generazione una vita felice senza problemi.

Noi almeno, io e Hilde, abbiamo visto la parte migliore del nostro tempo. Sarà mai così piacevole come negli anni che abbiamo trascorso insieme?

Non ho più rimpianti per quello che lascio sulla terra. Tutto è come dev'essere. Il mio aiuto per ricostruire questo mondo a pezzi non è stato richiesto dai poteri superiori del destino.

Dovrà essere fatto senza di me; ci sono molti altri, forse non tanto comprensivi quanto lo sarei stato io nel ruolo di mediatore tra mondi ostili. Ma chi sono io per decidere? E comunque non ci sarò più.

Q

4 febbraio 1944

PS: Quando riceverete i miei effetti personali, spedite per favore una lettera a Gunter. È già affrancata e include una collezione di spoonerismi. Magari rallegreranno i giorni di chi verrà dopo di me.

Q fece una breve pausa e poi prese un altro foglio bianco per scrivere a sua madre.

Mia cara amata madre,
    questo è il mio ultimo saluto.

Tutto quello che ti serve sapere su come e perché è accaduto tutto questo è nelle lettere che ti ho scritto in precedenza.

Per favore, non essere triste per me. Sono rassegnato a quel che sta per accadere, e lascerò questo mondo a testa alta. Presto sarò dove voglio essere: riunito con la mia adorata moglie.

Trasmetti i miei migliori saluti a Gunther e digli di condurre una buona esistenza, una volta che la guerra sarà finita. Che si occupi di te come avrei fatto io.

Sappi che ti voglio bene e che non riesco a esprimere tutta la mia gratitudine per tutto l'amore e la forza che mi hai trasmesso, malgrado i nostri disaccordi sulle questioni politiche. Nel tempo, vedrai quanto avevo ragione.

Tuo figlio che ti ama,
Wilhelm

Q sigillò entrambe le lettere e poi le lasciò appoggiate sul tavolino. La guardia tornò con il suo ultimo pasto. Q bevette la soda e mangiò il pezzetto di pane, masticandolo con grande cura. Fin troppo presto, terminò il suo pasto e la guardia venne a prenderlo.

Il boia lo aspettava già accanto alla ghigliottina, e Q venne avanti su gambe salde. Colse il riflesso scintillante di un raggio di sole sull'affilata lama metallica e rivolse il pensiero a sua moglie.

Arrivo, amore mio!

～

Grazie per avere dedicato il vostro tempo a leggere INCROLLABILE. Se vi è piaciuto, per favore considerate di dirlo ai vostri amici o di scrivere una breve recensione. Il passaparola è il miglior amico di un autore.

La mia prossima serie sarà totalmente di finzione, ma incentrata su eventi reali. Mia nonna ha nominato due volte una guardia carceraria che le prigioniere chiamavano "L'Angelo Biondo". Non ha detto molto, solo cose come "L'Angelo Biondo mi ha concesso 15 minuti di visita in più" o "L'Angelo Biondo ha detto che le donne non vengono più giustiziate." Ma queste due frasi mi hanno intrigata abbastanza da chiedermi che genere di persona fosse l'Angelo Biondo e come mai, tra tutte le professioni, era diventata guardia carceraria.

Non ho idea del suo vero nome, ma ho creato Ursula Hermann in omaggio alla persona reale che ha portato un briciolo di conforto nelle vite di mia nonna e le sue compagne.

Potete leggere dei suoi sforzi in <u>War Girl Ursula.</u>

La storia è ambientata a Berlino nel 1943. Le protagoniste sono tre sorelle, e ognuna si confronterà con le sue sfide e le sue battaglie. Per introdurre la serie, gli iscritti della mia mailing list riceveranno gratuitamente Downed over Germany, il prequel della serie War Girl.

Tom Westlake è un pilota inglese della RAF. La sua lotta per sopravvivere inizia nel momento in cui il suo cacciabombardiere viene abbattuto sopra la Germania, nel 1943. Seguite le sue avventure per scoprire se riesce a sopravvivere malgrado la Gestapo gli dia la caccia.

<u>Iscrivetevi alla mia newsletter</u> per ricevere una copia gratuita del racconto Downed over Germany.

NOTA DELL'AUTRICE

Caro lettore,

grazie per avermi accompagnata in questo viaggio emotivo attraverso le vite dei miei nonni.

La maggior parte di quel che so proviene dalle lettere che Q (Hansheinrich nella realtà) e Hilde (Ingeborg) hanno scritto ai loro familiari. Ho scannerizzato due lettere alla fine di questo capitolo, una originale, scritta a mano da Ingeborg alla sua famiglia, mentre l'altra è la trascrizione di una lettera di Q ai suoi suoceri. Entrambe le lettere sono scritte in tedesco, ma le ho incluse per mostrarvi che queste persone erano reali e anche se avrei voluto scrivere un finale diverso per questa storia, è andata così.

Sfortunatamente, le lettere che i due si sono scambiati in prigione non sono mai state ritrovate.

La lettera di Q alla cugina Fanny in America (nel capitolo 44) non attraversò mai l'oceano e fu più tardi rinvenuta nella prigione di Plötzensee.

Mi sono presa qualche libertà creativa con il personaggio di Werner Krauss. È una persona reale, sopravvissuta alla guerra, ed è stato sul serio compagno di cella di Hansheinrich, ma solo per pochi mesi. Krauss ha scritto un rapporto di 33 pagine sul suo coinvolgimento nel gruppo di Schulze-Boysen, che includeva diverse pagine sul suo periodo a Plötzensee, in cui aveva condiviso la cella con mio nonno. Da quel rapporto, ho ricostruito la loro amicizia al meglio delle mie capacità.

Pfarrer Bernau, il prete, è stato modellato sul prete cattolico Buchholz e il suo collega protestante Harald Poelchau, che lavoravano entrambi a Plötzensee e facevano parte della resistenza.

Il *Plötzenseer Blutnächte*, l'esecuzione di massa, accadde tra il 7 e il 12 settembre del 1943, quando un'ampia porzione del carcere venne distrutta. Sembra che Hitler si fosse lamentato della lentezza degli appelli di grazia poco prima dei raid aerei, e la distruzione di molte celle può essere stata la scusa perfetta per accelerare le uccisioni.

Non si sa perché Hansheinrich Kummerow e Werner Krauss furono tra i pochi risparmiati durante quelle terribili cinque notti.

Non tutti nella mia famiglia simpatizzavano per la resistenza. In effetti, la madre di Hansheinrich scrisse in diverse lettere alla famiglia di Ingeborg ad Amburgo: *"Non mi rattrista la morte di Hans; aveva deviato da una vita diligente e civile. Persino dopo un anno di prigione, viveva ancora in uno stato di illusione tale da non ammettere la pesante colpa che aveva commesso contro il suo paese. I nostri nipoti non sarebbero diventati brave persone con quei genitori."*

Mentre la madre di Ingeborg lo incolpava per la morte di sua figlia (e glielo diceva), sua madre incolpava Ingeborg per il destino di suo figlio. Ma non lo disse mai così apertamente a nessuno dei due, ma solo nelle lettere indirizzate alla famiglia di Ingeborg ad Amburgo.

Questo è ciò che ha scritto in una delle lettere in possesso della mia famiglia: *"Inge ha subito una dura penitenza, ma Hans sta ancora pagando. Una cosa abbiamo capito in modo molto chiaro, io e i miei figli maggiori, da quel che è accaduto e dalle osservazioni che Hans ha condiviso con me nel 1942: Inge ha la colpa maggiore per questa fine tragica delle loro vite. Ha la colpa maggiore se hanno preso la strada sbagliata."*

Credo che dopo più di settant'anni, la storia abbia deciso che non avevano preso la strada sbagliata. Ma ci sono voluti molti decenni affinché il loro sacrificio fosse riconosciuto.

Dopo la guerra, la famiglia fu separata dalla politica. Alcuni membri vivevano nella Berlino che faceva parte della Repubblica Democratica Tedesca, il resto nella Berlino Est della Repubblica Federale Tedesca.

La reputazione di Hilde e Q non fu riabilitata completamente per decenni nel mondo occidentale, perché le loro ragioni politiche per combattere il nazismo erano "sbagliate".

Negli anni della Guerra Fredda, era impensabile commemorare qualcuno che aveva creduto negli ideali del comunismo e aveva lavorato con l'arcinemico, l'Unione Sovietica. Questo cambiò soltanto con la riunificazione della Germania nel 1989.

Nel 1995 uno studente di Scienze Politiche venne in visita alla casa dei miei genitori per scrivere una tesi di laurea su mio nonno. Questo è stato il seme per me per cominciare a sfidare le vecchie convinzioni, e ha alimentato in me il desiderio di scoprire cosa era veramente successo.

Per fortuna, mio zio aveva conservato tutte le lettere di quel periodo, e sono stata in grado di ricostruire gran parte delle loro personalità da quelle lettere e da altro materiale.

Volker e Peter (questi non sono i loro veri nomi) sono cresciuti con i loro nonni ad Amburgo, ed entrambi hanno seguito le orme di Q, andando all'università e diventando scienziati. Entrambi si sono sposati e hanno avuto due figli. Io, mia sorella e i miei due cugini.

Spero di aver fatto un buon lavoro nel rispettare l'ultimo desiderio di mio nonno... *"voglio essere ricordato con onore."*

RINGRAZIAMENTI

Scrivere questa trilogia è stato un viaggio molto emotivo e a tratti noioso, e non ce l'avrei fatta senza aiuto.

Prima di tutto desidero ringraziare tutti i miei fantastici lettori, che mi hanno comunicato le loro impressioni o che hanno scritto una recensione al mio primo libro, *Indomabile*. Senza il vostro incoraggiamento non avrei mai continuato a scrivere la seconda e la terza parte.

E un libro non potrebbe essere completo senza uno scrupoloso editor. Lynette Patterson ha ancora una volta fornito consigli immensamente utili per la prima bozza, così come ha scovato mille e uno refusi nel manoscritto finale.

Molte grazie anche a JJ Toner, che ha revisionato il testo per me. Lui stesso ha scritto almeno quattro libri sulla Seconda Guerra Mondiale ed è stato immensamente d'aiuto nello scovare parole anacronistiche.

E infine, ma non meno importanti, voglio ringraziare i lettori del Second World War Club per il loro incrollabile supporto e la loro generosa condivisione di conoscenze.

Se anche tu sei un avido lettore di narrativa sulla II Guerra Mondiale, puoi unirti al nostro gruppo:

https://www.facebook.com/groups/962085267205417/

COME CONTATTARMI:

Sono lieta che abbiate trovato il tempo di leggere (e apprezzare) i
miei libri. Sarei inoltre felice di avere vostre notizie!
Qualora voleste mettervi in contatto con me, potrete farlo tramite
Twitter:
http://twitter.com/MarionKummerow

Facebook:
http://www.facebook.com/AutorinKummerow

Sito Internet:
http://www.kummerow.info